MONSTER HIGH

MONSTER HIGH 3

Título original: *Monster High. Where there's a wolf, there's a way*

Alfaguara es un sello editorial del **Grupo Santillana.**
Éstas son sus sedes:

ARGENTINA, BOLIVIA, CHILE, COLOMBIA, COSTA RICA, ECUADOR, EL SALVADOR, ESPAÑA, ESTADOS UNIDOS, GUATEMALA, MÉXICO, PANAMÁ, PARAGUAY, PERÚ, PUERTO RICO, REPÚBLICA DOMINICANA, URUGUAY Y VENEZUELA.

Primera edición: abril de 2012

ISBN: 978-607-11-1705-2

Adaptación para América: Elizabeth Wocker

Impreso en México

LISI HARRISON

Traducción de Mercedes Núñez

Para Cindy Lederman, Garret Sander, Eric Hardie
y el resto del equipo alucinantemente
creativo de Monster High

CAPÍTULO 1

LOBA CON CORDEROS

Quedaban casi dos semanas para que la luna, un exquisito y arqueado cuarto creciente apenas visible, alcanzara la fase de llena. No era el momento de esconderse. Clawdeen Wolf no se estaba transformando. Su batalla mensual contra el súbito crecimiento de pelo, el hambre insaciable y la irritabilidad extrema no era la cuestión. Aun así, se encontraba en un oscuro barranco, corriendo como alma que lleva el diablo.

—¡Más despacio! —vociferó a los cinco chicos atléticos, dignos del catálogo de los almacenes J. Crew, que formaban un rombo de protección a su alrededor mientras, jadeantes, atravesaban el bosque a toda velocidad.

Sus recias botas manchadas de lodo golpeaban la tierra cubierta de hierbajos con incansable determinación. No transcurría ni un minuto sin que uno de ellos jurara mantener a Clawdeen a salvo, aunque fuera a costa de su propia vida. Habría resultado extremadamente agradable (romántico, incluso) si hubieran sido concursantes de algún programa de citas. Pero teniendo en cuenta que se trataba de sus hermanos, empezaba a resultar de lo más irritante.

—¡Los pies me están matando! —gruñó Clawdeen con aliento entrecortado.

Howldon, también conocido como Don, el mayor de los trillizos por una diferencia de sesenta y ocho segundos, volvió hacia atrás la cabeza y bajó la vista, clavando sus ojos marrón anaranjado en los botines de Clawdeen, dorados y terminados en punta.

—Yo también te mataría si me metieras en esas cosas —se giró en dirección a los matorrales que tenía por delante—. Es como si el zapatero hubiera dejado espacio para un solo dedo del pie.

Howie, el trillizo de en medio, soltó una risita. Si Howleen, o Leena, la menor de los trillizos, hubiera estado presente, habría reparado en el insulto de Don y lo habría duplicado. Leena —cuyo apodo, no sin razón, rimaba con *dañina*— tenía sus propios "roces", gracias al Arrowhead Boot Camp, el campamento correccional. Mientras Clawdeen sufría de ampollas en los pies, el dolor de Leena derivaba de un sargento de instrucción, los silbatos a las cinco de la mañana y las terapias de grupo sobre el manejo de la ira. "¡Aaah...!". El solo pensamiento de la condena por un año impuesta a su demente hermana le proporcionaba consuelo.

—¡No los fabricó un simple zapatero! —Clawdeen prácticamente escupió las palabras—. Son un diseño de L.A.M.B.

—¿L.A.M.B.? ¿Como *cordero,* en inglés? ¿Por eso corres tan maaaaaaaal? —bromeó Clawnor. Le apodaban Nino, en referencia al huracán El Niño, por su tendencia a las "ventosidades".

Los hermanos Wolf soltaron una carcajada.

"¿Y cuál es tu excusa, eh?", sintió ganas de preguntar Clawdeen. Si bien conocía la respuesta. Su agudo oído canino detectaba las maldiciones que Nino farfullaba cada vez que tropezaba con una rama.

Ahora que el hermano pequeño de Clawdeen había cumplido trece años, su pelaje iba brotando con rapidez. Las pobladas cejas, patillas y matas de pelo negro de Nino ondulaban sobre sus ojos oscuros como si de algas marinas se tratara. Podría haberse solucionado con un par de pinzas o algún producto para el peinado; pero Nino se negaba rotundamente. Se había pasado la vida esperando ese pelaje de chico mayor y no estaba dispuesto a dejarse intimidar por unos cuantos latigazos en la cara hasta el punto de renunciar a sus greñas.

—¡Ay! —gimoteó Clawdeen. El escozor de un talón al rojo vivo aminoró su vertiginosa carrera hasta el ritmo de galope. "¿Saldrán bien las manchas de sangre en el cuero? Ojalá estuviera aquí Lala. Ella lo sabría". Pero ninguna de sus amigas se encontraba allí. Ése era el problema... bueno, uno de los problemas.

—No te pares, Clawdeen —insistió Rocks al tiempo que agarraba a su hermana por la muñeca y tiraba de ella. Las hojas y las sombras alargadas se difuminaban hasta convertirse en franjas de oscuridad—. Ya casi llegamos.

—Esto es ridículo —Clawdeen corría de cojito mientras sujetaba el dobladillo de su vestido púrpura anudado al cuello—. Ni siquiera sabemos si nos están persiguiendo y...

—Perdona, lo ridículo es que una chica se ponga a correr con botines de cordero —reclamó él—. Es evidente que están hechos para pezuñas, y no para los dedos del pie.

Los chicos se morían de risa. Clawdeen también podría haber soltado una risita de no ser porque los pies le palpitaban al estilo de la música electrónica. En vez de eso, la descabellada observación de Rocks le sirvió de excusa para detenerse y clavarle una mirada asesina.

Aunque llamado Howlmilton al nacer, este hermano de Clawdeen, más joven que ella, había adquirido el apodo de Rocks a causa de sus comentarios: el joven Wolf era un cabeza dura (dura como una roca, es más). Pero lo que le faltaba de inteligencia se compensaba con velocidad: una velocidad de cincuenta y seis kilómetros por hora que batía récords y dejaba con la quijada abierta. Lo único que tenía que hacer para permanecer en el equipo de atletismo del instituto —y conservar su estatus de estrella— era no bajar del mínimo para aprobar las asignaturas. Lo que cumplía a rajatabla, consiguiendo así que el miembro más rápido de la familia fuera también el más "lento".

—¡No se paren! —vociferó Howie mientras los demás avanzaban a grandes pasos.

Tenían que soportar un montón de burlas por parte de otros RAD a causa de sus nombres de pila. Aunque, para ser sinceros, ellos mismos los desaprobaban. Y es que, a ver, ¿en qué estaban pensando sus padres? Los chicos normis no se llamaban Norman, Norma, Normandy o Normiena. Entonces, ¿qué necesidad había de que los hijos de la familia Wolf llevaran los prefijos *howl* ("aullido") o *claw* ("garra") en su nombre? Ser chica y tener el cuello peludo ya resultaba bastante embarazoso. ¿Es que sus padres no podían haber intentado, siquiera, que la vida resultara menos humillante?

Rocks propinó una traviesa palmada en el trasero de Clawdeen.

—¡Arre, cordero!

Entre gruñidos, Clawdeen volvió a avanzar cojeando, mientras en silencio lanzaba maldiciones porque el día no estuviera resultando como estaba previsto.

"Jueves, 14 de octubre, ¡yo te maldigo! ¡Me engañaste! De ahora en adelante, los años tendrán trescientos sesenta y cuatro días para mí".

Se suponía que las cosas iban a salir de otra manera. El plan parecía consistente. Después del instituto y tras una sesión de rigurosa depilación corporal, ella misma, Lala y Blue subirían a bordo de una limusina que las trasladaría hasta las dunas de arena de Oregón. Una vez allí, se reunirían con Cleo y con la directora de accesorios de *Teen Vogue*. En primer lugar, un equipo de peluqueros y maquilladores proporcionarían a Clawdeen, Blue y Cleo el *glamour* de las modelos. Siguiendo las indicaciones de Lala, los estilistas las engalanarían con las joyas de valor incalculable desenterradas de la tumba de la tía de Cleo. Acto seguido, el famoso fotógrafo Kolin VanVerbeentengarden las fotografiaría a lomos de un camello para un reportaje de fondo sobre la alta costura de El Cairo. Tras un brindis por sus respectivos futuros en el mundo de la moda, darían furtivos sorbitos de champán —también conocido como "agua de las modelos"— y, a continuación, regresarían a Salem en la limusina. Pasarían el día siguiente deleitando a sus compañeros de instituto con envidiables anécdotas del set. Meses más tarde, la exótica belleza de las amigas estaría a la venta en puestos de periódicos y revistas por todas partes, impresa en papel satinado.

Pero el trío no llegó a las dunas de arena. No las acicalaron. No probaron el agua de las modelos. Y no aparecerían retratadas en papel satinado.

"¡Maldito seas, 14 de octubre!".

Durante el trayecto hacia las dunas, Clawdeen, Lala y Blue estaban buscando en la pantalla plana de la limusina el canal TMZ cuando se toparon con un programa especial llamado *Monstruos de lo más normales.* Las presentaba a las tres, además de a Clawd, el hermano de Clawdeen, y a muchos de sus amigos RAD. Se suponía que ese atisbo a la vida secreta y nunca-antes-vista de los monstruos de Salem solo se emitiría si los rostros aparecían difuminados; sus viviendas, oscuras; y sus nombres, omitidos.

Pero ahí estaba, claro como la luz del día. Y en alta definición, nada menos. Ni un solo difuminado. Ni un solo cuadrado negro. Sus auténticas identidades —esas que los RAD habían luchado para mantener ocultas durante generaciones— estaban siendo difundidas por toda la ciudad. Ahora, en vez de celebrar una fiesta de trapos, Clawdeen se veía hecha un trapo y forzada a ocultarse, corriendo de cojito hasta el escondite de la familia Wolf.

"¡El jueves 14 es el nuevo martes 13!".

Sus rostros ya debían de estar en Internet y en AP Wire, el servicio de comunicación por cable. ¿Y lo peor de todo? Seguro que Cleo de Nile, la *ex* mejor amiga de Clawdeen, tenía algo que ver con el asunto. Si se trataba de descubrir el pastel, ese pastel estaba lleno de grumos.

Grumo 1: Frankie Stein había desempeñado un papel importante en la producción de *Monstruos de lo más normales,* granjeándose así una enorme cantidad de puntos de popularidad entre los RAD. El estatus de abeja reina de Cleo se hallaba amenazado, de modo que estaba decidida a acabar con Frankie.

Grumo 2: Cleo le había dado la espalda a los RAD y, de la noche a la mañana, se había convertido en la mejor amiga de Bekka Madden, una normi dispuesta a destruir a Frankie a toda costa por haberle robado a su chico.

Grumo 3: Cleo se había negado a participar en *Monstruos de lo más normales,* lo cual demostraba que sabía que el programa sacaría a los RAD a la luz.

Era difícil imaginar a Cleo poniendo en peligro a la comunidad RAD entera. Pero, como la madre de Clawdeen solía decir, "las personas inseguras hacen las cosas más inconcebibles. Mira a Britney Spears". Clawdeen lo pasaba fatal cuando su madre, siempre tratando de estar a la última moda, hacía referencia a la cultura del pop; sobre todo cuando confundía el nombre de los famosos. Pero Harriet estaba en lo cierto: las inseguridades de Cleo, al igual que las de Britney, la habían llevado a hacer lo inconcebible.

"Aun así, ¿cómo fue capaz?".

Clawdeen empezó a ganar velocidad en un esfuerzo por dejar atrás su indignación. El dolor de las ampollas reventadas resultaba insignificante en comparación con el tormento de una puñalada trapera. Sus tacones se hundían en la tierra blanda, y su bra copa "C" se encontraba en estado turbulento. Unos tenis Puma y un sostén deportivo habrían supuesto una enorme diferencia, pero Clawdeen se había visto forzada al exilio en el momento mismo en que se bajó de la limusina. Para entonces, el programa ya se había emitido y los RAD se estaban dando a la fuga.

—¿No podíamos haber preparado un par de bolsas de viaje, por lo menos? —preguntó Clawdeen, arriesgándose a que la boca se le llenara de mosquitos.

—¿Y no podrías *tú* no haber salido en la televisión? —replicó Don. El alumno del cuadro de honor había dado en el blanco, como de costumbre.

—¡No sabía que nos estaban engañando!

—Pues deberías haberlo sabido —gruñó él.

—Clawd también salió en el programa —añadió Clawdeen sin pizca de culpabilidad. Don jamás se enfadaría con Clawd: era el mayor de los hermanos.

—Salí para vigilarte —terció aquel, falto de aliento. Jugador estrella de futbol americano, el *sprint* se le daba mejor que las distancias largas—. Para asegurarme de que no era una trampa.

—¿Y qué tal te fue? —bromeó Howie.

Clawd le propinó un manotazo en el brazo en plan de broma. Howie se lo devolvió.

Clawdeen extrañaba a sus amigas. "No más sesiones de chismes, no más risas descontroladas, ni intercambios de ropa, ni piyamadas para ponerse mechas en el pelo, ni concursos de manicure, ni depilaciones con cera en el *spa*".

Clawdeen apretó los puños y corrió aún más rápido. Cada ramita que se quebraba bajo sus botines era un normi intolerante. "Desterradas de nuestros hogares. Se acabó Internet. Se acabó la televisión. Se acabó el *footing* a la orilla del río escuchando la superlista discográfica de Blue. Obligadas a escondernos. A vivir asustadas". Clawdeen aceleró la marcha. *Crac. Crac. Crac.*

Los pájaros, presas del pánico, remontaban el vuelo. Los roedores regresaban a sus madrigueras. Las hojas crujían.

Ya se divisaba el claro. Allí estaría Harriet, la madre de los Wolf, ansiosa por poner a salvo a sus hijos.

—Quizá deberíamos recoger a mamá y volver a casa —aventuró Clawdeen—. Quizá sea hora de defendernos por nosotros mismos en lugar de tener miedo...

—No tenemos miedo, para nada —aseguró Howie—. Papá nos encargó que cuidáramos de mamá y de ti mientras está de viaje, eso es todo.

Clawdeen puso los ojos en blanco. Era la misma historia de siempre. Se suponía que los chicos tenían que proteger a las chicas. Pero esta chica en concreto no quería protección. Lo que quería era volver a casa y enfrentarse a Cleo. Quería mirar el correo y comprobar si alguien había respondido a la invitación de sus Acaramelados Dieciséis (porque a ninguna chica le gusta eso de "dulces dieciséis", ¿verdad?). Quería darse una ducha larga y caliente.

—Ustedes, chicos, se quedan con mamá; yo me regreso —sentenció.

—Ni hablar. Somos una manada —repuso Clawd—, y...

—... la manada nunca se separa —terminaron los demás al unísono, con una nota de burla en la voz.

—Sigan adelante. Ya casi llegamos —instruyó Clawd.

Clawdeen se mordió el labio inferior y obedeció sin chistar. Pero su tolerancia a que la trataran como a una niña pequeña se iba desgastando a la par que sus calcetines. Ya estaba bien de protegerla a ella. ¿Qué pasaba con la casa familiar? ¿Con los derechos individuales de los Wolf? ¿Con la libertad de todos ellos? Eso sí que necesitaba protección, mucha más que Clawdeen.

La atlética silueta de Harriet se divisó en la distancia. Como de costumbre, hizo señas con la mano para que sus hijos avanzaran y, en silencio, los animó a que se apresuraran. Siguiendo las indicaciones, Clawdeen aceleró el paso, pero el instinto de huida no acababa de surtir efecto en ella. Más bien deseaba plantar sus tacones firmemente y enfrentarse a la lucha. ¿Por qué no? Apenas quedaban unas semanas para su decimosexto cumpleaños, era demasiado mayor para seguir a la manada. Había llegado el momento de ponerse al mando de su propia vida, de demostrar a su familia que era algo más que un pelaje brillante.

Había llegado el momento de que esta loba y sus zapatos de cordero se descarriaran.

CAPÍTULO 2

HUIR O RESISTIR

Empapada y dolorida tras lo que le habían parecido horas corriendo a toda velocidad y escondiéndose detrás de árboles, coches y arbotantes, Frankie se desplomó sobre un sofá de piedra en el escondite subterráneo de los RAD y se rindió al peso de sus párpados. Como de costumbre, la guarida olía a palomitas de maíz y a tierra mojada. El carrusel situado en lo alto había dejado de girar al anochecer, pero las voces familiares aún daban vueltas alrededor de Frankie. No había sido la primera en entrar.

¿Estaban allí sus padres? ¿Habían conseguido llegar a salvo? ¿De verdad Brett era el culpable de todo?

Frankie trató de no pensar en él para no soltar chispas. Y es que no podía soltar chispas. Necesitaba conservar hasta la última gota de energía por si tuviera que echar a correr de nuevo.

Dejó caer los dedos sobre el estropeado dobladillo de su falda estilo campesina, propia de una señora mayor. Se notaba deshilachado y manchado de lodo; no podría volver a ponerse la falda, eso seguro. Esbozó una débil sonrisa. No hay mal que por bien no venga.

—¿Te encuentras bien? —Frankie escuchó una voz masculina que le resultaba conocida y percibió el aroma a sugus de naranja. Se obligó a abrir los ojos. No vio a nadie.

—¿Billy?

Éste desenganchó un mechón de pelo negro de las pestañas de Frankie y, con cuidado, se lo colocó detrás de la oreja.

—Sí —respondió con suavidad.

Frankie forcejeó para incorporarse. Su amigo invisible la agarró por el hombro y la volvió a tumbar.

—Descansa.

Sirenas de policía aullaban por encima de sus cabezas. La estancia se volvió perceptiblemente más silenciosa hasta que se alejaron.

—Tengo que disculparme —consiguió mascullar Frankie.

—Nadie te echa la culpa.

Frankie soltó un suspiro de incertidumbre.

—Es verdad. Hiciste lo posible por protegernos. Todo el mundo lo sabe. Brett nos engañó a todos. No sólo a ti... —Billy continuó hablando. Insistía en que Brett no era el chico que le convenía a Frankie. En que la había utilizado para impulsar su carrera en el mundo del cine. En que Frankie no debería haber confiado en un normi que viste camisetas con monstruos de película.

Frankie asintió en señal de acuerdo para demostrar a Billy que se sentía tan agraviada como él. Pero, de haber sido sincera, le habría confesado que cuando Brett entregó al Canal 2 las entrevistas con las caras sin difuminar, no sólo rompió la confianza que ella había depositado en él: le rompió también el corazón.

El refugio subterráneo empezó a llenarse con los habituales —aunque ahora atacados por el pánico— RAD. Demasiado nerviosos para sentarse en los sillones de piedra, paseaban de un lado a otro. Sus movimientos inquietos encendían y apagaban los faroles que colgaban de los ganchos del techo, creando un mareante efecto estroboscópico. Jackson se mordía el labio inferior mientras que su ventilador en miniatura le apartaba el lacio flequillo de la frente. A su lado, Blue se quitó sus guantes sin dedos y empezó a aplicarse crema hidratante de cera de abejas en su piel escamosa. Deuce se quitó el gorro verde para que las serpientes de su cabeza pudieran desenroscarse y estirarse. Lala, que parecía aún más pálida de lo normal, cerró su sombrilla color rubí y a toda prisa se sumó al apretado círculo. Julia los saludó con su entrañable mirada fija de zombie, enmarcada por unas gafas de ojo de gato.

Por lo general, sus animadas conversaciones ascendían como burbujas desde el círculo y se desparramaban por la sala como un refresco recién agitado. Pero aquella noche la conversación carecía de gas. En lugar de divertidos chismes, intercambiaban miradas de "¿y-ahora-qué-hacemos?" acompañadas por una sinfonía de mordiscos de uñas, golpecitos con los pies y lloriqueos amortiguados.

Billy agarró a Frankie por un dedo y le dio un tirón.

—Vayamos a saludar.

—Ve tú —repuso ella, demasiado avergonzada para mirar a sus amigos cara a cara. Y no porque hubiera fallado su misión de liberar a los RAD, sino porque Brett le gustaba muchísimo y Frankie había convencido a todo el mundo de que él también estaba loco por ella.

Billy le dio un apretón en la mano y, luego, la soltó.

—De acuerdo. Vuelvo enseguida.

Frankie dejó que sus ojos se cerraran de nuevo y escuchó voces familiares que la invadían como oleadas de electricidad.

—¿Quién se iba a figurar que Brett era un bribón semejante? —se quejó Blue, cuyo acento australiano resultaba más marcado de lo habitual—. Lo había tomado por un colega legal.

—Pues gracias a ese "bribón" tengo que volverme a Grecia —reclamó Deuce.

—¿Por cuánto tiempo? —se interesó Billy.

—Ni idea. Lo bastante para que el entrenador me expulse del equipo de básquet.

—¿Lo sabe Cleo? —preguntó Lala.

El repentino *clic-clac, clic-clac* de tacones de madera y una ráfaga de perfume de ámbar impidió que Deuce contestara a la pregunta.

—¡Eeeeh! —exclamó Cleo con la ligereza de quien ha quedado para tomar un café.

—Quééééé pelo tan padre —comentó Julia con voz monocorde al fijarse en el impecable peinado de Cleo. La zombi no se daba cuenta de la tensión en aumento.

Frankie sintió ganas de mirar a hurtadillas, pero le resultaba imposible abrir los ojos. Era como si una docena de aretes estilo candelabro le colgaran de las pestañas.

—¡Gracias! Acabo de volver de una sesión fotográfica para *Teen Vogue* —anunció Cleo. Hizo una breve pausa y luego preguntó—: ¿Qué le pasa a Frankie?

—Necesita dormir —aseguró Billy—. No le pasa nada.

—¿En serio? Pues a mí me parece que está un poco verde —Cleo soltó una risita.

Las yemas de los dedos de Frankie se calentaron, aunque no llegaron a soltar chispas. Si le hubiera quedado un simple vatio de energía, habría vendado en plan momia a la majestuosa "b-i-c-h-a" con tanta fuerza que las pestañas postizas le saldrían disparadas. "¿A qué vino, para empezar? Ni siquiera sale en el video".

—A ver, ¿qué quieres? —preguntó Lala.

—Vine a limpiar mi nombre —repuso Cleo, cuyo tono de voz se tiñó de seriedad—. ¿Dónde está Clawdeen?

—Nadie lo sabe —Billy suspiró—. No contesta las llamadas.

—De todas formas, ¿no piensas disculparte? —reclamó Jackson, furioso.

—¿Disculparse Cleo? —se burló Deuce—. Jamás.

—Exacto, Deucey, porque no hice *nada*.

—¡Cómo que no! —estalló Blue—. Nos arruinaste la vida para impresionar a tu nueva mejor amiga...

—*¡Ka!* —Cleo estampó su tacón de madera contra el suelo—. ¡Bekka Madden no es mi mejor amiga, para nada!

—Pues más te valdría, porque nosotros no queremos saber nada de ti —respondió Blue.

—¿Me dejas terminar? —preguntó Cleo, con las manos sobre la cintura.

Se hizo el silencio.

—Admito que estaba resentida porque prefirieron la película a la sesión de fotos para *Teen Vogue* —explicó Cleo—. Me junté con Bekka para borrar el video de la computadora de Brett e impedir que se emitiera. No estuvo bien, ya lo sé. Sólo quería posar como modelo con mis mejores amigas, así que, en teoría, mi lealtad estaba con quien tenía que estar.

Julia canturreó en señal de aprobación.

—Pero ¿por qué te juntaste con Bekka? —insistió Lala.

—Conocía las contraseñas de Brett.

—¿Y por qué querría Bekka que el video no se emitiera? —intervino Jackson.

—¿Qué más da? Ella tenía sus motivos; yo ya les dije las míos, ¿de acuerdo?

Las yemas de los dedos de Frankie ardían como mejillas al rojo vivo. El motivo de Bekka era *ella*.

—De todos modos, al enterarme de que el Canal 2 no iba a emitir el video porque las caras estaban difuminadas, pensé que todo iba de lujo —prosiguió Cleo—. Ustedes, chicas, podrían posar como modelos y yo podría dejar de salir con Bekka y con esa tal Haylee, más plasta que el estiércol de camello. No tenía ni idea de que lo iban a emitir por televisión sin censurar. ¡No tuve nada que ver! Lo juro por Ra. Estaba en las dunas de arena de Oregón, tratando de sobrevivir a una estampida de camellos mientras todo esto pasaba. Si Melody no me hubiera informado, jamás...

—¿Cómo está Melody? ¿Ha hablado alguien con ella? —interrumpió Jackson—. Mi madre, tan paranoica como siempre, me ha confiscado el teléfono.

—¡Eh! ¿Les cuento una cosa megaextraña? —Cleo se inclinó hacia delante, dispuesta a chismorrear sobre la normi nueva—. ¿Sabían que cuando canta...?

Blue la paró en seco.

—¡Ya! Párale al rollo de los chismes y ve al grano. ¿Nos pusiste una trampa, o no?

A Frankie le habría encantado ver la expresión de Cleo. Nadie, jamás, utilizaba semejante tono con su alteza real.

—Bekka actuó por su cuenta —aseguró Cleo—. En lo único que me equivoqué fue en elegir una sesión de fotos por encima de la causa de los RAD. Nada más. Nunca los pondría en peligro, a ninguno. Ni siquiera por *Teen Vogue*. Se los juro y, si no, que me pudra en mi tumba —hizo una pausa—. ¿Alguna pregunta?

Nadie pronunció palabra. En vez de eso, Frankie escuchó besuqueos y cariñosos abrazos de "reconciliación".

—Quééééé pelo tan paaaaaadre —volvió a comentar Julia con voz monótona.

Cleo se echó a reír.

—Gracias, Zombita.

"¡Un momento! Tengo una pregunta —pensó Frankie—. Cuando dijiste "Bekka actuó por su cuenta", ¿querías decir por su cuenta sin ti, o por su cuenta sin Brett? ¿Brett es inocente? ¿Es...? ¡Ay! Tirón. Calambre en los tornillos. Aaah...".

El cuerpo de Frankie empezó a zumbar. Corrientes al rojo vivo le recorrían la espina dorsal y activaban sus extremidades. Los dedos de las manos se le crispaban. Los de los pies se le movían sin parar. Abrió los ojos de golpe. "¿Es lo que sienten los normis cuando toman azúcar?".

Su padre se inclinaba sobre ella mirándola con intensidad, como si tratara de leer sus pensamientos.

—¿Cómo está la niñita perfecta de papá?

Frankie asintió lentamente y se incorporó. Las cálidas manos de su madre le sujetaban la espalda.

—Estábamos muy preocupados por ti —dijo Viktor—. Si Billy no nos hubiera dicho dónde estabas...

—Frankie, cinco minutos más y te habrías desmayado —explicó Viveka—. Pérdida de memoria, coma... —sacudió la cabeza para apartar de su mente tan terribles pensamientos.

—Toma —dijo Viktor, orgulloso. De su dedo índice colgaba un bolso acolchado negro con correas de color rojo sangre—. Es para ti.

Desconcertada, Frankie volvió la vista hacia su madre. El bolso era electrizante, desde luego; pero parecía un extraño momento para regalos.

—Anda —Viveka esbozó una sonrisa—. Agárralo.

El refugio estaba abarrotado de padres que corrían a abrazar a sus hijos.

—Es una máquina portátil de recarga eléctrica —explicó Viktor—. Consérvala pegada al cuerpo y te mantendrás cargada.

—Hemos diseñado el bolso al estilo de un Chanel —susurró Viveka con tono triunfante.

Frankie lo giró entre las manos. Vibraba de vida. Las correas estaban tachonadas con tornillos para el cuello en miniatura, y el interior contaba con más bolsillos que sus pantalones de estilo militar. Al instante, trasladó de su ya anticuada mochila color plata su iPhone 4, su cartera negra y verde, su polvera adornada con diamantes de imitación, su estuche de maquillaje F&F, su llavero rosa de Lady Gaga y su paquete de caramelos masticables. Todo encajaba a la perfección.

—¡Lo adoro con todo el hueco de mi corazón! —exclamó Frankie, radiante, mientras acogía a sus padres en un enorme abrazo de agradecimiento. Desprendían un olor a sustancias químicas y a gardenias, olor que Frankie había llegado a asociar con el amor.

—Un momento un tanto peculiar para comentarios empalagosos y abrazos propios de adolescentes, ¿no les parece? —una voz masculina, profunda y melódica, inundó de pronto la estancia.

Los Stein se separaron y descubrieron un monitor gigante que descendía desde el techo. Se detuvo en el centro de la abarrotada sala y se quedó colgado a unos tres metros del suelo. A toda prisa, los RAD dejaron de consolarse mutuamente y concentraron la atención en la pantalla, que mostraba a un hombre de aspecto distinguido, sentado bajo una enorme sombrilla. Con gafas de espejo y una túnica dorada de raso, exhibía un bronceado de siete capas y llevaba el pelo aplastado hacia atrás con marcados surcos de peine. La imagen no revelaba gran cosa sobre dónde se encontraba, más allá de la barandilla de madera bruñida de un yate. Jay-Z tronaba como música de fondo. Se escuchaban risas de mujeres. Y copas de champán que entrechocaban entre sí.

—Discúlpenos, señor D —dijo Viktor al tiempo que se aproximaba a la pantalla—. Nos hemos alegrado tanto de ver a Frankie sana y salva que...

Cruzando los brazos sobre su suave pechera, el hombre en la pantalla sacudió la cabeza con aire de desaprobación.

—Perdón —añadió Viktor con tono humilde.

Tres mujeres con altos tacones atravesaron la pantalla haciendo *clic-clac,* ataviadas con la clase de traje de baño de una pieza y cortes asimétricos que deja marcas de bronceado al estilo Mondrian. Con sus largas uñas de color rosa, acariciaron la nuca del señor D al pasar.

Avergonzada, Lala enterró la cara entre las manos.

Frankie se apartó de su madre y, poco a poco, se fue acercando a sus amigos.

—¿Cómo es que está tan moreno? —preguntó Cleo a Lala.

—Treinta horas seguidas en una cama de rayos UVA —susurró Lala en respuesta.

—Odio esos aparatos —terció Frankie, recordando el suplicio de la subida de tensión eléctrica en el *spa*—. Me sentí como si estuviera en un ataúd.

Cleo y Lala soltaron una risita.

—Mmm, pues algo me dice que a él no le importa —añadió Cleo.

Se volvieron a reír.

Sin entender el chiste, Frankie se giró y susurró a los rizos rubios de Blue, blanqueados por el sol:

—¿Quién es ese?

—El padre de Lala —susurró Blue en respuesta—. Es el gerifalte.

—¿El *qué?*

—El macho alfa —explicó Blue.

Frankie frunció las cejas.

—¡El jefe!

—Ah.

—Más listo que el hambre, ya lo creo —prosiguió Blue—. Y un gallito con las sheilas, tú ya me entiendes.

Frankie asintió como si la entendiera.

El señor D se aclaró la garganta.

—Dejaré el regaño para otra ocasión. Me imagino que haber tenido que abandonar sus casas ya es suficiente castigo por el momento. ¿Me equivoco?

Varios padres, avergonzados, bajaron la cabeza. Algunos se tragaron las lágrimas. Frankie retrocedió unos pasos y se ocultó detrás de Deuce, por si acaso el señor D decidía buscar un chivo expiatorio. Pero no daba la impresión de que le importara encontrar un culpable. Por suerte, a nadie le importaba. Las acusaciones eran un lujo que ya no se podían permitir.

—He llevado a cabo las disposiciones necesarias —declaró—. Mi hermano Vlad recogerá sus teléfonos y documentos de identificación. Encargué celulares y números nuevos, así como nuevas identificaciones para todos, de modo que no puedan localizarlos.

Vlad, el tío de Lala, se plantó delante de Frankie con una enorme bolsa negra entre las manos. Con una estatura que no superaba el metro y medio, pelambrera de cabello gris, gafas redondas de concha y camiseta ajustada a rayas blancas y negras, parecía un Andy Warhol del tamaño de una Cajita Feliz.

—Truco o trato —bromeó, al tiempo que las puntas de sus relucientes colmillos, sometidos a un tratamiento con fundas blanqueadoras, se clavaban en su acolchado labio inferior.

Mientras los dedos le soltaban chispas, Frankie escudriñó la multitud en busca de señales de Billy. Él le había regalado el teléfono. No podía deshacerse como si nada de él.

—Tranquila —dijo Billy como si le leyera la mente—. No me lo tomaré a mal.

El tío Vlad ladeó la cabeza y elevó sus delgadas cejas como diciendo: "¡Vamos, ya!".

Frankie introdujo la mano en su bolso nuevo y agarró el celular. Como el cachorro feliz que saluda a su dueño, el teléfono se cargó con el roce de sus dedos. Ay, cuánto se echarían de menos el uno al otro.

—*Vite, vite* —apremió el tío Vlad.

Frankie soltó el celular en la bolsa negra.

—La cartera también, Chispita.

Nunca dispuesta a dejarse intimidar, Frankie contempló la idea de clavar un par de gomitas de Halloween en los perlados colmillos del vampiro. Pero no era un buen momento para atraer la atención hacia sí misma. En vez de eso, sacó su credencial de Merston High y la dejó caer en la bolsa.

—La cartera me la quedo —declaró.

—*Miauuuuuuuu* —maulló el tío Vlad—. Ha hablado Stein, la Buscapleitos.

Frankie sonrió ante el apodo; se lo tomaba como un cumplido. Vlad hizo un guiño como si tal vez lo fuera, y luego le entregó un sobre negro.

—¿Qué es esto?

—Dinero para emergencias, una identificación nueva, un itinerario de viaje y una tarjeta de regalo reembolsable por un iPhone en cualquier tienda Apple del mundo.

—¿Itinerario de viaje? —preguntó Frankie—. ¿Adónde vamos?

—Mira, Buscapleitos: basta de discusiones y a otra cosa, mariposa —el tío Vlad hizo un gesto hacia la sala atestada de gente que aguardaba sus sobres—. Tengo otros clientes.

Él y su ominosa bolsa negra se desplazaron en dirección a Cleo.

—De ninguna manera, señor —Cleo se apretó el bolso contra el pecho—. Yo no hice nada. ¡No salí en televisión!

Frankie puso los ojos en blanco mientras, a empujones, se abría paso hasta la primera fila del gentío.

—Una flota de aviones a reacción se encuentra en ruta en estos momentos —prosiguió el señor D—. Estará en el lugar habitual dentro de tres horas. Uno de mis contactos en la Administración Federal de Aviación les garantiza una travesía segura. Hasta entonces, quédense aquí. Nadie puede volver a casa. Es peligroso.

Los murmullos fueron en aumento.

—¿Qué va a ser de Salem cuando nos marchemos? —preguntó uno de los adultos—. ¿Quién va a dirigir mi restaurante?

—¿Y mi despacho de abogados?

—¿Y el cuerpo de bomberos?

—¿Qué pasa con mis alumnos?

—¿Y mis pacientes?

En cuestión de segundos, el ambiente de conflicto se tornó en otro de pánico. Eran personas importantes que tenían obligaciones no sólo entre sí, sino también con el resto de la ciudad. ¿De verdad el señor D esperaba que lo abandonaran todo y se marcharan, sin más? ¿Quién los sustituiría? ¿Cómo funcionaría la sociedad sin ellos? ¿Qué sería de los que se quedaban atrás?

Olvidando la norma de sus padres acerca de no aproximarse demasiado a los televisores, Frankie se acercó al monitor y espetó:

—¿Está seguro de que marcharse es la mejor idea?

El señor D se inclinó para acercarse a la cámara, cuyo ojo redondo se reflejaba en sus gafas.

—¿Señorita Stein?

Frankie asintió.

El señor D se recostó sobre su butaca blanca de barco y juntó las yemas de los dedos.

—Sí, he oído hablar de ti.

Frankie sonrió, radiante.

—Gracias.

Varios de los adultos se rieron por lo bajo.

—Perdone, señor —intervino Viktor mientras colocaba una mano sobre el hombro de Frankie y apartaba a su hija de la pantalla—. Nació hace poco. Lo que trata de decir es que algunos de nosotros estamos cansados de que nos intimiden. Y queremos quedarnos.

—Para ti es muy fácil —reclamó Maddy Gorgon, la madre de Deuce—. Frankie no participó en la película.

—Sí participó —puntualizó Viveka.

—Sólo con la voz —argumentó Coral, la tía de Blue—. Curiosa la forma en la que realizaba las entrevistas *detrás* de la cámara. Como si de antemano supiera que el tiro iba a salir por la culata.

Frankie se sintió como si le hubieran encajado en el ombligo el tubo de una aspiradora, con el control en la posición de "Succión de serenidad".

—¡Sólo teníamos una cámara! —espetó—. Supongo que me podría haber sentado en las rodillas del entrevistado, o podríamos haberla atado a un péndulo, pero...

A modo de advertencia, Viktor dio un toquecito en el hombro de Frankie.

—Ya basta —ordenó.

—Fue alucinante —le susurró Billy al otro oído.

Frankie estaba demasiado exaltada como para sonreír.

—¿De qué acusas a mi hija, exactamente? —preguntó Viveka.

En la pantalla, el señor D encargaba su almuerzo entre susurros a una mesera.

—Me parece que lo sabes —replicó Coral—. No ha dejado de dar problemas desde que nació.

Frankie soltó chispas.

—Un momento, Carol —arbitró Ram de Nile, cómodamente sentado en un sillón.

—Me llamo *Coral.*

—Mi hija Cleo tampoco salía en la película. ¿Acaso sugieres que también tenía un motivo oculto?

—Puede que sí —declaró Coral.

—En ese caso, soy *yo* quien tiene una sugerencia para ti —replicó Ram mientras Cleo aparecía a su lado—. Quizá tengas que controlar a tu sobrina.

—¡Vamos, anda! —vociferó Blue—. ¡Ya estoy controlada!

Lala soltó una risita, y el señor D se giró para clavar la mirada en el grupo.

—Sí, se nota —se burló Ram.

—Bueno, pues yo no pienso arriesgarme —intervino Maddy con voz cantarina—. Deuce y yo nos volvemos a Grecia.

—¿Cómo? —preguntó Cleo a gritos. Acto seguido, se dirigió a su novio—: ¿Por qué no me lo dijiste?

—Porque me enteré hace una hora —respondió él con un gemido.

—¿Cuánto tiempo estará fuera Deuce? —preguntó Cleo a la señora Gorgon.

—Tanto como sea necesario —repuso Maddy con firmeza—. Los normis de todo el mundo ya saben quiénes somos. Tenemos que estar con nuestros parientes... Los únicos en quienes podemos confiar.

—No es verdad. Hay muchos normis ahí afuera que nos apoyan —intervino Jackson, a todas luces pensando en Melody.

—¿Y qué pasa con el básquet? —preguntó Cleo—. El entrenador expulsará a Deuce del equipo si se pierde... —se echó a llorar—. ¿Y qué pasa conmigo?

—Gracias a tu *inteligente* elección, aquí nos quedamos —declaró Ram, aunque no era eso a lo que Cleo se refería.

Coral agitó en el aire su sobre negro.

—Bueno, pues Blue regresa a Bells Beach, a casa de sus padres.

Ante el anuncio, la criatura marina rompió en salados sollozos. Las secas escamas en sus mejillas relucían bajo las lágrimas. Las promesas que su tía le susurró, acerca de sesiones diarias de *surf* y baños al atardecer junto a la Gran Barrera de Coral, procuraron a Blue un consuelo pasajero; pero, luego, la idea de abandonar a sus amigas y perderse el cumpleaños de Clawdeen, sus "acaramelados dieciséis", la sumió de nuevo en la desesperación.

—Te enviaremos el video de la fiesta —se ofreció Jackson en un intento por consolarla.

—¿Cómo dices? —preguntó su madre—. No nos vamos a quedar.

—*¿Qué?* No puedo marcharme así, por las buenas. ¿Qué pasa con el instituto? ¿Y mis clases de pintura? ¿Y Melody?

—Jackson, es una chica estupenda, pero en este momento es la última de mis preocupaciones.

Las peleas empezaban a estallar alrededor de Frankie. Padres e hijos discutían sobre sus respectivos futuros al tiempo que el tío Vlad les arrancaba los teléfonos de las manos.

Lala era la única que aún seguía pendiente de la pantalla.

—Papá, ¿significa esto que me voy a reunir contigo en el yate? —en su voz se percibía una dulce nota de esperanza.

—Verás, La, dirijo un imperio internacional desde este barco. No es precisamente un crucero tipo Disney —explicó el señor D, cuyo tono dejaba en claro que no era la primera vez que hacía el comentario.

Lala bajó la vista hacia los cordones fucsia de sus botas de combate. Pasados unos segundos, levantó sus ojos humedecidos.

—Entonces, ¿me quedo aquí? ¿Con el tío Vlad?

El señor D negó con la cabeza.

—¿Por qué no? —preguntó Lala mientras ocultaba sus pálidas manos en las mangas de su chaqueta de punto extragrande—. No soy como tú. No salgo ante las cámaras. Nadie me ha visto la cara.

—Saben dónde vives.

—Pero...

—Te divertirás en Transilvania —aseguró él.

—No —caminando hacia atrás, Lala se apartó de la pantalla—. Con los "depreabuelos" no, *¡por favor!*

—Deja de llamarlos así. Con ellos estarás a salvo. Si tienes suerte, podrían incluso enseñarte un par de cosas sobre ser responsable y asumir obligaciones.

Vlad puso los ojos en blanco, tomándose la indirecta a título personal.

—¡Beben batidos de carne y se pasan el día encerrados!

—Bueno, es que son un poco chapados a la antigua — admitió el señor D.

—Papá, cuando le dije al abuelo que quería ser veterinaria, me dijo que ya lo era, porque no comía carne. ¡No entiende la diferencia entre veterinaria y vegetariana!

—Pues a mí me criaron bien, ¿no te parece?

Lala se abstuvo de responder.

—En asuntos de familia, no es bueno tener el colmillo retorcido —sentenció el señor D.

—Nunca mejor dicho —susurró Blue entre risas.

—Son bromas del abuelo. Dales una oportunidad.

—Pero, papá...

En la pantalla, la mesera regresó con un crujiente filete sobre una charola de plata.

—Me temo que tengo otra reunión —anunció el señor D—. Maddy, los teléfonos.

El tío Vlad vació en el suelo el contenido de la bolsa negra. La dinámica y elegante madre de Deuce dio un paso al frente.

—Ojos cerrados —dijo elevando la voz mientras sujetaba sus lujosas gafas de sol de montura negra. Todo el mundo obedeció y Maddy se las quitó. La estancia se enfrió rápidamente y luego se calentó en cuanto volvió a cubrirse los ojos—. Vía libre —anunció.

Ante ellos se elevaba una estatua de piedra obtenida con los teléfonos, carteras e identificaciones que los presentes habían entregado; otra enigmática pieza de arte que contribuiría a atestar aún más el escondite subterráneo. El más reciente tributo a la lucha en curso de los RAD.

—Buena suerte a todo el mundo —se despidió el señor D por encima de los sollozos—. Y no lo olviden: hay que ocultarse sin avergonzarse.

—Ocultarse sin avergonzarse —respondieron todos al unísono. Todos excepto los Stein.

La pantalla se oscureció y el monitor se elevó en dirección al techo.

Desde el otro extremo de la sala, la tía Coral, que seguía consolando a Blue, lanzó una ronda de miradas de odio a los Stein.

—Creo que deberíamos marcharnos —comentó Viktor, al tiempo que colocaba un brazo protector sobre los hombros de Frankie.

A Frankie le costaba creer que sus padres se tomaran la idea de quedarse verdaderamente en serio.

—¿Ya está? ¿Nos regresamos a Radcliffe, sin más?

Viveka se arrodilló y tomó a su hija de la mano.

—Ya está —sus ojos color violeta se veían firmes, seguros—. Llevamos siglos haciendo las cosas a nuestra manera, y no hemos llegado muy lejos. De modo que ahora trataremos de hacerlas a la tuya.

—¿A mi manera? —Frankie soltó chispas y retiró la mano hacia atrás. Imaginarse a sí misma como líder de una exitosa revolución le aportaba más energía que el cable eléctrico. Aun así, pronunciadas en alto, aquellas palabras le resultaban pesadas, cargadas con el peso de la responsabilidad y las consecuencias. Además, tras numerosos intentos fallidos como luchadora por la libertad, Frankie había llegado a cuestionar su capacidad para acarrear sola semejante carga—. No tengo un plan ni nada parecido.

—Mejor —repuso Viktor con una risita, sin duda también pensando en el historial de su hija—. Porque ahora lo único que necesitamos es quedarnos quietos y mantenernos a salvo. Nuestro objetivo consiste en continuar con nuestra vida. Todo sigue igual. Ya está. Y nada más. Todavía no. Ni conspiraciones, ni planes, ni proyectos. No hasta que sepamos a qué y a quién nos enfrentamos. ¿De acuerdo?

—De acuerdo —convino Frankie, si bien no compartía la opinión de su padre. Al menos, no del todo. Pero acabaría por compartirla. El lunes, en cuanto se reuniera con Brett en el instituto y le pidiera o, más bien, le *exigiera,* que admitiera su papel en aquel embrollo. Entonces, una vez aclaradas convenientemente las cosas con él, acataría la norma de su padre.

Entre llorosas despedidas y alguna que otra mirada vengativa, Viktor condujo a su familia hacia la vieja puerta de madera. Por el camino, Frankie y Viveka se fueron deteniendo para abrazar a sus amigos y desearles buena suerte.

—¿De verdad se quedan? —preguntó la señora J al tiempo que, por debajo de sus gruesas gafas negras, se secaba el rabillo del ojo con un pañuelo de papel hecho una bola.

—Sí —repuso Viveka, y dedicó a Frankie una amplia sonrisa. Frankie le sonrió en respuesta.

—Ojalá Jackson y yo pudiéramos quedarnos, pero...

—Con el debido respeto, Viv —intervino Maddy Gorgon, interrumpiendo a la señora J—. ¿De verdad piensas que quedarse en Salem es lo que más le conviene a tu hija?

—Desde luego que sí —respondió Viveka, cuya certidumbre se reflejaba en las lentes de las carísimas gafas de Maddy.

—La idea fue mía —terció Frankie, apresurándose a defender a su madre.

—En los últimos meses hemos aprendido mucho de ella —Viveka dedicó a su hija una sonrisa radiante.

—Nuestros hijos son inteligentes. De eso no cabe duda —Maddy se ahuecó la parte posterior del pañuelo amarillo y verde que le cubría la cabeza—. Pero, en momentos así, creo que lo más indicado es que los adultos sean quienes den las lecciones.

—Nosotros le estamos enseñando a conocer la vida —explicó Viveka. Y luego, dirigiéndose a Frankie, añadió—: Y ella nos enseña cómo vivirla.

—Bueno, muy bien —repuso Maddy con una sonrisa irónica—. Confiemos en que sepa lo que hace.

La señora J sollozó.

—Cuídense mucho. Queremos volver a verlos aquí, sanos y salvos, si es que regresamos.

"¿Si es que regresamos?". Frankie no había pensado en la posibilidad de que todos ellos se fueran a marchar para siempre. Había estado demasiado concentrada en su dolor. Demasiado preocupada por la confrontación con Brett. Demasiado obsesionada con la electrizante decisión de sus padres de permanecer en Salem.

Avergonzada por su falta de consideración, Frankie ajustó su selector interno de empatía y lo sintonizó con la frecuencia de la estancia. La desolación se cernía en el aire, gris y opresiva, como la niebla de Salem.

Los padres habían formado grupos y comentaban entre susurros sus planes apenas ideados. Jackson permanecía sentado en un sillón, inclinado hacia delante como si tratara de no vomitar. Lala y Blue alternaban risas y sollozos mientras grababan mensajes en video en los teléfonos de una y de otra. Cleo ceñía a Deuce con sus brazos cubiertos de oro. Húmedas pestañas postizas le colgaban de los ojos como ramas atrapadas en la boca de una cascada. Si la sal de las lágrimas pudiera calcificarse, habría colgado de sus párpados en forma de estalactitas. ¿De verdad podría ser un adiós definitivo?

Frankie no se imaginaba el instituto sin ellos. Y no los imaginaba separados los unos de los otros. Ahora, más que nunca, estaba decidida a arreglar las cosas. A que la asociaran con la unión, y no con la separación. A dar significado a su vida y a sentirse digna de ser llamada "la niñita perfecta de papá". Se lo debía a sus amigos, a sus padres y a su propio futuro.

Al igual que Martin Luther King Jr., Frankie soñaba con vivir en un país donde las personas no fueran juzgadas por el color de su piel, sino por la integridad de su carácter. Cuanto más pronto lo hiciera realidad, más pronto podría llevar a cabo el deseo de Katy Perry y vivir el sueño adolescente de su *Teenage Dream*.

CAPÍTULO 3

PODER DE CONVICCIÓN

La puerta principal de los Carver se abrió de pronto con urgencia. Melody levantó su dolorida cabeza de la mesa de la cocina y se preparó para un subsiguiente portazo que no llegó.

—¿Hola? —gritó Candace, su hermana mayor, escupiendo hacia Melody una cáscara de pistache desde el otro lado de la mesa.

No hubo respuesta.

Las chicas intercambiaron una mirada aterrorizada que parecía preguntar: "¿Estamos a punto de que nos detengan? ¿De que nos interroguen por nuestra implicación en *Monstruos de lo más normales*? ¿De que nos secuestren y nos torturen hasta que revelemos dónde se esconden los RAD?

Ya les gustaría saberlo.

—¡Tenemos francotiradores cargados a tope, para que lo sepas! —añadió Candace.

Melody puso los ojos en blanco.

—Francotirador es el que dispara, y no el arma —susurró.

Candace se encogió de hombros con su habitual estilo "deberían-darme-puntos-por-siquiera-conocer-esa-palabra-porque-no-se-espera-que-las-rubias-perfectamente-simétricas-como-yo-la-conozcan-y-yo-la-dije".

—¿Dónde está? —gritó el intruso.

El familiar repiqueteo de las botas de montaña con tacón sobre el suelo de madera las tranquilizó.

—Hola, mamá... —masculló Candace, abriendo otro pistache.

Melody pulsó *redial* en su celular por lo que le parecía la millonésima vez aquella noche. De nuevo, saltó el buzón de voz. Colgó.

—Te digo, a Jackson le pasa algo.

Glory Carver apareció en el umbral de la cocina, equipada con muebles de madera. Su figura menuda estaba envuelta en una sencilla gabardina negra, lo que permitía que sus rizos castaños acapararan el protagonismo.

—¿Dónde está su padre? Debería haber llegado a casa hace horas.

Melody se encogió de hombros.

—No lo sé.

—Bueno, no aguanto un minuto más. Vamos, cuéntalo —exigió Glory mientras se frotaba las manos con nerviosismo.

A Melody se le revolvió el estómago. No había nada de aquella pesadilla que deseara contar, y menos *a ella*.

—Anda, ya, no vine volando desde el club de lectura para que te me quedaras mirando. ¡Adelante!

—¿No vas a cerrar la puerta de entrada? —preguntó Melody, incapaz de mirar a su madre a los ojos.

—¿En serio? ¿La puerta? —Glory se desató la gabardina y se sentó junto a sus hijas a la mesa, un óvalo negro que, con su brillo al estilo de "vengo-de-Beverly-Hills", se burlaba de la rústica vivienda—. ¿Eso es todo?

—Sí —Melody se levantó y abrió de par en par el refrigerador, forrado de madera. El aire frío resultaba tranquilizador.

—Te noto más que huraña, ¿por qué? —se extrañó Glory.

Melody puso los ojos en blanco frente a la leche orgánica descremada.

—Mamá, creo que la expresión correcta es *más migraña* —intervino Candace pronunciando las palabras lentamente—, y estoy de acuerdo. Está totalmente obsesionada con Jackson. Mi hermana tiene que salir con otros chicos.

—De hecho —dijo Glory entre risas—, quería decir *huraña* —clavó sus ojos verdes en Melody—. No entiendo nada.

—Hay muchas razones —Melody cerró la nevera y, a pisotones, se dirigió a cerrar de un golpe la puerta de entrada.

"¿Será porque mis amigos se han convertido en el objetivo de una caza de monstruos a gran escala? —sintió ganas de gritar—. ¿O porque mi novio no ha contestado mis llamadas en las últimas tres horas? ¡Ah, no! Espera. Ya sé por qué estoy tan huraña. ¡Porque Manu, el mayordomo de Cleo, me ha dado motivos para creer que no eres mi verdadera madre!".

Pero la genealogía no era la prioridad. La prioridad era encontrar a Jackson. De modo que Melody regresó a la cocina sin mencionar palabra.

—Di por hecho que estarían celebrándolo, nada más —explicó Glory con un encogimiento de hombros autocompasivo.

—¿Celebrándolo? —repitió Melody, desconcertada.

—Tu hermana me envió un mensaje con la buena noticia desde la sesión fotográfica para *Teen Vogue*.

—¿Buena noticia?

—Cuando me enteré de que habías recuperado la voz para cantar, ¡por poco me estallan mis jeans de pura emoción!

Candace abrió otro pistache.

—Un momento —Melody se apoyó en el mostrador y hundió las manos en los bolsillos de su sudadera con capucha—. ¿Estás hablando de mi voz?

Glory asintió.

—Pues claro. Quiero escucharte —juntó las manos de golpe como si fuera a rezar y, moviendo los labios en silencio, dijo: "síporfavorsíporfavorsíporfavor"—. Canta *Defying Gravity,* del musical *Wicked*. Como solías hacer. Siempre fue mi favorita.

Candace soltó una carcajada.

—Mamá, no estoy de humor...

—¡Nena! —gritó Beau mientras entraba en la casa—. ¡No lo vas a creer!

—¡Ya lo sé! ¡Acaba de recuperar la voz! —Glory corrió hacia el vestíbulo para saludar a su marido—. Son las ocho y media, ¿dónde estuviste?

—Los teléfonos de la consulta no han parado de sonar.

Permanentemente bronceado y vestido con un traje de diseño, el cirujano plástico que desafiaba su edad entró en la cocina. Aflojándose la corbata, besó en la frente a sus dos hijas y, acto seguido, tomó asiento en una de las sillas negras con forma de mano abierta que rodeaban la mesa. Glory introdujo en el microondas su comida congelada favorita (quesadilla al estilo Baja California) y ajustó el reloj.

—¿Por qué no dejaste que contestara el servicio de atención telefónica?

—Curiosidad morbosa —repuso él—. Las llamadas eran de adolescentes que preguntaban si podía ponerles colmillos, cuernos, cola... lo que se puedan imaginar. Querían parecerse a... —chasqueó los dedos, tratando de recordar la palabra; luego, dándose por vencido, continuó—: Bueno, el caso es que, al principio, el doctor Kramer y yo pensamos que era otra broma, como la que le hicieron los chicos de Merston High a ese pobre Brett. Pero luego nos enteramos de lo del programa del Canal 2 y...

—¡Los NUDI al poder! —gritó Candace, lanzando un puñetazo al aire.

—¿Qué significa NUDI? —preguntó Glory por encima del sonido del microondas.

—Normis Unidos contra Discriminadores Idiotas —explicó Candace—. Melly, funciona. ¡Los normis quieren ser RAD! ¡El mensaje está calando! —empezó a escribir un SMS a Billy—. Oye, esto va a quedar súper en mi solicitud para la universidad.

—¡Eso es! Así los llaman: ¡RAD! —exclamó Beau mientras abanicaba su humeante quesadilla—. Y por lo que tengo entendido, ¡algunos viven en nuestra calle! —dio un sorbo del vino que, gracias a Glory, había aparecido frente a él—. El doctor Kramer se muere por ver alguno, de modo que invité a su familia a cenar el domingo por la noche. Tienen dos criaturas de su edad, así que...

—Así que, *¿qué?* ¿Es que vas a montar un negocio paralelo? —replicó Melody—. ¡Vengan a ver a los engendros de Radcliffe Way! ¡El precio de la entrada incluye una cena! ¡Redes de caza gratis hasta agotar las existencias!

—¿Se puede saber qué te pasa? —se extrañó Beau.

—Está huraña —explicó Candace—. Pero tiene razón, papá. No son *friquis* de circo.

Melody asintió en señal de acuerdo.

—En ningún momento dije que fueran...

—Por cierto, ¿los hijos de los Kramer son chicos o chicas?

—Chicas.

—Me piro, vampiro.

—Ni lo sueñes —aseguró Beau—. La asistencia es obligatoria.

—Beau, ¿por qué los invitaste la noche antes de nuestras vacaciones? —preguntó Glory mientras servía vino en una copa—. La mañana siguiente salimos de viaje.

—Era la única noche que podían.

—Patético —murmuró Melody por lo bajo. ¿Cómo podían sus padres mostrarse tan frívolos ante un asunto de tanta seriedad? ¿Es que las malas noticias tenían que sucederles a *ellos* para que les importaran? ¿No era suficiente lo que les estaba ocurriendo a sus vecinos?

—Pero estaremos atareados con el equipaje y...

—No te preocupes —atajó Beau mientras levantaba su copa agarrándola del tallo—. Traeré comida preparada de La Guarida; la colocas en un recipiente para horno y creerán que la has cocinado tú.

Glory esbozó una sonrisa y chocó las palmas con su marido.

—Siempre supe que había una razón para casarme contigo.

"¿Se dan cuenta de lo que dicen?", estuvo a punto de gritar Melody. Pero su iPhone empezó a sonar.

"¡Jackson!".

Mientras se apresuraba a contestar, no pudo evitar preguntarse hasta qué punto se involucraría en la "causa" si su novio no fuera una de las víctimas. O hasta qué punto Candace se preocuparía si no creyera que lo de ser "líder NUDI" quedaría bien en su solicitud a la universidad. Pero Melody desechó tales pensamientos, deseando creer que se tomaría más interés que sus padres. Mucho más.

—¡Hola! —soltó de sopetón, aunque la llamada procedía de un número oculto.

Una voz susurró al otro extremo:

—Melody, soy Sydney Jekyll. Quiero decir, la señora J. Tu profesora de Biología. La madre de Jackson.

Melody notó la boca seca.

—¿Jackson está bien?

—Sí, perfectamente —la señora J suspiró—. Sólo que se niega a marcharse sin despedirse.

—¿*Marcharse*? ¿Adónde va? —un ciclón de náuseas le recorrió las entrañas.

"¿Quién es?", preguntó Glory moviendo los labios en silencio.

Con un gesto de la mano, Melody hizo caso omiso de su madre y salió corriendo hacia la intimidad de la sala.

—¿Puedes estar en Crystal's Café, al otro lado del aeropuerto McNary Field, dentro de cuarenta minutos?

—Ajá —consiguió decir Melody.

—Perfecto. Nos vemos entonces. Y asegúrate de que nadie te siga.

La línea se cortó.

Melody clavó la vista por última vez en el espejo lateral; detrás de ellas no había nada, salvo oscuridad y arbotantes.

—Es aquí —susurró al distinguir las dos únicas letras iluminadas del rótulo de la cafetería—. Ya estamos en el "... fé".

—¡Ja! —exclamó Candace contemplando el decrépito cartel—. ¿Crees que Frankie sería capaz de arreglar esas luces con las manos?

Melody lo ignoraba. Y no estaba de humor para averiguarlo.

Candace accionó las intermitentes.

—¡Acabemos de una vez! —giró el volante con brusquedad y el BMW entró en el estacionamiento del Crystal's Café con un rechinar de llantas.

Se estacionó junto a una camioneta con una de las ventanillas tapada con cartón y cinta canela. Melody se hundió en el asiento.

—Por lo menos, apaga las luces.

—A ver, tienes que relajarte; hablo en serio —amenazó Candace, evidentemente harta de la incesante paranoia de Melody.

—Antes de hablar, mira cómo vas vestida.

Candace bajó la vista y se echó a reír. Ataviada con un chaleco de camuflaje para la observación de aves que pertenecía a su madre y una gorra de camionero, con prismáticos al cuello y un silbato para pájaros que asomaba por el bolsillo, costaba tomársela en serio. Pero su hermana tenía razón. Necesitaba relajarse. Al menos en cuanto a su obsesión por que las estuvieran siguiendo.

—No veo el coche de los Jekyll. ¿Crees que se hayan marchado? ¿Y si...? —Melody no soportaba completar ese pensamiento. Si Jackson se hubiera marchado, ya habría sido bastante malo; que lo hubieran atrapado era mucho peor.

—¿Nunca has tenido que librarte de un acosador?

Melody negó con la cabeza.

—La gente que se esconde no se estaciona a plena vista.

—Es verdad —admitió Melody, ojeando el ruinoso restaurante de carretera. Las contraventanas estaban cerradas—. ¿Qué harías tú? Ya sabes, si tu novio se marchara —el mero hecho de pronunciar las palabras en alto le hacía encogerse por dentro, como si la enfundaran en una chamarra de cierre varias tallas más pequeña.

—¿Y todavía no me hubiera aburrido de él?

—¡Obvio!

—Mmm —Candace se dio unos golpecitos en la barbilla—. Nunca me ha pasado. Pero me imagino que lo obligaría a quedarse.

—¿Cómo?

—Es asunto tuyo —Candace se inclinó hacia Melody y le dio unas palmadas en el hombro—. El mío es cumplir mi turno de vigilancia —se sacó del bolsillo el silbato para aves y sopló. El sonido recordaba a un pájaro carpintero que se hubiera tragado un juguete con silbato—. Cuando escuches esto, significa "sal de ahí lo más rápido que puedas". Y ahora, vete antes de que se marche.

"¿Se marche?". El cierre se clavó en el pecho de Melody aún con más fuerza.

La puerta, de la que colgaban campanillas, emitió un tintineo cuando Melody la abrió. Ni siquiera el agradable aroma a donas y a café consiguió despertarle el apetito. El mostrador de formica, los tonos negro y plata de los taburetes y los cinco reservados rojos eran previsibles. La música de *La Bohème* que sonaba en la máquina de discos, no tanto. ¿De verdad era el último lugar en el que Jackson y ella se besarían? Al acceder al interior, Melody se cubrió la cabeza con la capucha de la sudadera. Era lo más parecido a un abrazo con lo que podía contar.

Sólo había dos clientes: un hombre medio calvo con chaqueta de pana, encorvado sobre un plato de espaguetis; y un chico de pelo negro inmerso en un ejemplar de la revista *Hot Rod*. Una cicatriz le atravesaba la mejilla y llevaba puesta una camiseta que decía: "Hola, me llamo Rick". Gotas de sudor empezaron a brotar en la frente de Melody a causa del pánico. Jackson se había marchado.

—¿Mesa para uno? —preguntó la mesera rubia, con el pelo demasiado teñido, mientras hacía tronar un chicle de menta. Sus manos, cubiertas de manchas por la edad, revoloteaban sobre una pila de cartas de menú.

—Mmm —Melody trató de demorar su respuesta. "¿Y ahora qué? ¿Me regreso al coche? ¿Espero? ¿Le enseño a la mesera una foto de Jackson? ¿O acaso de D. J.? ¿Le pregunto si ha visto a uno de los dos?", las distintas opciones bombardeaban a Melody; aun así, ninguna parecía acertada. "¡Se suponía que iba a estar aquí!"—. En realidad, quedé con...

¡Ping!

A toda prisa, Melody consultó el teléfono.

Para: **MC**

14 oct., 21:44

NÚMERO OCULTO: SIÉNTATE CON RICK.

Melody levantó los ojos. Rick bajó su revista y trató de sonreír, pero no consiguió más que un gesto tembloroso.

"¡Sí!".

—Me voy a sentar con ese chico.

La mesera guiñó un ojo al estilo de "yo-haría-lo-mismo-si-tuviera-veinte-años-menos".

De cerca, el chisporroteo en los ojos color avellana de Jackson resultaba inconfundible. Pero ¿el pelo negro? ¿La cicatriz? ¿La revista *Hot Rod?* ¿Y dónde estaban sus gafas?

—Un momento —dijo Melody al tiempo que se deslizaba en el asiento del reservado hasta colocarse junto a Jackson. En la mesa había dos platos: una porción sin probar de pastel de queso con galletas Oreo y una ensalada de guarnición—. ¿D. J.?

—No, soy *yo* —respondió Jackson, que conseguía ocultarlo todo excepto su voz amable—. Estoy en modo disfraz. ¿Tengo cara de malo?

—La mesera piensa que eres una monada —Melody intentó utilizar un tono animado. Alargó la mano para tomar la de Jackson y se la llevó a la cara, deseando (mejor dicho, necesitando) inhalar el familiar aroma a cera de sus dedos manchados de pinturas al pastel. Pero los colores habían sido reemplazados por ásperas manchas negras. Tinte de pelo. Y ahora despedían un olor a jabón de baño público y toallas de papel ásperas.

—¿Qué tal la sesión de fotos para *Teen Vogue?* —preguntó Jackson, como si fuera un día cualquiera.

Melody trató de fingir que lo era.

—Cleo y yo estuvimos en plan colegas, así que no estuvo mal. Recuperé la voz para cantar y actué delante de tres camellos llamados Nilo, Humphrey y Luxor. Y ese tipo, Manu, me dio una excelente razón para pensar que una mujer llamada Marina es mi verdadera madre.

Jackson apartó el pay de queso a un lado.

—Me cuesta creer lo que me dices.

—¿Qué parte?

—Todo.

—Pues créelo —insistió Melody, y procedió a contarle los detalles.

—¿Ya le preguntaste a tu mamá sobre el asunto? —se interesó Jackson.

Melody negó con la cabeza.

—¿Por qué no?

—Porque estaba demasiado ocupada preguntándome si estabas vivo —lo que, en su mayor parte, era verdad. Pero había otra parte en Melody que no estaba preparada para semejante conversación: la que no sabía cuál sería su reacción si Manu estaba en lo cierto. Los ojos se le cuajaron de lágrimas—. Lo de marcharte no es definitivo, ¿verdad?

Al tiempo que asentía con la cabeza, Jackson agarró la capucha de la sudadera de Melody y acercó a ésta hacia sí. Las frentes de ambos se tocaron.

—Esta noche —musitó—. Londres. En avión privado. No sé cuánto tiempo —hizo una pausa—. Odio la idea.

Las lágrimas empezaron a derramarse. Ardientes y rápidas, resbalaban por las mejillas de Melody y se desprendían de su mandíbula.

Se echó hacia atrás y miró a Jackson a los ojos.

—¿No puedes decirle a tu madre que quieres quedarte? Podrías llevar este disfraz. Cambiar de instituto. Nadie se enteraría.

—Ya lo intenté. Más de cien veces. Me dijo que no volviera a sacar el tema. Le prometí no hacerlo si ella me prometía traerte aquí.

—Bueno, pues inténtalo otra vez, por lo que más quieras —insistió Melody, mientras se preguntaba si a eso se refería Candace con lo de "obligarlo a quedarse".

—Perfecto —convino él, con sorprendente facilidad. Levantó los ojos para encontrarse con los de Melody—. Con una condición: tienes que estar conmigo cuando hable con ella.

—¿Por qué?

Jackson esbozó una media sonrisa.

—Porque si le cuesta decirte que no tanto como a mí, el vuelo está, como quien dice, cancelado.

A lomos de la corriente ascendente de la posibilidad, Melody se inclinó hacia delante para besarlo.

—¿Qué es eso de un vuelo cancelado?

Melody se echó hacia atrás a toda prisa.

La señora J se alzaba sobre ellos; su brillante melena corta y negra oscilaba junto a su mandíbula. Acababa de aplicarse su característica barra de labios rojo mate.

—Nada —le aseguró Jackson—. Todo va según el plan.

—Perfecto —se deslizó a lo largo del asiento libre y miró el cuenco de madera con lechuga romana como si de alguna clase de insulto se tratara—. Sé que prometí que los dejaría un rato a solas, pero un segundo más en ese cuarto de baño y habría pescado un hantavirus.

Melody sonrió como si comprendiera el término perfectamente. Era una actitud que a menudo descubría en sí misma cuando estaba con la "madre-de-su-novio-barra-profesora-de-Biología-superintelectual".

—Anda, pregúntaselo —susurró Jackson, dándole un codazo.

—No, tú —susurró Melody en respuesta.

—¿Preguntarme qué? —inquirió la señora J mientras hacía señas a la mesera para pedir la cuenta—. Más vale que no me hablen de quedarnos en Salem, porque...

—No se pueden marchar —soltó Melody de sopetón.

La señora J se puso a pestañear, como si estuviera verdaderamente interesada en lo que Melody tenía que decir.

—Explícate.

—Mmm, es sólo que creo que... —balbuceó Melody, como solía hacer en clase cuando le formulaban una pregunta que no sabía responder. Pero *sí* conocía esta respuesta en particular. Con lo que no había contado era con la voluntad de escuchar por parte de la señora J—. Usted es profesora... —comenzó a decir, considerando que era mejor no centrar su súplica en dos corazones adolescentes destrozados. La madre de Jackson era científica. Partidaria del pensamiento racional. Por lo tanto, requeriría un argumento racional—. Y un modelo para todos. No sólo para los RAD, para los normis también.

La señora J asintió en señal de acuerdo. Melody notaba que Jackson, sentado a su lado, sonreía.

—Si se marchan, el mensaje es que cuando las cosas se ponen feas, los valientes *abandonan*, y...

La mesera colocó la cuenta sobre la mesa, pero la atención de la señora J permaneció fija en Melody.

—¿Qué pasa con la seguridad de mi hijo?

—Mamá, puedo...

Melody le agarró el muslo y le dio un apretón para que se callara.

—Que Jackson siga con este disfraz. Que se inscriba en otro instituto. Ocultarse sin avergonzarse. ¿No era ése su lema? Pero usted tiene que quedarse en Merston High y defender a los RAD que continúen allí —Melody se inclinó hacia delante sobre la mesa y susurró al oído de la señora J—: Demuéstrele a Jackson que a su madre no le asusta luchar.

La señora J se quitó sus gafas al estilo de Woody Allen y se frotó los ojos.

Jackson y Melody se tomaron de la mano por debajo de la mesa, con cada segundo que pasaba, iban aumentando la presión.

Colocándose las gafas, la señora J se giró hacia su hijo y declaró:

—Tendrías que esconderte.

—Por mí, perfecto.

—Lo que significa que nadie; repito: *nadie* —hizo una pausa para lanzar a Melody una mirada indignada— puede saber dónde estás.

—Muy bien —respondieron al unísono. Al menos, compartirían la misma zona horaria.

La señora J arrojó sobre la mesa su exclusiva tarjeta Centurión de American Express, expedida a nombre de una tal Rebecca Rose, retiró el plástico protector de un iPhone sin estrenar y empezó a teclear un SMS.

Jackson apartó la mano.

—¿Qué haces?

—Voy a mandarle un mensaje a la tripulación de vuelo referente a mi comida vegetariana.

Melody notó que el alma se le caía a los pies.

—Pero creía...

La señora J colocó su teléfono sobre el mantel individual de papel y los miró a los ojos.

—¿Qué creías? ¿Que iba a permitir que una excelente lasaña de tofu se echara a perder?

—¿Qué? —preguntó Melody.

—Les dije que la preparen para llevar. Tendremos que pasar por la pista de aterrizaje para recogerla —apartó a un lado su ensalada—. Me muero de hambre. Y la noche va a ser larga.

Melody y Jackson intercambiaron un abrazo triunfal mientras la señora J firmaba el recibo. "Apapacharnos horas y horas" ocupaba el primer puesto de la lista de cosas que hacer de Melody. En cambio, fiel a su palabra, les deseó suerte a ambos y se apresuró a reunirse con Candace.

Nada había cambiado en el estacionamiento; aun así, todo parecía diferente. De pronto, el rótulo a medio encender de la cafetería le resultó encantador. El coche con cinta canela en la ventanilla ya no era patético: se limitaba a sobrevivir. Y Candace no se burlaba de la paranoia de Melody con su atuendo para la observación de pájaros: apoyaba a su hermana pequeña. Y todo porque Jackson no se marchaba. A pesar de la promesa que le habían hecho a la señora J, Jackson encontraría la manera de que estuvieran en contacto.

Siempre la encontraba.

CAPÍTULO 4
¡HOMBRES!

Tal como Clawdeen había sospechado, la espumosa maraña de pelos y restos de jabón seguía atascando el desagüe de la ducha. El agua caliente no consiguió disminuir el enredo, arruinando así sus esperanzas. Ahora, inmersa hasta los tobillos en escoria masculina, no tenía más remedio que introducir la mano en el tibio cenagal para quitar el atasco —tarea que se negaba a realizar sin un traje de protección química—. La circunstancia le hacía añorar las comodidades de su casa, y más aún su propio cuarto de baño, tan femenino.

Dos noches en La Guarida (el hotel restaurante propiedad de su familia que animaba a los huéspedes a "desconectarse" con una estricta política de "ni-televisión-ni-Internet") suponía un nuevo récord. Hasta el momento, los Wolf habían pasado allí la noche sólo durante sus respectivas transformaciones de luna llena. Colgaban el cartel CUPO LLENO, cerraban las puertas a cal y canto, bajaban las persianas y se daban un festín. Las estancias duraban, como máximo, veinticuatro horas. En el mismo instante en que recuperaban un estado más o menos normal, los miembros de la manada regresaban a Radcliffe Way y el hotel se volvía a abrir al público. El cierre del establecimiento, por poco tiempo que fuera, hacía mella en la situación financiera de la familia, ya que durante los últimos seis años el restaurante especializado en carne había sido clasificado entre los diez mejores de Salem.

Pero, en esta ocasión, la mella se producía en la cordura de Clawdeen. Si tuviera que pasar un solo día más compartiendo el cuarto de baño con sus hermanos, se volvería…

—¡Aaay! —cinco litros de agua helada se desplomaron sobre su cabeza.

—¡La cena está lista! —anunció Don al tiempo que dejaba caer una botella de plástico de las de leche sobre el suelo embaldosado. Aterrizó con un rebote hueco. Howie soltó una carcajada y los dos trillizos salieron disparados, cerrando la puerta tras de sí con un portazo.

Indignada y tiritando, Clawdeen cerró la llave.

—Cleo, vas a pagar por esto —murmuró por lo bajo, pues declaraba culpable a su ex amiga, mientras esquivaba los pequeños cúmulos de rastrojos de barba, uñas recortadas y ropa interior sucia. Su pelo despedía un hedor que quitaba el apetito, circunstancia que la tapa del inodoro, siempre levantada, sólo conseguía empeorar. Si sus amigas la vieran… ¿De qué se reirían en primer lugar? ¿De sus rizos apelmazados?, ¿de sus uñas astilladas?, ¿de la nada favorecedora camiseta de recuerdo, de color marrón y con la leyenda HOTEL LA GUARIDA, que había tomado de la tienda de regalos? Seguramente de la camiseta. Pero ¿qué otra cosa podía hacer? Su ropa estaba en casa... junto con su maquillaje, su intimidad y su vida entera.

Abajo, en el restaurante, salvo la luna llena, no faltaba nada ni nadie. Las cortinas de terciopelo rojo, en cuya confección Clawdeen había ayudado a su madre cuando abrieron el negocio, mantenían el estacionamiento apartado de la vista, lo que otorgaba a los huéspedes la ilusión de encontrarse instalados en un acogedor comedor de los Alpes, y no a unos simples quince kilómetros al norte de Salem, a la salida de la autopista. Las velas parpadeaban en sus recipientes del color de la sangría. La pirámide de troncos en la chimenea de piedra ardía resplandeciente. Dieciocho mesas estaban preparadas, aunque nadie las ocupaba. La madre de los Wolf se encontraba en la cocina, horneando otra tanda de panecillos. Los hermanos ya estaban comiendo, sentados a una mesa redonda, inmersos en su conversación y en sus segundas raciones.

—Hola, Deenie —al instante, la expresión seria de su padre se tornó en un gesto empalagoso—. ¿Cómo está mi preciosa cachorrilla?

—Hola, papá —dijo Clawdeen; antes de sentarse, le plantó un beso en lo alto de la cabeza. El exuberante cabello negro de Clawrk Wolf y sus gruesas cejas siempre le hacían pensar en el padre de Seth, de la serie *O. C.*—. ¿Podremos practicar estos días para mi examen de manejo? Dentro de dos semanas cumpliré los dieciséis.

—Cuando regrese —respondió él—. Mañana me marcho a Beaverton, a una obra. Estaré fuera hasta el jueves.

—¿Algo interesante? —preguntó Clawdeen, confiando en obtener más clavos industriales, rejas metálicas o pedazos de mármol. O quizá algo inesperado, como los maniquís de aquellos grandes almacenes que su padre demolió.

Aunque poco importaba, la verdad. Siempre y cuando pudiera transformar los desperdicios de su padre en objetos de valor, su videoblog *Querer es poder* continuaría ganando apoyos. Su primer episodio, llamado *Cristal de labios* —en el que montó paneles de cristal en la pared y los cubrió con coloridos besos de lápiz labial con la ayuda de sus amigas— ya había conseguido siete seguidores. Dentro de poco estaría respondiendo llamadas en las que le ofrecerían su propio programa en el Canal Bricolaje. Entonces, se marcharía de casa, se compraría un enorme ático al estilo de Nueva York, lo decoraría personalmente en plan diva e invitaría a todas sus amigas (incluyendo a Anya, la chica que se encargaba de depilarla) a mudarse con ella. A partir de ese momento, el único pelaje que se vería por la casa sería el de las fabulosas pieles de imitación.

—Voy a construir una casita de árbol para niños y unos juegos tubulares en el patio trasero de una pareja de "fresas" —explicó su padre mientras se servía en el plato un montículo de champiñones salteados—. Así que seguramente te traeré una tonelada de astillas de madera.

—Perfecto —Clawdeen sonrió, pensando en cómo podía experimentar con nuevos diseños para uñas sobre las astillas de madera y luego pegarlas con cola en la parte exterior de su computadora portátil. Ideal para un *post* ¿verdad?

—Chicos —dijo Clawrk, masticando—. Cuento con ustedes para que cuiden de mamá y de Deenie mientras estoy fuera —soltó un suspiro—. Por lo menos, Leena está a salvo en Arrowhead.

—Ojalá pudiéramos decir lo mismo de sus compañeras de cuarto —bromeó Don.

Los demás chicos se echaron a reír.

—Si de verdad les importa la seguridad, deberían arrancar los pelos de la pastilla de jabón y desatascar el desagüe —advirtió Clawdeen, aunque sabía que no era a eso a lo que su padre se refería. Estaba harta de que la sobreprotegieran y la subestimaran, sobre todo unos chicos que no conocían límites a la hora de estrujar un tubo de pasta de dientes—. No entiendo por qué tenemos que compartir un solo cuarto de baño cuando tenemos el hotel entero a nuestra disposición —añadió.

Dominada por el intenso aroma a carne de res y mantequilla derretida, Clawdeen clavó rápidamente el tenedor en la última chuleta de lomo y la soltó en su plato, adelantándose a Clawd por una milésima de segundo.

—Porque quiero mantener limpio este lugar —aclaró Harriet desde la cocina elevando la voz.

—Tiene razón —convino Clawrk—. Tenemos que estar preparados para los huéspedes en cuanto quitemos el cartel de CUPO LLENO.

—*¡Buuurp!* —eructó Nino. Los chicos aullaron de risa—. Yo no tengo un cartel de CUPO LLENO, porque me encanta la carne de mamá —añadió mientras se apartaba el pelo de los ojos.

—No eres el único, hijo. Los normis se vuelven locos si no consiguen una reservación. Son adictos a la cocina de tu madre —Clawrk paseó la vista por el comedor vacío—. Ese programa le ha venido mal al negocio. Muy mal.

—¿Por qué? —Rocks masticaba ruidosamente—. La Guarida no salió en televisión.

Clawdeen puso los ojos en blanco.

—Se refiere a que nos hemos tenido que esconder aquí, de modo que el hotel está cerrado.

Rocks se le quedó mirando sin entender.

—¡No entra dinero! —explicó su hermana.

—Ya —se burló Howie—. Me pregunto *quién* tiene la culpa.

Sin dudarlo un instante, Clawdeen le enseñó a su hermano la carne masticada que tenía en la boca.

—Si no te la vas a acabar, entonces me encargo yo —se ofreció Nino.

—¡Ugh! —Clawdeen soltó una risita.

—Por cierto, papá —dijo Clawd—. ¿Recuerdas que te conté que un equipo de futbol americano de los boy scouts iba a venir a Merston High? El entrenador Donnelly ha enviado un mensaje de texto. Llegarán el lunes.

Clawrk abrió una cerveza con un chasquido y dio un largo trago.

—El entrenador vio el programa y sabe que soy un RAD y todo eso, pero le parece bien —prosiguió Clawd—. Incluso se ofreció a traerme en coche después del partido. Y si quiero conseguir esa beca...

Clawrk plantó la cerveza en la mesa con un golpe.

—No le dijiste dónde estamos, ¿verdad?

—Claro que no. Pero aunque se lo hubiera dicho, no habría problema. Es muy buena gente.

—¿Sabe que el hotel es nuestro? ¿O que Charlie y Joanne Stewart son propietarios ficticios?

—No, lo juro —insistió Clawd—. Nunca se lo he dicho a nadie. Y nunca lo haría.

—He leído que la gente nos busca para obtener recompensas —anunció Howie.

—¿Has *leído?* —bromeó Clawdeen.

—¿Cuánto pagarán por ti? —se preguntó él.

—No te lo podrías permitir, hermanito.

—Eso es lo que tú crees —Howie se llevó una mano al bolsillo de sus jeans y le lanzó a Don una moneda de cinco centavos de dólar—. Quédate con el cambio.

Todos se echaron a reír, salvo el padre de los Wolf (que estaba considerando la petición de Clawd) y la de Clawd (que aguardaba a conocer su destino).

—Tendré que hablar con el entrenador.

—Claro —dijo Clawd al tiempo que le ofrecía su teléfono.

—Y te llevarás el coche. No quiero que sepa que estamos aquí.

Clawd asintió con la cabeza.

Clawrk dirigió la vista a la cocina, como si consultara a su mujer. Mientras se enrollaba las mangas de su camiseta térmica blanca, llena de lamparones, se reclinó sobre el respaldo de su silla y anunció:

—¡Siempre y cuando le metan una paliza a esos scouts! Y quítate ese arete de la oreja; pareces mujer.

—*¡Lo prometo!* —Clawd se inclinó hacia el otro lado de la mesa y chocó las palmas con su padre. Sus hermanos se pusieron a aullar en señal de apoyo.

—Creo que iré contigo —comentó Clawdeen como sin darle importancia—. Quiero ver las respuestas a mi invitación en el mail, tomar algo de ropa limpia, ver a unas amigas, ya sabes…

—No pensarás que tu fiesta de Dulces Dieciséis sigue en pie, ¿verdad? —preguntó Howie con su acostumbrado tono de sabelotodo.

—*Acaramelados* Dieciséis. ¿Y por qué no? —Clawdeen trató de regatear—. Quedan dos semanas. Para entonces, todo esto habrá terminado.

—Sí, claro —Howie sacudió la cabeza con incredulidad—. ¿Quién te lo dijo? ¿Las otras minorías del planeta?

—Puede ser —repuso Clawdeen.

—¿Te refieres a las que han estado luchando por la igualdad de derechos durante, no sé, unos cinco mil años?

El resto de los hermanos se rieron por lo bajo.

—Sí, apuesto a que están haciendo horas extras para poner punto final a este asunto del racismo antes de tus Dulces..., quiero decir, tus *Acaramelados* Dieciséis.

—¡Basta ya! —espetó Clawrk, acudiendo al rescate de su hija.

—Gracias, papá —ronroneó Clawdeen—. Es que me gustaría ir a casa y recoger unas cosas. No pienso ir al instituto, ni nada por el estilo.

—No, para nada —respondió su padre—. Te quedas con tus hermanos; aquí estás a salvo.

"¿Cómo? ¿Por qué?". La frustración hizo su entrada en la boca del estómago de Clawdeen. Reuniendo fuerzas, ascendió como un torbellino hasta su corazón y le atravesó la garganta. Si la dejaba salir, sonaría a algo así como: "¡Esto es un doble estándar de marca mayor! ¡Qué injusto! ¡Me fugo a vivir con los Kardashian!".

Pero los círculos oscuros que rodeaban los ojos de su padre, sus hombros redondeados y sus uñas a jirones dejaban patente que no era el momento más indicado para luchar por la igualdad de derechos. Saltaba a la vista que la idea de tener que marcharse a una obra y no poder proteger a su familia lo estaba estresando a fondo. ¿Por qué empeorar las cosas? En vez de eso, Clawdeen se limpió la boca con la servilleta, como una niña buena. Lo que todo el mundo esperaba de ella.

Más tarde, aquella misma noche, se despertó por el sonido de ruedas sobre la grava. Desorientada por los vaporosos restos de sueño, trató de ubicar su entorno. Oscuridad. Mantas que olían a perro mojado, y no a suavizante con aroma a brisa. Definitivamente, no era su dormitorio de Radcliffe Way.

Algo emitió un leve crujido, como un cuerpo que se acomodara en un asiento de cuero. Se escuchó una respiración. Clawdeen notó que el corazón se le aceleraba. La adrenalina le hizo abrir los ojos de par en par.

¡Zas! Un zapato le aterrizó en lo alto de las costillas. Otro zapato llegó a continuación. Luego, un objeto más ligero. Clawdeen se mordió el labio inferior y se negó a moverse.

—Sé que estás ahí atrás —dijo Clawd.

"¡Ups!".

Pedaleando en el aire, Clawdeen se apartó del cuerpo la apestosa manta.

—¿Cómo te diste cuenta? —preguntó ella mientras se incorporaba desde el suelo del coche y se acomodaba en el asiento trasero.

—Te pusiste a roncar en cuanto entramos en la autopista.

—¿Me dejas quedarme? —preguntó ella, a quien su hermano mayor nunca dejaba de sorprender—. ¿Y si se entera papá?

—Diré que no sabía dónde estabas.

—¿Y si me pasa algo? —bromeó Clawdeen.

Clawd se giró para mirarla cara a cara.

—No lo permitiré.

—¿Por qué lo haces?

—Porque sé que a veces son injustos contigo —admitió Clawd.

Clawdeen sonrió. "Alguien me entiende, ¡por fin!".

—¿Qué van a decir papá y mamá cuando se despierten y tú no estés? —Clawd puso a prueba a su hermana.

—Papá se marcha a Beaverton a las cuatro de la madrugada; y mamá se va en coche al mercado central de Seattle a comprar comida. Sale antes de que nos despertemos y no volverá hasta el lunes después de cenar. Siempre y cuando regresemos en cuanto acabe tu partido, llegaremos antes que ella.

—¿Y los hermanos?

—Metiste una nota por debajo de la puerta de su cuarto, prometiendo comprarles un Wii para Navidad si no se lo decían a nadie.

—¿Yo?

Clawdeen se echó a reír.

—No te preocupes, te devolveré el dinero en cuanto arranque mi programa de manualidades. Y ahora, ¿te importa si nos bajamos del coche y nos marchamos a casa? Si no me quito esta ropa de la tienda de regalos, voy a empezar a soltar pelo.

—¡Espera! ¡Hay que tener cuidado! —advirtió Clawd mientras abría la cajuela—. Me estacioné a tres cuadras de la casa para evitar sospechas. Iremos por el barranco.

—Es mejor ir por la calle. La gente nos estará buscando en el barranco. Pero si caminamos con normalidad, nadie sospechará nada.

—No digas tonterías. Estás pidiendo que nos agarren —Clawd cerró la cajuela con suavidad.

Clawdeen abrió la suya.

—No. Si vamos por el barranco, entonces sí pedimos que nos agarren.

—El viaje es mío; yo hago los planes —se empeñó Clawd.

—Olvídalo. Tú vas por tu camino y yo por el mío —Clawdeen ya no sabía por qué causa estaba luchando, pero se negó a dar marcha atrás.

—No pienso abandonarte —repuso él, malhumorado.

—En ese caso, ven conmigo por la calle —propuso Clawdeen mientras colocaba el pie en el borde de la acera.

Comenzó a caminar por Glacier Road con la sensación de estar desnuda y desprotegida. Viva y al mando. Temerosa y llena de energía. Indiscutiblemente independiente. Le gustaba.

—¡Espera! —gritó Clawd, esforzándose para alcanzarla.

Recorrieron media cuadra sin pronunciar palabra, con los sentidos alerta y los pelos del cuello erizados.

Por fin, su hermano rompió el silencio.

—¿Por qué siempre intentas ser el alfa de la manada?

—No lo *intento* —susurró Clawdeen—. Lo soy.

—Muy graciosa —Clawd se rio por lo bajo.

Pero de algún modo, en algún momento, Clawdeen encontraría la manera de demostrarlo. Y cuando lo hiciera, sería la última en reír.

"Si me vieran ahora…".

Billy imaginó los niveles de envidia de la escala Richter que harían temblar a los chicos del instituto si supieran que se encontraba pasando el domingo, desnudo, en el dormitorio de Candace Carver. Y que el ambiente olía a gardenia, a vainilla y a chica sexy. Pero no pensaba alardear. Resultaba de mal gusto. Además, tampoco era para tanto. Candace y él habrían preferido pasar el rato en la cafetería Whole Latte Love, pero ya habían repetido demasiadas veces (catorce, por lo menos) la broma del "chico-invisible-que-da-mordiscos-a-hurtadillas-a-los-bollos-de-la-gente" y tenían ganas de mantener una conversación de verdad. Además, Candace había dicho que no quería que la gente pensara que estaba hablando sola. Pero era exactamente lo que llevaba haciendo desde hacía veinte minutos así que, ¿dónde estaba el problema? Pero, a ver, si Billy entendiera al sexo opuesto, no se habría pasado toda la noche escribiendo en su diario sobre…

—... ¿me estás escuchando? —reclamó Candace mientras se paseaba de un extremo a otro de su femenina cama de encaje rosa—. Un momento, no te habrás marchado, ¿verdad? —abrió los brazos como si se moviera a tientas en un clóset oscuro—. *¿Billy?*

Era la oportunidad perfecta para inmovilizar a Candace atándole ambos cordones de sus botas de montar, pero las bromas las hace quien está de buen humor, y no era precisamente su caso.

—Sigo aquí —respondió, pasando a su lado. Hubiera preferido acurrucarse en la cama de dosel; pero le parecía un tanto descortés, dado que tenía el trasero al aire.

—Ah, perfecto —dijo Candace, y procedió a continuar su historia—. De modo que Ali piensa que debería darle mi entrada ahora que ella y Vanessa hicieron las paces, porque insiste en que la compraron para ella, y que solo me la dieron a mí para que tuviera envidia, lo que, por cierto, según Danice, es una mentira total, porque ella estaba presente cuando Vanessa hizo la lista para sus invitaciones *online*. Y ahora Ali está enfurecida *conmigo* cuando la culpa la tienen Vanessa y ella... o eso creo. Nate Garret dice que me amenaza porque soy una chica "3G": guapa, gentil y graciosa, y ella es una plasta total. Lo cual, por cierto, le solté a la cara. Y ahora está superdesquiciada conmigo. Pero yo paso. Ali fue quien dijo que los RAD deberían tener su propio instituto. Te lo conté, ¿verdad? A ver, ¿hay algo más antiNUDI? Así que, párale al rollo, Ali-mala-baba...

—Bien hecho —repuso Billy, distraído. No es que no le importara el drama más reciente de Candace. O que no supiera apreciar su pícaro sentido del humor, su estilo marcador de tendencias o la esplendidez de su cabello rubio y sus ojos azules. Claro que sabía apreciarlos. Adoraba la incipiente relación de "amigos-sin-derechos" que existía entre ambos; no la habría consentido de haber sido diferente. Pero tenía la cabeza en otro sitio. Lo que hacía que concentrarse fuera como montar a lomos de un potro salvaje: un par de segundos y salía por los aires.

—Tu turno —anunció Candace. Sentada al borde de su cama, cruzó las piernas enfundadas en *leggings* grises bajo su vestido de tirantes color marfil—. Te escucho —añadió, ladeando la cabeza.

—¿Qué? —preguntó Billy, a la defensiva.

—¿En serio piensas que me inventé esa historia sobre Ali sólo para oírme hablar?

—¿Eh?

—Lo tengo claro: estás triste por algo. No has hecho ni una sola gracia desde que llegaste —esbozó una sonrisa, satisfecha con su trabajo de detective. Cualquier otra persona se habría mostrado un tanto engreída, pero Candace irradiaba un encanto de dieciocho quilates—. Empecé yo con una crisis emocional; ahora te toca a ti.

—¡No es justo! Tu historia era falsa —por fin, sonrió.

Candace soltó un suspiro mientras sacudía la cabeza como un orientador académico desencantado.

—Es Frankie, ¿verdad?

La mención del nombre le provocó a Billy una punzada en el estómago.

—Ahora que Brett está descartado, pensé que tendríamos una oportunidad.

—¡Bieeen! —Candace agitó las piernas—. ¡Hora de encontrar pareja!

—No —repuso Billy, golpeándose la cabeza contra la barra de estaño de la cama con dosel—. Ahí está el problema. No va a querer salir conmigo, por la misma razón por la que tú no querías quedar conmigo en el Whole Latte Love.

Candace abrió la boca para protestar, pero se detuvo. Billy tenía razón. Ni siquiera ella tenía argumentos en contra.

—No estoy inscrito en Merston High —admitió por vez primera—. La señora J es la única de los profesores que sabe de mi existencia. Sólo voy al instituto para estar con ustedes, y para aprender. Nada más.

—Pero Frankie sí sabe que existes —aventuró Candace—. Eres uno de sus mejores a...

—No lo digas —ordenó Billy, temeroso de la palabra que empezaba por "a". Ser *amigo* de Frankie era como utilizar una cuchara para cortar un filete. Araña la superficie, pero no llega a clavarse—. De todas formas, no importa. Ella se merece algo más que un chico que no puede llevar ropa.

—¿Por qué? —se interesó Candace.

—Porque es una chica respetable que...

—No —Candace se echó a reír—. ¿Por qué no te pones ropa?

La pregunta desconcertó a Billy. Nadie se lo había preguntado en los últimos seis años. Y había pasado aún más tiempo desde que él mismo lo hubiera hecho.

Cuando empezó a desaparecer, le bastaba con una serie de prendas estratégicamente colocadas para ocultar las partes que faltaban. Un guante en una mano. Una tirita sobre una ceja imperceptible. Una bufanda enrollada alrededor de un cuello transparente. Pero los agujeros finalmente acabaron por extenderse, dilatándose y uniéndose como charcos, hasta que el cuerpo entero se vio afectado. Llegado ese punto, ocultarse para siempre parecía la única opción.

Pero eso fue antes de que sus padres lo introdujeran en la alianza. Antes de relacionarse con los demás. Antes de conocer a Frankie. Antes de que Candace le recordara que le quedaban opciones.

—Supongo que, si quisiera, podría ponerme ropa —comentó con tono pensativo—. Pero ¿qué pasa con mi cara, mi pelo, mi...?

—¡Por todos los santos, Billy! En esta ciudad deprimente sólo hay un pronóstico del tiempo: ¡nublado! Aun así, mira mis brazos —los estiró hacia delante. Tenían el color de la mantequilla de cacahuate—. Es como si el sol me hubiera acariciado, ¿verdad?

Billy asintió con un gesto.

—Se llama bronceador en spray. Mi padre tiene el pelo negro, y no gris, debido a una cosa que se llama tinte. Y mis pestañas se ven desde la luna gracias al rímel. Repite conmigo: ¡¡rí-meeel!!

—¿Qué me quieres decir? —preguntó él, invadido por la esperanza.

—Que acabemos con tu palidez y pongamos un poco de color en esos cachetes... los de la cara, claro.

Se bajó de la cama de un salto y se puso de pie con renovada determinación.

—Mi propuesta es hacerse un cambio de *look*. Y después hacerse... ¡con el poder! ¿Quién se apunta?

Billy consideró el plan de Candace. Al menos, sería una manera divertida de pasar el rato. Y mentiría si dijera que no sentía curiosidad por ver qué aspecto tenía después de tantos años.

—Tienes razón. Ya es hora de enseñar a Frankie lo que se ha perdido.

—Totalmente de acuerdo —admitió Candace al tiempo que se colgaba del hombro un bolso plateado—. ¡Nos vamos de compras! —fue a dar un paso en dirección a la puerta del dormitorio y cayó de bruces sobre la mullida alfombra de vellón—. ¡Uf!

Billy soltó una carcajada.

—¡Mis cordones! —exclamó Candace entre risas al descubrir los nudos.

—No tuve más remedio —explicó Billy—. Un último hurra por los viejos tiempos.

CAPÍTULO 5

EL HUECO DEL CORAZÓN NO ATIENDE A RAZONES

El trayecto de cuarenta y cinco minutos hasta Bridgeport Village había valido la pena. Comprar un teléfono nuevo por Internet no podía compararse en modo alguno con la experiencia de entrar en una tienda Apple por primera vez. Tecnología elegante que esperaba a ser acariciada. Fabricada por genios. Cargada de electricidad. Que cobraba vida con el toque de la yema de un dedo. Frankie contempló la idea de cambiar su apellido por iStein e instalarse allí definitivamente.

Viveka fingió interés por las computadoras portátiles con una sonrisa forzada y una inclinación de cabeza que denotaba cierta curiosidad.

—Es agradable salir de Salem de vez en cuando —comentó mientras, por si acaso, retenía a su hija a su lado.

—Estoy de acuerdo —convino Frankie para complacer a su madre, aunque sabía que el comentario de Viveka se refería a algo más que pasar la tarde del domingo comprando teléfonos en Portland. Significaba no tener que preguntarse si el dueño de una tienda revisaría sus identificaciones antes de permitirles la entrada. No confundir una ráfaga de viento con una persona que viniera a llevárselas. No consultar Internet en busca de mensajes difamatorios. No esquivar las miradas recelosas del conductor de un coche que pasara de largo. No cuestionarse la decisión de permanecer en Salem y librar lo que parecía una batalla perdida.

—¿Tienes la tarjeta de regalo? —preguntó Viveka, cuyos ojos color violeta carecían de su chispa habitual.

Frankie abrió con un chasquido su "bolso-negro-barra-máquina-de-recarga-eléctrica-portátil" y advirtió una repentina sensación de superioridad sobre los aparatos electrónicos en exposición. A diferencia de éstos, Frankie podía pasar días enteros sin un cable de alimentación; algo con lo que ellos, en su elegante mundo minimalista, tan sólo podían soñar.

—¿Puedo echar una ojeada? —preguntó Frankie mientras le entregaba a su madre el sobre negro que le había dado Vlad.

Viveka escudriñó el perímetro de reojo con el disimulo propio de un agente del servicio secreto. Varios niños practicaban con videojuegos alrededor de una mesa baja redonda; una pareja de ancianos tenía secuestrado a un dependiente al que bombardeaban con preguntas sobre las diferencias entre las Mac y las PC; una serie de pseudointelectuales a la moda paseaban a sus anchas; y tres rubias artificiales con atuendo futurista revoloteaban alrededor del último iPad.

—De acuerdo. Pero no te pierdas. Volveré enseguida.

En condiciones normales, Frankie se habría burlado de su madre por mostrarse tan excesivamente protectora pero, dadas las circunstancias, prometió no alejarse y se marchó a toda prisa, antes de que Viveka cambiara de idea.

Intrigada por la fascinación de las rubias con lo que fuera que estuvieran mirando, se acercó a ellas poco a poco.

El sonido era inconfundible. Intrépido. Potente. Revolucionario. "¡El estreno mundial del nuevo video de Lady Gaga!". Para evitar soltar chispas, Frankie zambulló las manos en los bolsillos de sus ajustados pantalones de estilo militar y preguntó si podía ver el video con ellas.

No se atrevieron a desviar la atención de Lady Gaga para responder, pero una chica que llevaba un fular de plástico de burbujas le hizo un hueco. Justo en el momento en que Frankie consiguió ver bien la pantalla, el video terminó.

—¡El mejor de todos! —declaró la rubia que llevaba en lo alto de la cabeza unos lentes cubiertos de chispas para helado.

—Siempre dices lo mismo —observó la chica con tiras de cinta policial alrededor de las piernas.

—Espera a que llegue el concierto —replicó Plástico de Burbujas.

Frankie ahogó un grito.

—¿Van a ir al concierto de Lady Gaga?

—¡Quedan trece días! —Gafas con Chispas sonrió, radiante.

—¿Y tú? —preguntó Cinta Policial, sin darse cuenta de la mancha de lápiz labial rojo que tenía en el diente.

—Ojalá —Frankie suspiró—. Sin contactos, es imposible conseguir entradas.

—No es verdad —contradijo Plástico de Burbujas al tiempo que rodeaba con los brazos a Cinta Policial y a Gafas con Chispas—. Nosotras acampamos.

Frankie, al notar un vínculo instantáneo debido a su compartida devoción por Lady Gaga, confesó:

—He sido monstruito desde el día que nací. Hace unas semanas, me puse mechas blancas en el pelo y…

De pronto, Viveka agarró a Frankie por el cuello de su suéter de cuello vuelto a rayas negras y rosas y la sacó a jalones de la tienda.

—*¿Qué pasa?* Mamá, ¿qué haces? ¿Conseguiste los teléfonos?

—No abras la boca hasta que lleguemos al coche —ordenó Viveka—. Ni una palabra.

Algo debía de haber ocurrido con la tarjeta de regalo. Algo bochornoso.

Viveka cerró con violencia la portezuela del Volvo, encendió la radio —"¿Por si alguien estuviera escuchando?"— y estalló, furiosa:

—¿En qué estabas pensando?

—¿Yo? —Frankie soltó chispas—. ¿Qué hice mal?

Viveka introdujo la llave del auto de un empujón.

—Vamos, no te hagas la inocente. ¿Cómo pudiste, Frankie? Después de todo lo que ha pasado. ¿Cómo se te ocurre?

Frankie, nerviosa, soltó una risita.

—A ver, mamá, ¿qué he hecho mal?

—Decirle a esas desconocidas que eres una monstruo desde que naciste, ¿te parece poco? —apagó el motor y enterró la cabeza entre las manos—. Una cosa es ponerte en peligro (¡otra vez!) pero ¿esa palabra? ¡Es tan despectiva! ¿Qué te pasó?

Frankie soltó una carcajada.

Viveka, sin dar crédito, se volvió hacia su hija. Su reluciente coleta negra se veía inusualmente despeinada.

—¿Es que te parece gracioso?

—Mamá, si quisiera salir del clóset, empezaría por quitarme este maquillaje tapaporos.

—Entonces, ¿qué...?

—*Monstruito* es un rollo de Lady Gaga. Así llama a sus fans. No tiene nada que ver con los RAD.

—¿Qué?

—Sí. No me estaba delatando, para nada.

—¿En serio?

Frankie arqueó las cejas como diciendo: "Vamos, mamá, no me tomes por idiota".

Una sonrisa, paulatina como el sol naciente, iluminó el rostro de Viveka. La chispa regresó a sus ojos violetas.

—Qué alivio —acercó a Frankie para darle un abrazo impregnado de gardenia y, acto seguido, estalló en una mezcla de risas y llanto.

—En serio —Frankie se volvió a reír—. Y ahora, dime, ¿conseguiste los teléfonos?

—Los conseguí.

Una vez en la autopista, Viveka comentó:

—Da la impresión de que estás haciendo frente a la situación mucho mejor que yo —gotas de lluvia manchaban el parabrisas.

—En realidad, no —admitió Frankie.

Viveka, preocupada, dirigió la vista a su hija.

—Debería estar pensando en la forma de unir a todo el mundo; pero, cada vez que lo intento, la mente se me va hasta Brett —Frankie soltó un suspiro—. Todavía no me creo que me utilizara de esa manera —el sonido de las palabras le produjo una opresión en el pecho.

—Sólo puedo imaginarme lo doloroso que debe resultar —Viveka colocó una mano sobre el hombro de su hija.

Lo cierto era que la desaparición de Brett de su vida le dolía más que su deslealtad. Pero su madre, siempre tan racional, jamás vería la lógica de tal sentimiento. "¿Cómo es posible añorar a alguien que te ha hecho daño?", preguntaría Viveka. Frankie respondería con un encogimiento de hombros como diciendo: "Ni idea". Y acabaría sintiéndose más patética de lo que ya se sentía.

—Quizá te sirva de lección —sugirió Viveka, la eterna profesora.

Frankie volvió los ojos a los coches que pasaban a su lado a toda velocidad. No necesitaba una lección. Necesitaba a Brett.

—Quizá, ¿sabes?, hasta que los normis se vuelvan más tolerantes, podrías conocer mejor a alguno de los chicos RAD. Los hermanos Wolf son un encanto.

"Mamá, ¡te escucho y siento que estás peor que los normis!", deseó gritar Frankie, aunque se abstuvo de hacerlo. Había una parte de verdad en el consejo de su madre. ¿Por qué buscarse problemas? Era completamente lógico. Pero lo completamente lógico no tenía nada que ver con los sentimientos.

El hueco del corazón no entiende de razones.

Por desgracia, el hueco del corazón de Frankie sólo quería a Brett.

CAPÍTULO 6

TRAUMA MATERNO

La crisis relativa a Jackson estaba resuelta. Se quedaba en Salem. Una vez resuelto el problema, Melody estaba libre para dedicar su atención a otro asunto: el que había tratado de evitar con todas sus fuerzas.

Pero resultaba imposible.

Su conversación con Manu durante la sesión de fotos para *Teen Vogue* se le pegaba al cerebro como una falda de fieltro se pega a los muslos.

—¿Está aquí tu madre? —preguntó.

—No, vine con mi hermana.

—Bueno —suspiró, como alguien que evocara un recuerdo querido—. Dale a Marina saludos de parte de Manu. Ha pasado demasiado tiempo.

—Creo que me confundiste con otra persona —dijo Melody.

—Oh, no —se rio él—. Esa voz es inconfundible. Igual que la de tu madre. Marina podía conseguir que la gente hiciera absolutamente cualquier cosa; era así de embriagadora.

—Lo siento, pero mi madre se llama Glory. Glory Carver. De California.

—¿Estás segura?

—Manu, claro que está segura —soltó Cleo—. Creo que sabe quién es su madre.

Manu se quedó mirando fijamente la cara de Melody de una manera que le habría puesto toda la carne de gallina a Cleo, si no lo conociera.

—¡Manu!

Él negó con la cabeza.

—Tienes razón. Estoy pensando en otra persona. Recuerdo haber oído que la hija de Marina tenía una nariz bastante inolvidable. Casi como la joroba de un camello —soltó una risita—. Y la tuya es perfecta. Me he confundido. Lo siento.

Ahora, viejas fotos de Melody revoloteaban entre sus pies descalzos como hojas bajo la brisa de otoño. Se posaban cuando el ventilador giraba a la izquierda; luego, volvían a revolotear cuando giraba a la derecha. Era difícil calcular cuánto tiempo se había pasado bajo el hueco de su litera, ensimismada con las fotos aleteantes y las cuchillas zumbantes del ventilador. ¿Diez minutos? ¿Una hora? ¿La tarde entera? Daba igual. El aleteo y el zumbido mantenían un ritmo constante. Algo con lo que podía contar. Algo en lo que podía confiar.

Así que se había pasado la mañana del domingo recopilando antiguos álbumes de recuerdos en busca de una forma de desautorizar el testimonio de Manu; luego, dedicó la tarde a examinar todas y cada una de las fotos. ¿Su nariz previa a la cirugía *realmente* parecía la joroba de un camello? Quizá Melody, de niña, se parecía a su madre más que en la actualidad. O tal vez existía, al menos, una foto de ella misma en el hospital, envuelta en una cobija rosa, acurrucada contra el pecho de Glory. Porque había unas treinta mil fotos de Candace de bebé.

Tras un análisis exhaustivo, no encontró pruebas que dieran por válida la afirmación de Manu; pero tampoco que demostraran lo contrario. Sólo llegó a una conclusión válida: si quería respuestas, tendría que formular preguntas. De modo que allí estaba, sentada en el suelo con su piyama a rayas, los dientes sin cepillar y el pelo con olor a donas tras su visita a Crystal's Café, debatiendo consigo misma los beneficios de conocer la verdad.

Por supuesto, si Glory dijera: "Sin ninguna duda soy tu madre verdadera", y ofreciera una prueba irrefutable, todo sería perfecto. Pero cualquier otra respuesta sacaría a la luz otro lugar más en el que Melody era una intrusa.

—¡Candace! —llamó Glory elevando la voz mientras caminaba descalza por el pasillo—. Dime por favor que tienes mi túnica blanca de seda, y que está *limpia.*

Melody puso los ojos en blanco, agradecida por el pestillo en la puerta de su cuarto. "Debe de ser agradable cuando la desaparición de una túnica es tu mayor problema".

—Creí que papá te estaba haciendo el equipaje —escuchó Melody decir a Candace—. ¿No forma parte de esa tradición que tienen por su aniversario?

—En teoría, sí; pero el año pasado metió en la maleta un mantel en vez de un pareo, y no me pienso arriesgar otra vez. Voy a llevar un bolso de más con lo imprescindible —bajó el tono de voz—. Que quede entre tú y yo, ¿eh?

"Más secretos. Típico".

—No sé —repuso Candace con tono evasivo. Saltaba a la vista que había perdido la túnica, o la había manchado, o acaso vendido—. Papá quiere darte una sorpresa con estas vacaciones, y parte de la sorpresa consiste en hacer el equipaje por ti. Me parece romántico. Deberías seguirle la corriente, mamá. Olvídate de la túnica. Ríndete.

—Candace, ahorita no estamos para juegos —reclamó su madre—. Llegará a casa en cualquier momento y...

—¡Glo-ryyy! —vociferó Beau mientras abría la puerta principal—. ¡Glo-ryyy!

—Encuéntrala —advirtió a su hija antes de responder—: ¡Estoy aquí arriba!

Las botas de su marido fueron arrastrándose por los desgastados escalones de madera a medida que ascendía hacia el piso superior.

—No lo vas a creer —dijo con un suspiro—. El hotel restaurante La Guarida está cerrado por no sé qué celebración privada.

—¿Cómo? ¿Estás seguro? —Glory ahogó un grito—. Los Kramer llegarán en menos de media hora. ¿Qué se supone que voy a sacar a la mesa?

A Melody se le revolvió el estómago. Se había olvidado por completo de que el cirujano plástico y su familia venían a cenar.

—Fui a Aegean Blue y a Russo's, pero estaban cerrados a cal y canto. Así que tuve que ir a Mandarin Palace.

—¡Ugh! —protestó Candace.

—Apuesto a que tiene que ver con ese programa de la televisión —declaró Glory.

—¿Cómo dices? ¿Crees que los propietarios de los restaurantes son RAD? —preguntó Beau. En sus labios, el término sonaba un tanto forzado. Como cuando decía "alucinante" o "textear".

—No me sorprendería —repuso Glory—. Puede que hayan huido de la ciudad.

—¿No te parece que exageras un poco? —preguntó Beau.

Una virulenta oleada de ansiedad recorrió a Melody por dentro. Jackson había estado a punto de abandonar Salem. "¿Y si no hubiera sido capaz de retenerlo?".

—Hoy, en la peluquería, algunas chicas estuvieron hablando, y una mujer más mayor a la que le estaban haciendo el permanente dijo que deberían obligar a los RAD a vivir en un barco en mitad del Pacífico. Sigue impresionada por la película de *Frankenstein,* y dijo que incluso hoy en día las personas de cabeza cuadrada le provocan ataques de pánico. La pobre mujer no puede mirar a Arnold Schwarzenegger sin desmayarse. Palabras textuales.

—Fósil fuera de combate —sentenció Candace.

Melody no pudo evitar reírse. Aun en los peores momentos, su hermana siempre animaba el ambiente.

—Personalmente, no sé a qué viene tanto alboroto —añadió Glory—. Siempre y cuando los RAD no afecten a mi vida, igual me da lo que hagan. A menos, claro, que se corten las uñas en público. No soporto que *nadie* haga eso. Es repugnante. De acuerdo, más vale que meta esa comida en un recipiente de horno antes de que mi plan se descubra. Candace, dile a Melly que deje de estudiar. Cenaremos en media hora. Necesita una ducha.

—¿Ya oíste? —preguntó Candace, llamando a la puerta del dormitorio de Melody—. Mamá piensa que estás sucia —a regañadientes, Melody se levantó y abrió el cerrojo de la puerta—. Aquí huele a depresión —observó Candace irrumpiendo en el dormitorio—. ¿Qué pasa? —llevaba el pelo recogido en una cola de caballo; su sombra de ojos blanca como la nieve y su brillo de labios escarchado tenían el toque informal de los domingos—. Jackson no cambió de idea y se fugó, ¿verdad?

Melody negó con la cabeza.

—¿El que se fugó fue tu cepillo?

Sin moverse de sitio, Melody hizo caso omiso de la burla. Tenía las rodillas doloridas y notaba un hormigueo en el trasero. ¿Cuánto tiempo se había pasado sentada en el suelo?

—¿Puedo hacerte una pregunta?

Candace bajó la vista en dirección a su pecho.

—Sí, son auténticas.

—Vamos, es importante —las palabras, pegajosas a causa de la emoción, consiguieron salir de la garganta de Melody a duras penas.

Candace se apoyó en la pared de enfrente y cruzó los brazos sobre su traje de tirantes color marfil.

—Dispara.

Tragando saliva por la inquietud, Melody soltó de sopetón:

—¿Te acuerdas de que te pregunté si habías oído hablar de una tal Marina?

Candace asintió con un entusiasmo un tanto excesivo. Le encantaba hacer que su coleta oscilara de un lado a otro.

—Bueno, pues te lo pregunté porque cuando estábamos en la sesión fotográfica para *Teen Vogue* y le canté a esos camellos, Manu me dijo que tenía exactamente la misma voz que mi madre, *Marina*. Cuando le respondí que mi madre se llama Glory, tuve la impresión de que no me creía. Hasta que recordó que la hija de Marina tenía la nariz como la joroba de un camello —Melody tomó del suelo un puñado de fotos y lo sujetó en alto frente a su hermana—. Y mira... *¡jorobas!*

—Pues pregúntaselo a mamá —sugirió Candace, como si estuvieran comentando la posibilidad de servirse otra porción de pastel.

—No puedo.

—¿Por qué?

Melody se encogió de hombros. ¿Cómo explicar a su intrépida hermana que la verdad le asustaba? ¿Que prefería vivir en la incertidumbre antes que saber que no formaba parte de la familia? ¿Que...?

—Maaaa-mááááá —vociferó Candace.

—Pero ¿qué haces?

Candace llamó a su madre de nuevo.

—¡Basta! Candace, por favor...

—¿Qué quieres? —contestó Glory desde la cocina.

—¿Te importa subir un segundo? Melly tiene algo importante que preguntarles a ti y a papá.

A Melody se le descolgó la mandíbula. La conmoción le agarró el corazón acelerado y lo estrujó con fuerza. Sintió ganas de apalear a su hermana. Convertirla en un *mousse* espumoso. Meterle la melena entre las cuchillas del ventilador y observar cómo se enredaba.

—¿Algún problema? —preguntó Glory mientras abría la puerta de un empujón. Llevaba guantes de horno de diseño (regalo de un *chef* de la lista "A" para el que había trabajado como asesora de imagen en Beverly Hills).

—¿Qué pasa? —preguntó Beau, echando una mirada por encima del hombro de su mujer—. Melly, ¿por qué no te has vestido? Los Kramer llegarán de un momento a otro.

—Pregúntales —presionó Candace. Acto seguido, salió de la habitación.

La expresión de sus padres indicaba una mezcla de preocupación e impaciencia.

—Mmm —Melody aspiró con fuerza. "Cuando no pueda aguantar más la respiración, les haré la pregunta".

El pecho comenzó a dolerle.

La cabeza le empezó a palpitar.

Notó que se mareaba.

El cuerpo entero la hacía polvo.

—¿Qué pasa, Melly? —preguntó Glory, dando un paso al frente—. ¿Tienes calambres?

—¿Necesita un relajante muscular? —preguntó Beau a su mujer, a todas luces demasiado escrupuloso como para hablar con su hija de la menstruación—. Tengo un...

—*Ffffffffffffffff* —espiró Melody—. ¿Quién es Marina?

—*¿Quién?* —preguntó Glory.

—Marina. ¿Conoces a una mujer que se llama Marina? —Melody pronunció las palabras con lentitud.

—No —Glory sacudió la cabeza.

—¿Alguien de hace mucho tiempo, tal vez?

—Nunca he oído hablar de ella, ¿por qué?

—¿De qué se trata todo esto? —intervino Beau.

El alivio inundó a Melody por dentro. Sus hombros se relajaron y regresaron a sus respectivos huecos. El ritmo cardiaco aminoró. "¡Manu estaba equivocado!".

Una vez obtenida la respuesta a la pregunta del millón de dólares, podría haber seleccionado el tema con el ratón para luego eliminarlo y haber pasado página. Al fin y al cabo, ya tenía problemas de sobra con Jackson en los que concentrar su atención. Pero aún quedaba por responder la pregunta de un billón de dólares y, según la película *Red social,* el billón era el nuevo millón. De modo que había que formularla.

Melody volvió a respirar hondo y esperó a que el dolor obligara a la pregunta a salir al exterior.

—¿Eresmimadrebiológicamamá? —soltó de sopetón.

Glory ahogó un grito y, luego, se cubrió la boca. Sus ojos azul verdoso se abrieron de par en par, y lanzó a Beau una mirada de reojo. Éste colocó una mano sobre el guante de horno de diseño, recordándole que estaba allí.

"Ay. ¡Dios, mío!".

La sangre golpeaba en los oídos de Melody. En sus encías. En su cuero cabelludo. Iba a vomitar. Cada uno de los objetos en la habitación parecía nebuloso; y cada sonido, hueco. Con el paso del tiempo, aquel momento se agudizaría. Se instalaría en su mente con la claridad de la alta definición como el instante en que su vida había cambiado para siempre.

—¿Me están tomando el pelo? —preguntó Melody a gritos.

—Podemos explicártelo —comenzó a decir Glory—. En cuanto acabemos de cenar, nos sentaremos y…

—¡No tengo hambre!

Melody necesitaba aire. Se calzó unas chanclas, agarró la primera sudadera con capucha y, pasando con brusquedad junto a sus padres, se apresuró escaleras abajo.

—¿Adónde vas? —preguntó Beau elevando la voz—. Los Kramer llegarán en diez minutos. Quieren conocer a la familia.

—¡En ese caso, me imagino que no me necesitan! —vociferó Melody, dando un portazo al salir.

CAPÍTULO 7

DUCHA, AFEITADO Y A CORRER

La chica loba se estaba quedando afónica.

"Si dejo un mensaje más, estaré hablando a la escala de Demi Moore —pensó Clawdeen mientras arrojaba el celular sobre su cama—. ¿Dónde está todo el mundo? ¿Por qué me contesta el buzón de voz? ¿Y por qué nadie me devuelve las llamadas?". De no haber sido por la pila de respuestas a la invitación a su fiesta de Acaramelados Dieciséis encima de su escritorio —veintisietes "síes" y cero "noes"—, empezaría a dudar seriamente de su popularidad.

Ansiosa por visitar a sus amigas y obtener unas cuantas respuestas, Clawdeen miró con disimulo a través de la ventana de su dormitorio por lo que le parecía la trillonésima vez. Ya quedaba poco...

Los normis fisgones por fin empezaban a guardar sus cámaras y regresaban a casa. Un callejón sin salida habitado en su mayoría por "monstruos" no era, lógicamente, el lugar donde querían estar ahora que empezaba la puesta de sol. Lo que le caía de perlas a Clawdeen. Llevaba todo el día escondida en su habitación, sometida al estruendo metálico de las pesas de gimnasio de Clawd al otro lado de la pared. Tenía prohibido asomar la nariz al exterior y olisquear el frío aire otoñal. No se le permitía poner música, encender las luces o pasar cerca de las ventanas: cualquier cosa que pudiera alertar a la gente de que habían regresado. ¡Si tan sólo tuviera permiso para conectarse a Internet! Habría actualizado su estado en Facebook y lo habría cambiado por *Rapunzel*.

No obstante, el encierro no había sido una total pérdida de tiempo. Tras dormir hasta el mediodía, Clawdeen se pasó cincuenta minutos en una ducha libre de pelos, con sus productos con aroma a fruta y un rastrillo por estrenar. A empujones, metió la ropa extragrande de la tienda de regalos de La Guarida al fondo del clóset de Don y se enfundó un top negro fruncido de cuello en pico y los jeans que conferían a su trasero la redondez de un melón. Se pintó en las uñas arco iris de tonos tierra y llenó una maleta con ruedas de productos de aseo y ropa básica para llevar al hotel.

Clawdeen llamó a Lala, Blue, Frankie, Julia, Billy y Jackson, incluso a Deuce. En todos los casos, le contestó el buzón de voz. "¡Me toman el pelo!".

De pronto, una idea más alarmante que Securitas Direct le resonó en la cabeza. "¿Y si ellos también se habían visto obligados a marcharse?". El sedoso pelo castaño de la nuca se le erizó al instante. ¡Imposible! Quedaban dos semanas para su fiesta de cumpleaños. Había que ponerse de acuerdo sobre la música, elaborar centros de mesa, retocar vestidos, probar maquillajes, experimentar peinados, confeccionar listas con los chicos que querían besar y anular la invitación de Cleo.

"¡Uff!".

La cabecera de su cama —una valla de tela metálica que había pintado de dorado con un bote de spray— traqueteó cuando Clawd dejó caer sus pesas con un gruñido.

—¡Ya es suficiente! —gritó Clawdeen mientras aporreaba la pared—. Ya oscureció. Los normis ya se marcharon. ¡Nos vaaaaamos!

El desgarrón pegajoso del velcro al separarse le dio a entender que Clawd se estaba quitando los guantes. "¡Auuuu!". Cinco minutos en la ducha y su hermano mayor estaría listo, por fin. Clawdeen se calzó sus zapatos planos de ante escarlata y agarró su maleta, su cámara de video, el costurero, la pistola de silicón, las pinturas de diamantina y el vestido para su fiesta en el que había estado trabajando, por si acaso tuvieran que volver a huir. Prepararse para lo peor no era lo que habría hecho en condiciones normales, pero dos días vestida con ropa de tienda de regalos conseguían que una chica cambiara sus costumbres.

—Déjame salir primero —dijo Clawd, reteniendo a su hermana con un brazo recién ejercitado. El aroma a sándalo de su loción para después del afeitado y varios mechones de pelo castaño se le adherían al *blazer.* Agarró el pomo de bronce de la puerta principal con la temblorosa aprensión de un actor en una película de terror.

Clawdeen soltó una risita.

—Un poco teatral, ¿no te parece?

—Dijo la chica de la maleta.

Clawdeen pasó de largo dándole un empujón y abrió la puerta ella misma. La brisa nocturna, como un beso fresco en la mejilla, resultaba tonificante en contraste con el ambiente cargado de una casa abandonada.

Algo en el vecindario se notaba diferente; rozaba en lo espeluznante. Esquivando los arbotantes, fueron invadiendo uno tras otro los lotes de los vecinos. Miraban a hurtadillas por las ventanas y, con las uñas, daban golpecitos en los cristales.

Se veían señales de vida por todas partes: cubos de basura para reciclar abandonados en la orilla de la acera, cocinas con las luces encendidas, mesas preparadas para la cena, comida en charolas, televisores sintonizados en el Canal 2, tenis de lona manchadas de lodo junto a las puertas de entrada, bicicletas en los caminos particulares... Sólo faltaban los seres vivos.

—¿Dónde está todo el mundo? —preguntó Clawdeen mientras golpeaba la aldaba con forma de sirena en la puerta lateral de la casa de Blue. Las fuentes con delfines del jardín seguían arrojando agua, y los chorros en la piscina de fondo negro provocaban espumosas burbujas—. Es como si todos... se hubieran esfumado.

—¿Ya intentaste llamarlos?

Clawdeen le lanzó una mirada furiosa al estilo "¿de-verdad-me-acabas-de-hacer-una-pregunta-tan-estúpida?".

Las hojas rojo sangre de un arce japonés susurraron en lo alto. Clawd se llevó un dedo a los labios y agarró a su hermana por la manga.

—Tranquilo —murmuró Clawdeen; el corazón le golpeaba en el pecho—. Sólo es el viento.

—No —contradijo él, ladeando la cabeza en dirección a la calle—. Oigo pisadas.

Clawdeen sabía que no podía competir con la agudeza de oído de su hermano, mejor aún que la suya. Miró por encima del hombro de Clawd.

—Es una chica. Va corriendo… lleva tenis… parece que está estreñida… o vomitando… no, vomitando, no… llorando. ¡Atrás! —Clawd empujó a su hermana contra el frío exterior de cristal de la casa de la tía Coral.

En ese mismo momento, Melody Carver atravesó el jardín corriendo. El pecho de Clawdeen se hinchó de alegría.

—¡Mel…! —empezó a gritar. Clawd le tapó la boca.

—¿Estás loca?

Clawdeen lamió la palma salada de su hermano hasta que éste apartó la mano.

—¿Por qué crees que está llorando? Puede que sepa algo. Deberíamos ir a buscarla y…

—Es una normi. No podemos confiar en ella. Además, ¿qué va a saber?

Clawdeen contempló la posibilidad de recordarle que Melody salía con Jackson. Que estaba del lado de los RAD. Y que el hecho de ser normi no convertía a la gente automáticamente en el enemigo. Tenía veintisiete respuestas a su invitación para demostrarlo. Pero Clawd parecía demasiado alterado como para atenerse a razones. Curioso, ya que el padre de los Wolf lo había puesto al mando.

—Bueno, todavía no podemos darnos por vencidos.

—Perfecto. Sólo una casa más. ¿Qué tal…? —Clawd hizo una pausa como si se lo estuviera pensando y luego, como sin darle importancia, sugirió la casa de Lala.

Recorrieron la cuadra en zigzag, siguiendo un rumbo que hacía pensar en una "W" interminable. Avanzaban hasta el lateral de una vivienda, retrocedían en la vivienda posterior; una hacia delante, otra hacia atrás. Mientras tanto, Clawdeen iba arrastrando su equipaje por la hierba sin cortar.

Por fin, la mansión victoriana era la siguiente. Escondida bajo un dosel de hojas y ramas de arce, la casa de Lala era la que mejor conseguía ocultarse de toda la cuadra. El interior siempre estaba a oscuras, aunque el destello del candelabro del tío Vlad solía llenarlo de vida. Aquella noche no se veía destello alguno. No había un alma.

La luz de los faros de un coche brilló al comienzo de la cuadra.

—Sígueme —siseó Clawd al tiempo que desaparecía bajo los árboles.

Clawdeen trató de hacerlo, pero las ruedas de la maleta no paraban de atascarse. Dio un tirón.

—Lo estoy intentando.

Las luces se acercaban. Clawd volvió sobre sus pasos, levantó la maleta con una mano y, con la otra, arrastró a su hermana hasta detrás de un arce. Segundos después, un BMW sedán, en cuya placa se leía: KRAMER 1, pasó de largo lentamente, como si buscara algo… o a alguien.

—Tenemos que salir de aquí —declaró Clawd.

—¿Qué pasa con Lala?

—Es evidente que no está en casa —repuso él con un gesto de cabeza hacia la silenciosa vivienda.

—Probemos el escondite subterráneo. Puede que estén allí.

—No perdemos nada —Clawd dio un manotazo a una hoja que caía—. Ahora no podemos ir a casa.

El trayecto en coche hasta Riverfront resultó postapocalíptico. Salem se hallaba desierta, era una ciudad fantasma.

—Me alegro de que estemos aquí —dijo Clawdeen mientras contemplaba el perfil de Clawd, quien se aferraba al volante. Sus rasgos faciales eran de proporciones perfectas. No tenía los ojos separados, como Rocks. Su nariz no era tan ancha como la de Howie. Y tenía los labios carnosos, pero no abultados como los de Nino. Hasta los pómulos de su hermano mayor se encontraban a la altura perfecta. Comparados con los de Don, parecían literas en contraste con una cama extragrande estilo California—. Admítelo: te alegras de que te haya acompañado.

—Eso depende —repuso él, negándose a apartar los ojos de la inhóspita calle que tenía enfrente.

—¿De qué depende?

—De que consiga llevarte a casa a salvo.

—Clawd, sólo tengo un año menos que tú. Puedes dejar de preocuparte por mí —subrayó su hermana. Pero sabía que la inquietud de Clawd iba mucho más allá. Para los Wolf, la preocupación por las mujeres era instintiva. Los machos eran más fuertes. Y tenían un oído más agudo. Corrían más rápido. Los hechos eran indiscutibles. Aun así, la valentía y la inteligencia también contaban, y Clawdeen había nacido con grandes dosis de ambas.

Una vez en el interior de la RIP, el cuartel general de los RAD, los hermanos se detuvieron en seco y clavaron la mirada en el cúmulo de tarjetas de crédito y teléfonos celulares convertidos en piedra.

—Esto explica las llamadas sin respuesta —murmuró Clawdeen.

Clawd estaba demasiado pasmado para contestar. Regresaron al coche en silencio.

¿Sus amigos habían abandonado la ciudad? ¿Una comunidad entera, aniquilada por un programa de televisión? ¿Dónde estaba su valor? ¿Y su orgullo? ¿Sus modales? ¿Es que no sabían que faltar a una fiesta después de haber aceptado la invitación era de lo más grosero?

—No voy a poder celebrar mis Acaramelados Dieciséis —sollozó Clawdeen en el trayecto de vuelta a casa.

Clawd le clavó la mirada, incrédulo.

—¿*Eso* es lo que te preocupa? ¿Tu fiesta?

—No —Clawdeen se sorbió las lágrimas. No era *todo* lo que le preocupaba, pero ahí estaba. Por una vez, ella iba a acaparar la atención. No sus hermanos, sus amigas, el negocio familiar o los RAD. Sólo ella. Clawdeen Lucia Wolf. Pero jamás se lo confesaría a alguien que, por su cumpleaños, se conformaba con un paquete de doce pares de calcetines deportivos y una caja de donas cubiertas de azúcar—. Lo único que digo es que tenemos que encontrar a la gente. Hay que conseguir que regresen y que las cosas vuelvan a la normalidad.

—Si con lo de "hay que conseguir" te refieres a *otras* personas, estoy de acuerdo. Porque *tú* te regresas esta noche a casa. Nuestro instinto de escondernos fue acertado. Salta a la vista que existe peligro; de otro modo, los demás seguirían aquí.

—¿Y qué pasa contigo?

—El entrenador me dijo que podía quedarme en su casa esta noche —por la fuerza de la costumbre, Clawd giró el volante en dirección a Radcliffe Way. Rápidamente, dio marcha atrás y se dirigió a su nuevo destino, tres cuadras más allá—. Voy a recoger mi equipo, y luego te llevo al hotel.

—Si tú te quedas, yo también.

—Por encima de mi peludo cadáver —replicó Clawd, apagando el motor—. Ya no quiero seguir siendo responsable de ti. Es demasiada presión. Tengo que concentrarme en el partido y...

Desesperada, Clawdeen arrancó las llaves del auto, salió del coche de un salto y las lanzó al barranco.

—Da la impresión de que ahora nos quedamos los dos.

Clawd salió corriendo hasta el borde de la maleza, aunque sabía que estaba demasiado oscuro. Exasperado, se agarró a puñados su propio pelaje y empezó a jalar.

—¿Cómo hiciste esa locura?

Impulsada por la descarga de adrenalina, Clawdeen inició su camino de vuelta a casa. *Locura* era, seguramente, la palabra acertada; pero *determinación* le gustaba más.

CAPÍTULO 8

NOVILLOS MONSTRUOSOS

Frankie y Cleo se encontraban de pie, inmóviles, al comienzo del sendero de concreto que conducía al edificio amarillo mostaza. El césped estaba hasta los topes por las manifestaciones. Si en Halloween se organizara una marcha sobre Washington, recordaría al instituto Merston High aquella mañana.

A la izquierda, un reducido grupo de partidarios de los RAD vestían disfraces de monstruos y coreaban:

—¡No odiar, to-le-rar! ¡Los NUDI no discriminan!

Frankie reconoció al instante a Candace, la hermana de Melody. Había hecho orificios en su antifaz para dormir —cuajado de diamantes de imitación— y llevaba un *body* color carne de normi con la palabra NUDI escrita con lápiz labial fucsia allí donde se suele colocar la parte superior de un bikini. Dos de sus amigas izaban en el asta una bandera con la calavera y las tibias cruzadas.

—¿Qué tienen que ver los piratas con esto? —preguntó Cleo.

—Ni idea, Jack Sparrow —Frankie trató de poner su mejor acento de pirata—. ¡Pero es electrizante! Están de nuestra parte. Me encantaría que Blue, Lala y Clawdeen estuvieran aquí para verlo.

—Sí, las cinco están de nuestra parte. De lujo —protestó Cleo; luego, empezó a recorrer el sendero, manteniéndose a unos cuantos pasos por delante de Frankie con toda intención.

Pero ¿qué esperaba Frankie? Habían acudido juntas al instituto por el único motivo de que no había nadie más. Sólo tenían en común el miedo a quedar al descubierto.

Frankie era la chica nueva. Un producto de la nueva tecnología; un indicio de lo que estaba por venir. Cleo, por otra parte, pertenecía a la antigua realeza. Su bolso escondía joyas de valor incalculable; el de Frankie, pilas de recarga. La princesa de aroma a ámbar llevaba zapatos dorados de cuña, *jeggings* color verde ejército, top largo *camel,* chaleco de piel sintética de tono marfil y montones de pulseras de diferentes estilos que emitían un tintineo. Su conjunto era digno de la alfombra roja, mientras que el vestido de cuello vuelto de Frankie era más estilo alfombra de pared a pared. Pero no podía permitirse el lujo de obsesionarse con lo superficial. Aquel día, no.

A la derecha de ambas, un grupo formado por más de sesenta padres y alumnos, liderado por la normi Bekka Madden, coreaba:

—¡Si no queremos peligro, los monstruos al exilio!

La estrambótica activista trataba de hacerse la graciosa:

—¿Saben cómo juega Stein básquet? ¡Encesta de cabeza!

Sus seguidores la animaban entre gritos al tiempo que, satisfechos consigo mismos, clavaban en el aire pancartas que rezaban: MONSTER HIGH bajo la fina niebla matinal. Como si su pretendidamente ingenioso truco —alterar las letras del nombre del instituto— se mereciera un premio Pulitzer. Frankie no pudo evitar preguntarse qué lado del césped elegiría Brett. Ese mismo día lo averiguaría. Consiguió esconder los dedos bajo las mangas de su vestido justo antes de que empezaran a soltar chispas.

—¿A quién le toma el pelo esa normi? —comentó Cleo, utilizando la expresión favorita de Clawdeen.

La escena le trajo a Frankie a la memoria su primera experiencia en un instituto. Haciendo caso omiso del consejo de sus padres, se había presentado sin maquillaje y había asustado a un grupo de animadoras hasta el punto de que los pompones saltaron por los aires. Por suerte era domingo, el instituto estaba en otra ciudad y Frankie había escapado sana y salva. Más o menos. Mentalmente, sufrió cicatrices; su orgullo se vio herido y su confianza en sí misma, mermada. ¿Por qué la gente como Bekka Madden podía decidir lo que era aceptable y lo que no?

—¡No se lo van a creer! —exclamó Billy, quien de pronto se unió a ellas.

—¡Aaay! —gritó Frankie, sobresaltada.

—Daryl Komen y Eli Shaw están haciendo un test de monstruo a la gente, junto a los casilleros de segundo curso.

—Sigueee —murmuró Cleo con tono de espía.

—Sí, pero ¿qué es un test de monstruo? —preguntó Frankie, dirigiendo la pregunta a Cleo, y no al aire impregnado de olor a sugus, por si alguien la estuviera observando. Sabía que, por el momento, estaban a salvo (sus identidades no se habían revelado en la televisión), pero no parecía el día más indicado para que la vieran con un amigo invisible.

—Les examinan la boca en busca de colmillos, les quitan las gafas de sol... ese tipo de cosas.

—Gracias a Geb que no salí en el programa —comentó Cleo, mientras se enrollaba una gruesa mecha de pelo rubio en sus hipócritas dedos.

—Hablando del programa —dijo Billy, que agarró la cabeza de Frankie y la giró en dirección al estacionamiento. Heath Burns se estaba bajando del coche azul de su hermana. Brett, que siempre hacía el trayecto con ellos, no apareció—. Mira quién ha decidido pasar hoy del instituto. Te dije que era culpable.

El hueco del corazón de Frankie se le hizo un puño. "¿Por qué la noticia tenía que provocarle a Billy emoción?".

—¡Heath! —vociferó Frankie, marchándose sin despedirse.

Heath se dio la vuelta.

—Ah, hola —sonrió, aliviado. Sus ojos recorrían el césped a toda velocidad—. ¿Estás b-bien? —preguntó en voz baja.

—Perfectamente, ¿y tú?

Él asintió con un gesto; luego, se lanzó a la boca una pastilla blanca para el ardor de estómago, a todas luces con la intención de mantener a raya sus eructos de fuego.

—Esto sí que es *friqui,* ¿eh? —observó, señalando con el pulgar a los manifestantes—. Me imagino que tengo suerte por haber estado detrás de la cámara, o también me habrían dejado al descubierto.

—¿Dónde está Brett?

Heath jaló a Frankie en dirección al coche, negándose a

responder hasta encontrarse fuera del alcance del oído.

—¿Lo has visto? —intentó Frankie de nuevo.

Heath mordió otra pastilla de textura caliza y negó con la cabeza.

—No desde…

—¿Crees que nos haya tendido una trampa?

Heath puso los ojos en blanco y respondió:

—Es lo que piensa mi hermana; Brett nunca le ha caído bien. Pero yo no lo creo.

—¿Has intentado llamarlo?

—Siempre me contesta el buzón de voz. ¿Y tú?

—No tengo su número. Estaba en mi antiguo celular y… —Frankie se detuvo, peguntándose si la excusa le sonaba a Heath tan absurda como a ella misma. Al fin y al cabo, Frankie estaba compuesta de partes del cuerpo sintéticas. Alimentada por electricidad. Mantenida con vida por un bolso padrísimo. Si la tecnología era capaz de todo eso, ¿no debería ella ser capaz de averiguar el paradero de un celular?

Heath fue pasando el pulgar por la pantalla de su teléfono y suspiró.

—Confío en que esté bien.

"¿Bien?".

Ni por un momento Frankie se había detenido a contemplar la posibilidad de que Brett pudiera correr peligro. Y no es que deseara que le ocurriera nada malo. Pero si había resultado herido, significaría que no la había traicionado. Él y Bekka no estarían en asociación con Hollywood. Viveka, su madre, no tendría razón con lo de "limitarse a los de tu propia clase". Y Frankie quedaría libre para volver a enamorarse de él, para salvarlo de la manera en que él la había salvado a ella. Un dique le estalló en el pecho. La esperanza se precipitó a borbotones hacia el hueco de su corazón.

Heath recitó de un tirón el número de Brett justo cuando sonó el primer timbre. Los manifestantes se colocaron las pancartas bajo el brazo y, a toda prisa, empezaron a subir los escalones del instituto.

—Si te enteras de algo, dímelo —dijo el pelirrojo, delgado como un fideo, mientras se colocaba la capucha de su sudadera verde y se apresuraba hacia la entrada.

Frankie se quedó junto al coche. Una vez que sus dedos dejaron de soltar chispas, se puso a redactar un SMS.

¿STÁS BIEN?

(Borrar). Sonaba a preocupación excesiva. ¿Y si Brett la había traicionado?

HEATH STÁ PREOCUPADO X TI. LLAMA XFA.

(Borrar). Podría llamar a Heath, y no a ella.

M MEREZCO 1 EXPLICACIÓN, ¿NO T PARECE?

(Borrar). Demasiado alterada. ¿Y si tiene problemas?

DA 1 TOQUE SI PELIGRO. 2 SI TRAICIÓN.

(Borrar). Demasiado elaborado.

M ENCANTARÍA OÍR TU VERSIÓN D LA HISTORIA.

Sonó el último timbre. El pulgar de Frankie revoloteó sobre la tecla "Enviar". ¿Era el mensaje definitivo? Lo leyó una última vez. El tono parecía libre de crítica; mostraba curiosidad —en caso de que Brett fuera inocente— y, al mismo tiempo, firmeza —en caso de que no lo fuera—. Pulsó

"Enviar" y esperó... y esperó... y esperó...

Consultar el celular cada cuarenta y cinco segundos no obtuvo recompensa hasta el final de la tercera hora, cuando por fin Brett respondió con otro mensaje. Desfallecida de hambre, Frankie devoró la blanca burbuja de diálogo de una sola mirada.

BRETT: NO T PUEDO AYUDAR. NO M BUSQUES MÁS.

Sin fuerzas a causa del desengaño, Frankie fue incapaz de responder. No había más que decir. La burbuja de Brett estaba clara. Y la de Frankie acababa de estallar.

CAPÍTULO 9

VISITA INTERESADA

Bruuuum. Bruuuum.

Melody se despertó con el rugido de una motocicleta. Los ojos le ardían, el estómago se le revolvía a causa del sufrimiento. Algo angustioso había ocurrido la noche anterior. Su cuerpo lo recordaba, pero su mente estaba demasiado confusa como para evocar los detalles.

Bruuuum. Bruuuum. Ese ruido estridente tenía que desaparecer. Enterró la cabeza debajo de la almohada. Entonces, en un destello de claridad, reconoció el tono de su celular. "Que sea Jackson, por favor". Buscó entre las sábanas de color lila y localizó su iPhone.

—¿Diga?

—¿Dónde estás?

Melody se desplomó hacia atrás y cerró los ojos.

—Hola, Candace —echó una ojeada al exterior para calcular la hora. La vista quedaba oscurecida por el tinte color caramelo del cristal—. ¿Qué hora es?

—La una y media. ¡De la tarde! ¿Es que no has leído tus mensajes?

Para: **Melly**
18 oct., 7:06

CANDACE: ¡¡BEKKA MANIFESTÁNDOSE N L INSTI!! LS NUDI TIENEN Q FIGURAR. ¡CORRE!

Para: **Melly**
18 oct., 7:19

CANDACE: BILLY S HA COLADO N L TALLER D ARTE. STÁ HACIENDO PANCARTAS. ¡VEN!

Para: **Melly**
18 oct., 7:34

CANDACE: BILLY S HA COLADO N LA SALA DE TEATRO A COGER MÁSCARAS XA LA MANIFESTACIÓN. LS MONTAJES LLAMAN LA ATENCIÓN D LA PRENSA

Para: **Melly**
18 oct., 8:10

CANDACE: ¡HEMOS COLGADO 1 BANDERA! NCONTRADA N 1 CUBO CON LA ETIQUETA «ATREZZO PIRATAS D PENZANCE». ¡XO FUNCIONA A TOPE! ¿YA STÁS AQUÍ?

Para: **Melly**
18 oct., 9:07

CANDACE: L DIRE WEEKS DICE Q NO VA A TOMAR PARTIDO. PERO N NOMBRE D L LIBERTAD D OPINIÓN —O D XPRESIÓN (NO M ACUERDO)— NOS DEJA MANIFESTARNOS. ¿¿¿DND STÁS??? SI SIGUES EN KSA TRÁEME MI CD D EFECTOS ESPECIALES.

Para: **Melly**
18 oct., 12:22
CANDACE: CANDACE: NO HE VISTO A JACKSON, CLAWDEEN, LALA, BLUE, DEUCE O LS MACIZOS HERMANOS WOLF N L ALMUERZO. ¿STÁN OK? TAMPOCO HE VISTO A BILLY. ¡JA, JA!

Para: **Melly**
18 oct., 13:10
CANDACE: BEKKA STÁ VENDIENDO ENTRADAS XA 1 MOVIDA SECRETA DSP DL INSTI. BILLY ESPÍA XA CONSEGUIR INFO. PODRÍA SER XA RECAUDAR FONDOS. LS NUDI TNEMOS Q PENSAR N ESO. NECESITAMS LANA XA DISFRACES Y ESCRITOR DE ESLOGAN.

Para: **Melly**
18 oct., 13:24
CANDACE: HARTA DE ESCRIBIR SMS. T LLAMO. ¡CONTESTA!

—Melly —prosiguió Candace—. ¿Tengo que encargarme de que te hagan una revisión? Si quieres, llamaré al médico. Pero no te mueras mientras papá y mamá están de viaje. No volverán a dejarme al mando.

—Estoy bien —respondió Melody con un gruñido. La pluma de un pájaro (azul apagado y verde oliva, con la punta dorada) le aterrizó sobre el muslo. Aún llevaba puesta la piyama a rayas. La de la noche anterior... cuando se marchó corriendo sin cenar... De pronto, los detalles empezaron a llegar rápidamente.

La mirada de complicidad que sus padres intercambiaron cuando Melody les preguntó si Glory era su madre biológica... la probabilidad de que fuera adoptada... cuando escapó de los Kramer... y vio a Clawdeen y a su hermano entrar en un coche... se escondió en los arbustos porque no quería que la vieran llorar (lo que explicaría la pluma de pájaro)... esperó en el jardín hasta que los Kramer se marcharon... pasó por delante de sus padres a pisotones y se marchó derechita a la cama... insistió en que salieran de viaje, aunque ellos se ofrecieron a cancelar sus vacaciones... fingió estar dormida cuando le dieron un beso de despedida a las cuatro y media de la madrugada, antes de dirigirse al aeropuerto... no hizo caso a Candace cuando vino a despertarla para ir al instituto...

A lo lejos, el timbre de la quinta hora sonó con un *iiiiiiuuuuuu*.

—Tengo que irme —dijo Candace por el celular—. Ah, por cierto, me debes una bien gorda por dejarme sola con esos Kramer. O la historia de Mia Rosen cuando se estampó la cara contra el agua al tirarse del trampolín no les pareció graciosa, o bien hicieron el viaje en el Botoxbus a la estación

Imposible Sonreír. Te lo juro, fue como cenar en el museo de cera de Madame Tussaud —el timbre volvió a sonar—. Me piro, vampiro.

Tras una ducha muy necesaria, Melody reflexionó sobre su siguiente paso mientras desayunaba un plato de cereal crujiente con fruta del bosque.

¿Qué haría Jackson? *(Crunch, crunch, crunch).* ¿Qué haría Jackson? *(Crunch, crunch, crunch).* ¿Qué haría Jackson? *(Crunch, crunch, crunch).* Una pregunta válida, ya que la señora J también le había ocultado a él la verdad: sencillamente, no se molestó en mencionarle que era un RAD, que compartía su cuerpo con D. J. Hyde. Aun así, Jackson había manejado la situación con valentía y elegancia. Había investigado las respuestas, las había aceptado y, a continuación, se había adaptado a ellas. "Investigar, aceptar, adaptarse...". Tres principios a los que Melody se había resistido toda su vida. Por lo general, se cruzaba de brazos y confiaba en que las cosas cambiaran, porque eran injustas. Los acosadores, los mentirosos, los esnobs... con el tiempo, el universo se vengaría de ellos. Cuando no era así, Melody se volvía cínica, se indignaba. Después, se encerraba en sí misma. Ni una sola vez se había planteado cambiar las cosas. Hasta ahora.

Hasta Jackson.

Aturdida por haberse pasado el día durmiendo —¿o acaso, la noche llorando?—, Melody salió a la calle inundada de sol en busca de respuestas. Había cambiado su piyama a rayas por una chamarra militar ajustada ("¡Gracias, Candace!"), jeans delavados de la tienda de segunda mano, tenis rosas y un aire de determinación. Llevaba su melena negra recogida en una lustrosa coleta al estilo de "manos-a-la-obra", y en sus almendrados ojos grises no había rastro de lágrimas. Casi podía oír a Jackson animándola con gritos y aplausos.

Majestuosa e impasible, la vivienda en el número 32 de Radcliffe Way parecía más intimidatoria de lo habitual. Había adquirido la apariencia de una enorme cripta de tres plantas. Y custodiaba debidamente a la persona que guardaba los secretos del pasado de Melody. Con un dedo tembloroso, pulsó el timbre y dio un paso atrás. Suaves campanillas repicaron al otro lado de la puerta. La lente de una cámara de seguridad le dio la bienvenida en primer lugar. El hombre calvo y de piel oscura a quien había acudido a ver la recibió a continuación y, con los labios fruncidos, esbozó una sonrisa. ¿Acaso la estaba esperando?

—Melody, ¿verdad? —preguntó él con un ligero acento de Oriente Medio.

Melody asintió.

—Cleo está en el instituto —hizo una pausa—. Porque viniste por eso, ¿no?

—En realidad, vine a verte —entró en la antesala tenuemente iluminada. Una segunda puerta, la que conducía a la vivienda, se encontraba cerrada. Varios bancos tapizados ofrecían un respiro a quienes no se les permitía el acceso al interior.

—Siéntate —indicó él, señalando uno de los bancos. Se alisó la parte delantera de su túnica blanca, tomó asiento enfrente de Melody y aguardó a que ésta tomara la palabra.

—Bueno, yo… He estado pensando en lo que dijiste, ya sabes, en la sesión de fotos, la semana pasada… —Melody tenía la boca seca—. Ya sabes, lo de Marina.

—Ah, sí —se dio una palmada en el muslo con gesto alegre—. Marina. La mujer que *no* es tu madre.

—Bueno, de eso se trata. Resulta que podría ser…

La puerta de entrada se abrió con un *clic*. Un perfume de aroma a ámbar inundó el ambiente. Cleo llegó a continuación.

—¡*Melody!* —soltó su bolsa metálica dorada sobre el tejido de junco. Su chaleco de piel sintética color marfil y sus tintineantes pulseras demostraban que no estaba manteniendo un perfil bajo como los otros RAD—. ¡Eh! ¿Por qué no fuiste hoy al instituto? —preguntó la princesa mientras se echaba hacia atrás su melena negra con mechas rubias.

—No me sentía bien.

—Puede que un poco de aire fresco les siente bien a las dos —sugirió Manu.

Cleo puso en blanco sus ojos delineados con kohl, le plantó un beso en la calva y soltó una risita.

—Pareces mi papá, te lo juro.

Manu se levantó, rodeó los hombros de Cleo con el brazo y le dio un afectuoso apretón.

—Es que he colaborado en tu crianza desde que naciste —le recordó él. Luego, dirigiéndose a Melody, añadió—: ¿Sabes? No hace falta que las personas estén biológicamente vinculadas a un niño para ser sus padres. Por otra parte, los padres biológicos no siempre son los más indicados para criarnos. Existen muchas clases de familias. Lo importante es que nos sintamos amados y…

—Está bien, está bien; córtale a tu rollo —bromeó Cleo, con el tono de quien ha escuchado lo mismo miles de veces.

—Un momento, espera —suplicó Melody con una nota de urgencia en la voz—. ¿Y si la persona que han criado unos padres no biológicos quiere saber más? Ya me entiendes, ¿sobre su pasado verdadero, y la razón por la que ella… o él, sólo ha escuchado mentiras?

—A mí nadie me miente —declaró Cleo, frunciendo las cejas en señal de desconcierto.

—Entonces, esa *persona* debería reunir el valor para hablar con sus padres —respondió Manu.

—Pero…

—Por el amor de Geb, ¡no hay nada más que decir! Mi padre viaja. Me encanta estar en casa con Manu. Todo va de lujo. Y ahora, *por favor,* ¿podemos hablar de algún asunto que importe de verdad? Mis mejores amigos se han marchado, y Deuce lleva en Grecia… —Cleo consultó su teléfono —once horas y aún no me ha llamado.

—Tienes razón —convino Manu al tiempo que giraba la manija con forma de escarabajo de la puerta interior y entraba en el grandioso vestíbulo—. Chicas, las dejo para que se centren en asuntos de mayor importancia.

—Manu, espera… —comenzó a decir Melody, insatisfecha con el típico discurso sobre la familia que le acababa de soltar. Pero la puerta se cerró tras él, y no lo vio más.

Cleo se alisó la piel sintética color marfil de su chaleco e hizo un mohín con los labios.

—¿Qué sentido tiene ponerse ropa superbonita si no hay nadie para admirarla?

Melody soltó un suspiro de desilusión.

—No te preocupes —la tranquilizó Cleo—. Estaba en plan retórico. Seguiré poniéndomela.

De repente, una conocida voz femenina resonó por el vecindario:

—AQUÍ TENEMOS LA CASA DONDE RESIDE LA PROLE DE DRÁCULA…

Melody y Cleo salieron al exterior a la velocidad del rayo.

Bekka Madden se encontraba en el césped cubierto de musgo de la casa de Lala, sujetando un megáfono y posando con seis chicas mientras que Haylee, su secuaz, les hacía una foto. La melena corta y castaña de Bekka estaba recogida a duras penas en dos coletas rechonchas, y su habitual estilo de granjera chic había sido reemplazado por unos pantalones negros de corte clásico y blusa blanca. Parecía una monja vestida de viernes informal.

—Ey, chicas, pueden llevarse un objeto de recuerdo de la vivienda —ofreció Bekka—. Por cinco dólares más, Haylee tomará una foto de su tesoro delante de la casa para demostrar su autenticidad: lo necesitarán para venderlo en eBay.

Las chicas inspeccionaron el terreno en busca del recuerdo perfecto.

—¡Esto es *ka* total! —siseó Cleo.

Melody no tenía ni idea de lo que significaba *ka,* pero estaba tan indignada como Cleo.

—¡Están invadiendo propiedad privada! —vociferó Cleo al tiempo que atravesaba la calle a pisotones—. ¡Lárguense de casa de Lala o llamo a la policía!

Las chicas se quedaron inmóviles y volvieron la mirada hacia su guía turística en espera de instrucciones.

—Mira quién es —Bekka repiqueteó las uñas sobre el megáfono—. No le hagan caso —instruyó a las seis chicas elevando la voz—. Tomar fotos no es ningún crimen.

Cleo se plantó una mano en la cadera.

—Pues el asesinato sí lo es, y si no te largas de aquí, te mato.

—Tengo una autorización —anunció Bekka. Chasqueó los dedos en dirección a Haylee—. Enséñasela.

—¿Qué les enseño?

—La *autorización* —berreó Bekka—. La puse ahí al salir de los juzgados. *¿Te a-cuer-das?* —rechinó los dientes.

—Ah, sí —repuso Haylee, ajustándose sus gafas color beige de ojos de gato. La secuaz del flequillo castaño claro se puso a rebuscar en su maletín de cocodrilo. Mientras tanto, a espaldas de ambas, las chicas trabajaban con ahínco. Una de ellas se metió bajo el brazo el tapetito negro de casa de Lala, y otra empezó a desatornillar los números de la fachada con una lima metálica. Arrancó el "3" de un tirón y sin detenerse un segundo se puso a aflojar el "7".

Melody expuso su opinión:

—Bekka, lo que estás haciendo es cruel. Incluso para ti.

—¡De eso nada! —Bekka se dio unos golpecitos en la frente—. No comprendo cómo tardé tanto en averiguarlo.

—¿En averiguar qué? —preguntó Cleo, dando un paso atrás con nerviosismo.

—Justo cuando uno cree que lo ha visto todo... —vociferó Bekka, extendiendo el brazo como un maestro de ceremonias—. ¡Les presento a dos auténticas monstruos!

Cleo ahogó un grito. Una vez más, las chicas se quedaron inmóviles.

La furia y la rabia se revolvían en las entrañas de Melody.

—Pero ¿qué dices, Bekka? —gritó a voz en cuello. Luego, se dirigió a las chicas—: ¿De verdad le creen?

—Pues claro que me creen —chilló Bella por el megáfono—. ¿Por qué no iban a creerme? Las dos viven en esta calle. Salen con monstruos reconocidos. Ergo, o bien *son* monstruos, o bien saben dónde se esconden.

Cleo, que con los dientes se estaba quitando el brillo de su tembloroso labio inferior, dio un paso para acercarse a Melody. Bekka no andaba escasa de características poco atractivas, pero la estupidez no figuraba entre ellas.

—La gente a la que están explotando es inofensiva —explicó Melody, más a Haylee y a las chicas que a Bekka—. Salieron en televisión para demostrar que no van a hacer daño a nadie, ¿y así es como responden? —la imagen de Jackson oculto en algún sótano húmedo y oscuro, solo, sin cobertura de celular, sin la propia Melody, hizo que ésta explotara por dentro—. ¡LARGO DE AQUÍ! —gritó con todas sus fuerzas.

Los pájaros en el arce del jardín de Lala remontaron el vuelo y se alejaron batiendo las alas. Curiosamente, Bekka, Haylee y su manada de seis los siguieron, corriendo calle abajo como ciervos asustados.

—¿Cómo lo lograste? —preguntó Cleo, admirada.

—No tengo ni idea —admitió Melody mientras que una pluma (que relucía con suaves tonos azules y verdes y tenía la punta dorada) cayó con suavidad sobre su hombro. Sin darse cuenta, Melody la apartó con la mano y la tiró al suelo.

—Pero ¿qué haces? —se alarmó Cleo, mientras recogía la pluma y la sujetaba en alto bajo la luz del sol—. Es impresionante.

—Sí —murmuró Melody, cuyos pensamientos regresaban al poder de persuasión de su propia voz, y también a Manu.

—¿De qué pájaro será?

Melody se encogió de hombros.

Cleo sujetó la pluma sobre su clavícula.

—¿No quedaría majestuosa en un collar?

Una segunda pluma estaba a punto de aterrizar sobre el brazo de Melody, y Cleo la atrapó a toda velocidad. Se llevó ambas a la cara.

—¿O en unos aretes?

Melody asintió.

—¿Me las puedo quedar? —preguntó Cleo, caminando hacia atrás mientras atravesaba la calle en dirección a su casa.

Melody no se movió. Quería estar sola. Necesitaba reflexionar. Necesitaba clarificar las cosas.

—Adelante.

—¡MONSTRUOS! —gritó Bekka por última vez desde el otro extremo de la calle—. ¡Esperen y verán! ¡Pienso demostrarlo!

—¡No dejes de avisarme! —vociferó Melody a modo de contestación, y lo decía en serio. Tal vez entonces conseguiría alguna respuesta.

CAPÍTULO 10
EL SEÑOR DE LAS PULGAS

Mientras los chicos y chicas normis disfrutaban de un tentempié después de las clases y actualizaban sus páginas de Facebook al olor de la cena en proceso de elaboración, Clawdeen se encontraba a gatas, registrando el barranco en busca de las llaves del coche. Llaves que ella misma había arrojado allí la noche anterior porque no quería que Clawd la llevara de vuelta al hotel. Lo cual, tras pasarse cinco horas en una hondonada cubierta de ramas y hojas, infestada de hormigas y salpicada de caca de ciervo, ya no le parecía tan mala idea. En comparación, el hotel había ascendido a la categoría de *spa*. Con un poco de suerte, Clawd regresaría de su partido de futbol americano con buenas noticias. De no ser así, el asunto de "tenemos-que-volver-corriendo-al-hotel-y-luego-venir-aquí-con-las-llaves-de-repuesto" podría no sentarle demasiado bien.

"Concéntrate —pensó Clawdeen, parpadeando para ahuyentar su negatividad—. Despeja la mente y fúndete con las llaves. Concéntrate. Mira. Siente…". Un mosquito le picó en la parte posterior de la oreja. *¡Zas!* A los insectos les encantaba su nuevo gel corporal de grosella negra. La compra más reciente para su fiesta de Acaramelados Dieciséis, el aroma característico que le ayudaría a celebrar un nuevo año y, quizá, a conquistar a un chico… o a diez. Aunque ahora, ¿quién sabe si podría celebrar su cumpleaños? Daba la impresión de que sus padres lo daban por perdido, pero ella se negaba a…

—Volveremos mañana, no hay que pagar —dijo una chica en la distancia. El oído supersensible de Clawdeen se agudizó—. Traigan bikini. Iremos a nadar a casa de Blue.

"¿A casa de Blue? ¿Quién va a ir a casa de Blue? ¿Acaso ya volvió?".

Tras una ronda de "síes" y "gracias" y besuqueos, el grupo —que no parecía estar formado por más de ocho personas— se separó. La mayoría de los miembros continuaron calle arriba, mientras que otros dos, cuyo calzado emitía un sonido de lo menos atractivo, dieron la vuelta a la esquina en dirección a Clawdeen. Ésta se ocultó detrás de un árbol y echó una ojeada a la acera. Aun así, se encontraban demasiado lejos para poder identificar de quién se trataba.

—Anota la hora y el día —ordenó la misma chica, cuya vertiginosa voz iba subiendo de tono a medida que se acercaba—. Voy a declarar oficialmente que ésas dos esconden algo. Algo gordo.

Por fin, Clawdeen consiguió verla. Era Bekka Madden, que dictaba sus pensamientos a Haylee, su curiosamente devota amiga.

—Y pienso desenmascararlas —añadió Bekka—. Creen que nos acaban de dar un susto, pero son ellas que deberían asustarse.

—Quienes —dijo Haylee.

—Cleo y Melody —refunfuñó Bekka.

"¿Está Cleo en Salem?", se preguntó Clawdeen.

—No, me refiero a que lo correcto es: "Son ellas quienes deberían asustarse" y no: "Son ellas que deberían asustarse".

Clawdeen empezó a gruñir por lo bajo. Nadie amenazaba a su pseudoamiga, y ex amiga, sin recibir su merecido; sobre todo esa normi vengativa.

—Apuesto a que siguen ahí, en mitad de la calle, doblándose de risa. Pero nosotras nos reiremos al último cuando...

"¿En mitad de la calle? ¡Madre mía!". Clawdeen luchó contra el impulso de salir de un salto del barranco, arañar la blusa blanca de Bekka hasta convertirla en jirones y lanzarse a recorrer la calle. Tenía que avisar a sus amigas. Tenía que detener a Bekka. Tenía que encontrar las llaves. Tenía que...

—Mira —dijo Haylee, señalando el árbol. Clawdeen contuvo la respiración, contrajo el abdomen y cerró los ojos a cal y canto. No tenía miedo de que la capturaran. Salir huyendo sería sencillo. Lo que temía era la cámara que llevaban. La foto de la "chica loba" acechando en el barranco haría incluso más difícil demostrar que era inofensiva. El daño a su lista de respuestas a las invitaciones de cumpleaños sería irreparable. Su grosella negra se desperdiciaría con los mosquitos, incapaces de apreciarla...

Las pisadas fueron crujiendo en su dirección. Las chicas se aproximaban. Clawdeen oía los latidos de sus corazones. Uno de ellos palpitaba con genuina curiosidad: *bumbumbumbumbumbum;* el otro, con venganza: *bum-bum, bum-bum, bum-bum.*

La pareja se aproximó al árbol. Se inclinó para acercarse. Se detuvo. La expectativa enervaba a Clawdeen. Algo le reptaba lentamente por el cuello. Se preparaba para acribillarla. Ella no se lo impidió. Notó un picor. Se imaginó rascándose la zona. El picor seguía. Se imaginó rascándose con un rastrillo. Se preguntó a qué velocidad tendría que correr para hacerse invisible.

Bekka agitó una rama. Hojas secas cayeron en cascada a su alrededor.

—Ven con mamá —rezongó, a todas luces deleitándose con la euforia de la intimidación. "¡Me encontraron! Y ahora, ¿qué?"—. No te asustes. Vamos —sonidos de besos brotaron de los finos labios de Bekka, como si estuviera llamando a un perro. Esa chica provocaba mucho más miedo del que un monstruo podría jamás provocar.

Haylee dio una palmada.

—¡Las tengo!

Los oídos de Clawdeen se pusieron en guardia. El sonido de dos objetos metálicos que chocaban entre sí le provocó pánico. "¿Serán cuchillos? ¿Balas de plata?".

—Creo que son las de ese coche de ahí.

"¡Las llaves!".

—¿Adónde vas? —preguntó Bekka.

—A ponerlas en el techo del coche. Es evidente que alguien las ha perdido. ¿Dejamos una nota?

—Dámelas —ordenó Bekka.

"¡No!".

—Es el coche de los Wolf —arrojó las llaves al aire. Aterrizaron a los pies de Clawdeen—. ¡Ja! A ver cómo se escapan ahora.

Una vez que Bekka y Haylee se marcharon, Clawdeen recogió las llaves y, a toda velocidad, atravesó el barranco con la intención de encontrar a Cleo. Se sentía tan emocionada por volver a verla que estuvo a punto de olvidar su indignación. Pero ésta regresó rápidamente cuando Clawdeen se recordó a sí misma que la bicha reina estaba, por alguna razón, del lado de Bekka.

Auuuu auuuu. Iuuuu iuuuu. Auuuu auuuu. Iuuuu iuuuu.

Clawdeen se encontraba en los arriates de flores situados bajo la ventana de la habitación de Cleo, emitiendo el aullido secreto de ambas: "loba-llama-a-gata". Lo habían utilizado para llamarse una a la otra cuando estaban en primaria, antes de tener sus celulares. Aquella mole de teléfonos de piedra que vio en la RIP le decía que, seguramente, deberían recuperarlo.

Auuuu auuuu. Iuuuu iuuuu. Auuuu auuuu. Iuuuu iuuuu.

De repente, alguien se acercó a escondidas y la agarró por atrás. El asaltante desprendía un olor a ámbar.

—Por el amor de Geb, ¿dónde te habías metido? —preguntó Cleo con una sonrisa radiante—. ¡Desapareciste completamente del mapa! Espera, no me digas que aún sigues en La Guarida, fuera de servicio.

Clawdeen dio un paso atrás para marcar distancias.

—¿Cómo fuiste capaz de hacernos esto? —preguntó; tenía los jeans manchados de lodo—. Tú y esa normi, Bekka...

—¡*Ka!* —Cleo soltó una risita mientras ahuyentaba la indignación de Clawdeen con un gesto de la mano, como quien se zafa de una mosca molesta—. Todo el mundo sabe que soy inocente. Limpié mi nombre antes de que la gente huyera de Salem. Pero, ya que no estabas presente, te concederé un resumen de treinta segundos. Queríacancelarelprogramaparaqueposarandemodelosconmigo. Culpable. Lo admito. Bekkameibaaayudaraborrarlo. Culpable. Admitido. Luegomeenterédequenoibaaemitirse. Problema solucionado. Asíqueplantéalanormi. Ella hizo el resto. Yo no tenía ni idea. Y ahora, ¿podemos pasar página? —dio una palmada, abrió los brazos de par en par y abrazó a Clawdeen, quien no tuvo oportunidad de responder. Luego, Cleo enlazó su brazo con el de su amiga y empezó a pasear por el césped como si nada en absoluto hubiera ocurrido.

Y en nombre de la amistad verdadera con un miembro de la realeza, Clawdeen supo que lo mejor sería fingir que así era.

—Entonces, ¿todos se marcharon? ¿Adónde se fueron?

—Deucey se fue a Grecia en uno de los aviones privados del señor D. Despedirme de él delante de mi padre fue hiperdesagradable y megaviolento.

—¿Jackson también se marchó? ¿Por eso la otra noche Melody iba corriendo por ahí en piyama, llorando?

—¡Ja! Es verdad, se viste como una modelo de mantas térmicas, pero no te dejes engañar por su ropa de dormir. Esa normi tiene un superatractivo en plan de chica mala. Deberías haber visto cómo espantó a Bekka. Resultó bastante *raro,* la verdad —comentó Cleo, cuyas pulseras tintineaban—. Por cierto, ¿puedes creer que ya no veré a Deuce?

—Igual que yo no veré mi fiesta de cumpleaños si no se arregla pronto todo este asunto.

—Nos prometimos no salir con nadie más, incluso cuando estuviera en Grecia; pero no puedo evitar pensar que ya conoció a otra chica. ¿Por qué otra razón no me iba a llamar?

Clawdeen se rascó sus picaduras en el cuello con energía.

—¿Adónde fueron Lala y Blue? ¿Y qué me dices de Jackson? ¿Crees que estarán de vuelta para mi cumpleaños?

—Te diré una cosa —Cleo dejó de pasear y miró a Clawdeen cara a cara. El sol de media tarde se reflejaba en sus mechas del color del caramelo e iluminaba sus ojos como topacios. Podría ser una chica muy exigente, pero su belleza era innegable—. Si para entonces no tengo noticias de él, empezaré a hacer turnos, como en *Anatomía de Grey.* Por mucha promesa de no ver a nadie más —Cleo prosiguió el paseo y suspiró—. Este asunto apesta más que el estiércol de camello.

Clawdeen también soltó un suspiro. Volver a charlar libremente con Cleo resultaba más gratificante que una ducha caliente en un baño libre de chicos. Igual daba que no estuvieran manteniendo lo que se dice una *conversación;* sólo importaba que volvían a estar juntas.

—¡Tenemos que irnos! —gritó Clawd, que llegó corriendo al jardín de Cleo. Aún llevaba puesto su equipo verde y amarillo de futbol americano, y sujetaba el casco bajo el brazo—. ¿Encontraste las llaves?

Clawdeen se las lanzó.

—¿Qué llaves? —preguntó Cleo, que odiaba desconocer los detalles.

—Anda, vámonos —insistió Clawd, tirando del brazo de su hermana. Tenía la mano pegajosa. Las mejillas, encendidas. Olía a una mezcla de cinta canela y sudor—. Tenemos que volver al hotel.

—¿Por qué? —gimoteó Clawdeen. Ahora que había recuperado a Cleo, despedirse de ella le costaba aún más que antes.

—El entrenador Donnelly me engañó. Intentó tenderme una trampa. Unos chicos del equipo me avisaron antes del partido, así que me largué. Me está buscando.

Clawdeen volvió a rascarse el cuello con energía.

—Pero ni siquiera hemos hablado de los centros de mesa ni…

—¡Deenie, tenemos que irnos! —Clawd levantó a su hermana por los aires y, cargándosela al hombro, echó a correr.

—¡Esperen! —gritó Cleo.

Clawdeen se puso a aporrearle la espalda a su hermano.

—¡Bájame! ¡Quiero quedarme!

—Somos una manada —dijo él, falto de aliento—. No nos separamos.

—No quiero ser una manada. Quiero ser una loba solitaria.

Clawd la plantó en el suelo junto al coche, abrió la puerta del copiloto y la obligó a subir.

—Los normis están invadiendo la casa de Blue. ¡La nuestra podría ser la próxima! —probó a decir Clawdeen.

—No es más que una casa —repuso él mientras cerraba la puerta del acompañante. A toda prisa, se dirigió al asiento del conductor, introdujo la llave en el switch y se alejó del borde de la acera.

—¿Qué pasa con mis amigas? Mi vida está en Salem.

—Si lo que quieres es *vida,* más vale que nos larguemos de aquí. ¡Y rápido!

Clawd condujo hacia el hotel a toda velocidad, con Clawdeen sujeta en el asiento contiguo con el cinturón de seguridad.

Sin correr riesgos. Para variar.

Era martes, después del instituto, y Billy se encontraba de pie en una bañera forrada de madera. Como única prenda, llevaba unos bóxers de hombre a rayas púrpuras y blancas que pertenecían a Candace. En él, más bien parecían bóxers de bebé. Pero la alternativa era un diminuto bikini, porque los bóxers de Beau, talla XL, quedaban fuera de toda discusión. Billy llevaba una época haciendo ejercicio, sí; pero no hasta ese punto.

—Deja de mirar —indicó Billy, con las mejillas ardiendo.

Candace soltó una risita.

—Soy una profesional.

—Olvídalo —Billy puso un pie en el frío borde de la bañera—. No puedo hacerlo —ni siquiera Frankie Stein se merecía semejante humillación.

—¡Vamos! Hasta ahora, todo bien. ¿No quieres ver el aspecto que tiene el resto de tu cuerpo? —con suavidad, Candace lo empujó de vuelta a la bañera.

—No tanto como a ti —espetó Billy.

Se quedó mirando a Candace unos segundos. Hasta con unos viejos pantalones de quirófano de su padre, que le hacían bolsas; gafas de *snowboard,* y gorra de baño, era una chica perfecta. Y no es que la perfección le fuera mucho a Billy; las costuras y los tornillos le tiraban más. Pero admiraba la belleza de Candace y envidiaba su seguridad, sobre todo ahora, momentos antes de descubrir el potencial de su amigo. ¿Y si la invisibilidad fuera la mejor opción?

—Recuerda: brazos extendidos, boca cerrada, ojos cerrados. Sólo puedes respirar cuando la máquina esté apagada —Candace bajó las gafas para taparse los ojos, metió unos rubios mechones errantes bajo el gorra de plástico y colocó en alto lo que parecía una aspiradora portátil—. Inhala, exhala y... —dirigió la manguera hacia el torso de Billy, tiró del asa plateada y dejó salir el líquido bronceador—. ¡Tempestad ártica!

Una aspersión fría cubrió el pecho de Billy. Sintió ganas de gritar, pero respirar estaba prohibido. Por suerte, los únicos espejos en el cuarto de baño de la planta de arriba de los Carver eran dos pequeños rectángulos sobre el mueble revestido de madera: uno encima de cada lavabo. La bañera quedaba fuera de su alcance.

—El bronceado tarda seis horas en aparecer, pero la mezcla contiene colorante, así que podremos ver resultados inmediatos —cerró la manguera—. Respira.

Billy soltó aire.

—¿Cómo me veo?

—Como un tipo que hace abdominales —repuso Candace, impresionada—. Boca cerrada, ojos cerrados, respira sólo cuando la máquina esté apagada, y allá vamos otra vez

—a continuación, le tiñó las piernas, aplicando el spray con suaves pinceladas, marcando y definiendo los contornos con la precisión de una auténtica artista. Pasado un rato, Billy se acostumbró a los gélidos chorros; incluso empezaron a gustarle. Cada disparo tonificante despertaba una parte diferente de su cuerpo, lo arrancaba del banquillo y lo obligaba a jugar el partido.

Candace cerró la manguera de golpe, se levantó las gafas y dio un paso atrás.

—Hecho —su expresión no delataba nada.

—¿Y bien?

—Mmm.

—¿Qué? ¿Qué pasa?

—*Shhh.* Silencio. Me estoy concentrando —pensativa, se dio unos golpecitos en la barbilla—. Ahora, te teñiremos el pelo; luego vienen las lentes de contacto y, por último, te vistes.

La siguiente hora transcurrió entre una mareante mezcla de olores químicos, canciones de Rihanna y Katy Perry y de "mmmms" meditabundos por parte de Candace. Por fin, dio la tarea por concluida.

Con su cálida mano tapó los ojos a Billy. Lo condujo, dando tumbos, hasta su habitación.

—¿Preparado? —preguntó, y se detuvo frente al espejo de cuerpo entero.

—Preparado —respondió Billy, mintiendo. A partir del momento en que Candace retirara la mano, su vida no volvería a ser la misma. No tendría a quién echarle la culpa por no salir con chicas, salvo a sí mismo. No podría fingir que era un dios griego de proporciones impecables condenado a una vida de soledad. No podría escuchar a escondidas, ni ser el chico al que se acude en busca de chismes. Sería imperfecto. Libre de excusas. Normal.

—Una... dos... tres... —Candace retiró la mano—. ¡Invisible fuera de combate!

Billy clavó la vista en el espejo de cuerpo entero y ahogó un grito.

Y, por primera vez en años, su reflejo ahogó otro grito en respuesta.

CAPÍTULO 11

¿GAGA O GAGÁ?

Frankie envolvió la jaula de cristal con unas cortinas de muselina gris. Confeccionó cinco bolsas en miniatura con muestras de tela con tonos de piedras preciosas y las llenó de cuscús crudo. Adornó el aserrín mezclando pétalos naranjas y fucsias. Y preparó el pelaje de las ratas de laboratorio para el invierno reemplazando la veraniega diamantina multicolor por relucientes virutas de tonos carbón. El cambio radical casero de las fashionratas había concluido.

"Y ahora, ¿qué?".

Sus deberes estaban hechos. Su habitación, limpia. Había elegido el conjunto para el día siguiente. Si no se le ocurría otra forma de evadirse —*¡ya!*— volvería a pensar en Brett. "Sus faltas de asistencia al instituto… su mensaje de texto, tan desconsiderado… su despiadada traición… sus ojos del azul de la mezclilla… ¡BASTA!". Si tan sólo tuviera a alguien con quien hablar. Pero Cleo se había pasado casi todo el tiempo con Julia y las amigas normis de ambas; Melody no se había presentado en clase por segundo día consecutivo, y Billy no era una opción —al menos, en público—. No es que quisiera anunciar a los cuatro vientos lo mucho que extrañaba al chico que la había engañado. Pero Frankie veía *Gossip Girl*. Sabía que otras chicas, incluso normis ricas, también echaban de menos a sus respectivos rompecorazones.

Un objeto chocó ligeramente contra la ventana. "¿La lluvia, otra vez?". Unos suaves golpecitos se escucharon a continuación. "¿Brett?". Frankie se acercó poco a poco, confiando en que fuera él. Luego, se pellizcó el brazo por abrigar esperanzas. El brusco pellizco resultaba menos doloroso que la puñalada del desengaño.

Vio algo —¿una tira de chicle?— pegado en la ventana esmerilada. Frankie levantó la vista y entrecerró los ojos. Notó un hormigueo en las yemas de los dedos. ¿Decía... *Gaga?*

Arrastró hasta allí la escalera de mano, se subió y abrió la ventana de un empujón. El misterioso objeto cayó al suelo. Asomó medio cuerpo para mirar más de cerca. "¿De verdad era lo que pensaba?". ¿Una entrada para el concierto de Lady Gaga? ¡Pero si estaban agotadas!

"¡Ay, Gaga mía!".

Alargó el brazo, pero la entrada se alejó hasta quedar fuera de su alcance. Frankie salió por la ventana e hizo un segundo intento. La entrada volvió a desplazarse. Escudriñó la calle sin salida en busca de una explicación.

Las hojas estaban inmóviles; el cielo naranja y azul oscuro, despejado. No podía haber sido el viento. Se agachó, y la entrada se escurrió, distanciándose aún más. "¿Será una broma? ¿O acaso algo peor? ¿Y si fuera una trampa?". Aquel mismo día, Cleo había comentado que el entrenador

Donnelly había intentado engañar a Clawd. ¿Y si el entrenador estuviera al tanto del disfraz de Frankie?

"¿Seré la siguiente en su lista de víctimas?".

Reuniendo los últimos restos de voluntad, Frankie renunció a la entrada y se apresuró hacia la casa.

—¡Espera! —exclamó una voz conocida—. Frankie, soy yo.

"¿Billy?".

Se detuvo y se dio la vuelta.

Pero el chico que caminaba hacia ella, arrastrando la entrada con un trozo de hilo de pescar, no era Billy, para nada. Para empezar, podía *verlo*. En segundo lugar, no iba desnudo. Y para terminar, parecía un modelo recién llegado del planeta de los chicos sexys. Un paso más y el maquillaje de Frankie, color carne de normi, se derretiría.

Dando un paso atrás, se fijó en la habilidad del chico para convertir una simple camiseta verde aceituna, jeans deslavados de tono oscuro, y tenis *vintage* blancos, en la mejor estrategia de distracción del día para olvidarse de Brett. Su pelo ondulado, sus cejas "gruesas-pero-no-en-plan-Jonas-Brothers", y sus ojos almendrados eran del marrón oscuro de un expreso. Sus fornidos brazos tenían el color del caramelo; sus dientes, el blanco de la crema batida. Tentador, apetitoso y fuera del alcance de Frankie, se podría haber añadido a la carta de menú de Starbucks. Aun así, Frankie siguió caminando hacia atrás.

—Deja de moverte, ¿sí? —dijo él, cuya voz sonaba inconfundiblemente a Billy.

—Pero ¿cómo...?

—Candace me echó una mano —repuso él mientras se apoyaba en la pared de concreto de la casa de Frankie. El sol desaparecía en el horizonte. Arrojaba un cálido resplandor anaranjado sobre el vecindario e iluminaba a Billy como si de una obra de arte se tratara. Él cruzó los brazos sobre el pecho y esbozó una tímida sonrisa—. Bueno, ¿qué te parece?

—Bien.

—*¿Bien?*

Frankie soltó chispas.

—Quiero decir, electrizante —se sonrojó, de pronto demasiado avergonzada para mirarlo a los ojos.

¿Por qué iría vestida con una sudadera y unos pants rosa viejo y tenis? ¿Y qué más daba? Era Billy. Su colega. Sólo que más bien parecía un actor que podría representar el papel de Billy si las vidas de ambos se llevaran al cine alguna vez. Pero seguía siendo el mismo chico, y a ese chico en particular no le importaba lo que Frankie pudiera llevar puesto. Jamás le había preocupado. ¿Por qué debería preocuparle a ella?

—Entonces, ¿te vas a inscribir ahora en el instituto? —preguntó, en un intento por dar una apariencia de normalidad.

—Mmm —repuso él con una media sonrisa de lo más sexy—. No se me había ocurrido —sacó un paquete de sugus de un bolsillo lateral y le ofreció uno a Frankie. Resultó ser de color verde. Los dos se echaron a reír.

—Bueno, ¿y qué te parece tener un sitio donde guardar las cosas? —preguntó Frankie mientras masticaba el caramelo con sabor a lima.

—Genial —respondió él, desenvolviendo un cuadrado rosa—. Aquí tengo un montón de cosas —se llevó la mano al bolsillo posterior y sacó otra entrada—. ¿Qué vas a hacer el 13 de octubre?

—¿Son auténticas?

Él asintió.

—*¿En serio?*

Billy volvió a asentir.

—¡No lo puedo creer! —vociferó Frankie, tirando de Billy hacia sí para abrazarlo. Él respondió con toda la musculatura de sus brazos—. Me encanta que ya no vayas desnudo.

—A mí también —repuso él con voz suave. Su aliento despedía un olor a fresas maduras.

Frankie lo apretó con más fuerza y sonrió. Resulta fácil limitarse a los de tu clase cuando los de tu clase son así de impresionantes.

CAPÍTULO 12

J DESAPARECIDA

Melody abrió su casillero de un tirón, por primera vez en toda la semana. Había estado deseando volver a Biología desde que se despidiera de Jackson en aquel café. Ver a la señora J le ayudaría a sentirse en contacto con él. Quizá la madre de Jackson le entregaría una nota romántica de parte de su hijo. O invitaría a Melody a que se reuniera con ellos en otro encuentro clandestino, o acaso...

—Me gusta llegar tarde en plan *fashion*, pero tu rollo es más del tipo alta costura —bromeó Cleo; las plumas de tonos verde oliva y azul le colgaban de las orejas.

—Esas plumas te quedan muy bien —comentó Melody mientras cerraba de un golpe el casillero.

—No se admiten devoluciones —advirtió Cleo mientras ambas se fundían con el tráfico del pasillo. Parecía más fluido de lo habitual. En los alumnos que iban dejando atrás se apreciaba un malestar generalizado. Por costumbre, entre clase y clase, los pasillos bullían de agitación; pero aquella mañana emitían apagados murmullos. La semana anterior todo el mundo estaba rebosante de actividad; ahora, deambulaba sin rumbo. El selector de energía estaba colocado al mínimo. Era la vida sin amplificadores. Un matiz acústico inundaba el ambiente—. ¿En serio acabas de llegar? ¡Es la última clase del miércoles!

—Ya lo sé —Melody soltó un suspiro—. Mis padres están de viaje, y la semana ha sido, no sé, rara; así que…

—Manu me lo contó.

—¿Te lo contó?

—Sí, quería que me asegurara de que estás bien y que encontrara una manera sutil de decirte que las familias son complicadas, que el amor importa más que la sangre… a menos que, claro está, seas "ya-sabes-quién" —se colocó los dedos a modo de colmillos y los agitó con gesto pícaro—. *¡Ka!* Cuánto la echo de menos.

Una oleada de náuseas recorrió a Melody por dentro. "¿Cómo se le ocurre a Manu contarle mi secreto a una chismosa de marca mayor?".

—Tienes que prometerme que no se lo contarás a nadie.

Cleo trazó una imaginaria corona sobre su vestido de punto verde y amarillo.

—Que me pudra en mi sarcófago si no es verdad. Además… —rodeó a Melody con un brazo perfumado de ámbar y la atrajo hacia sí. Las pulseras de oro se le clavaron a Melody en el omóplato—. Llevo teniendo problemas con las "momis" desde hace cinco mil ochocientos cuarenta y dos años. Es la última conversación que me latiría.

—¿Qué conversación es ésa? —preguntó Frankie, que apareció junto a ellas—. A ver, díganmelo. Tengo un chisme electrizante sobre Billy. ¿Hacemos un intercambio?

Melody se fijó en que la piel verde de Frankie estaba oculta bajo un suéter de cuello alto, jeans entubados negros y botas chopper hasta las rodillas; pero sus curvas, perdidas durante tanto tiempo, habían regresado definitivamente. "¿Es que siempre ha tenido la forma de un "8"? ¿Por qué, de repente, hace resaltar su figura? Puede que Brett haya vuelto".

—La madre de todas las conversaciones —respondió Cleo, soltando una risita por su juego de palabras—. Si Melody quiere hablar del tema, que hable; yo juré no decir nada.

—¡Cle-o! —espetó Melody. Se podría haber enfadado. Se *debería* haber enfadado. Pero esas chicas le habían otorgado toda su confianza. ¿Por qué no confiar también en ellas?

—Por favor —suplicó Frankie. Su sonrisa refulgente era irresistible.

Camino de clase, Melody las puso al tanto de Marina. Les habló de su antigua nariz como la joroba de un camello y de la inquietante mirada que habían intercambiado sus supuestos padres. Al terminar, el recuerdo de cuando nadaba desnuda con Candace en el Four Seasons de Maui le cruzó la mente. Al igual que esa zambullida subida de tono, la confesión que acababa de hacer la hizo sentirse entusiasmada y desprotegida en partes iguales.

—No estás enfadada, ¿verdad? —preguntó Frankie, como si Melody se hubiera estado lamentando por una uña rota.

—Pues claro que lo estoy —reclamó Cleo—. Deuce es mi *novio*. Debería haberme llamado a estas alturas.

Frankie soltó una risita.

—Estoy hablando del "drama de mamá".

—Pues claro que estoy disgustada —respondió Melody—. Mis padres me mintieron. Y ahora no tengo ni idea de quién soy, o de dónde vengo. Es escalofriante.

—¿Más escalofriante que dormir en un laboratorio, con cables conectados al cuello? —masculló Frankie entre dientes.

—¿O pasarte varios milenios sola, en un sarcófago oscuro?

—Mmm... —Melody no sabía cómo responder sin ofenderlas.

—Todos tenemos padres *friquis*, y todos venimos de sitios *friquis* —sentenció Cleo mientras observaba a los alumnos que pasaban de largo—. Supéralo.

—Creo que quiere decir que tus padres te quieren, y eso es lo que importa —probó a decir Frankie, esbozando su contagiosa sonrisa radiante.

Melody no pudo evitar devolverle la sonrisa.

—Sí, seguro que eso es *exactamente* lo que quería decir.

—De acuerdo, ¿preparadas para mi chisme sobre Billy? —preguntó Frankie.

—¡*Ka!* —Cleo arrancó de un tirón un póster pegado con cinta adhesiva a la pared de ladrillo gris. Anunciaba "inesperadas vacantes" en los equipos de futbol americano, básquet y natación del instituto, y apremiaba a los alumnos de "todos los niveles de estado físico" a apuntarse para las pruebas—. La gente padre ya se marchó.

—Mejorando lo presente, ¿verdad? —puntualizó Frankie.

Haciendo caso omiso del comentario, Cleo se sacó de la boca una bola de chicle rosa y la pegó en un casillero.

—Hay mítines antiRAD todas las mañanas, y en las cabinas de los baños escriben chistes de monstruos. Las clases están medio vacías.

—Ya verás la cafetería —le dijo Frankie a Melody—. ¿Te acuerdas de la lista de canciones? Pues metieron *Imagine,* de John Legend.

—¿Te refieres a John Lennon? —preguntó Melody entre risas.

—¡Cleo! —Frankie le asestó una palmada en el brazo—. Me dijiste que se apellidaba Legend.

—Ups —Cleo esbozó una sonrisita—. Me confundí.

—Bueno, en cualquier caso —prosiguió Frankie—. La lista estaba llena de canciones pacifistas.

—Entonces, ¿hay gente que los ha apoyado? —preguntó Melody mientras subían las escaleras hasta la segunda planta.

—Sí, pero no lo suficiente —intervino Cleo al tiempo que dos musculosos alumnos de segundo de bachillerato empezaban a bajar las escaleras con camisetas idénticas. En la parte frontal, habían escrito RAD con pintura en spray; pero la "R" estaba tachada y la habían cambiado por una "B".

Frankie puso en blanco sus ojos de color azul violeta.

—Muy inteligente, sí señor.

—¿Qué esperabas? —murmuró Melody—. ¿Un idiota listo?

De repente, tres chicas con antifaces de pirata que empuñaban sables falsos aparecieron a la espalda de las amigas; se abrían paso a empujones entre los alumnos y tiraban libros al suelo. Melody reconoció a su hermana.

—¡Atrápenlos! —ordenó Candace con un grito. Varios alumnos se dispusieron a agarrar a los dos chicos; otros, se apartaron a un lado para dejarlos pasar. Disimuladamente, Cleo alargó un pie. Los chicos bajaron de un traspiés los dos últimos peldaños, pero se incorporaron a toda prisa y salieron corriendo hacia el pasillo de la primera planta.

—¡Alto! —ordenó Melody.

Los dos chicos se detuvieron, como un video puesto en "Pausa".

"¡Guau!".

—¡De lujo! —exclamó Cleo.

—¡Increíble! —añadió Frankie.

Melody tuvo la impresión de que todo el mundo en la escalera le clavaba la mirada.

—¡Al ataque! —vociferó Candace. Sus camaradas piratas se abalanzaron sobre los chicos cual monos araña y empezaron a cortar sus camisetas con los sables desafilados.

—¿Qué pasa aquí? —susurró Cleo a Melody—. ¿Por qué últimamente todo el mundo te obedece?

Por suerte, el director Weeks disolvió la escaramuza antes de que Melody pudiera responder. Y no es que no quisiera. Es que desconocía la respuesta.

La señora J se retrasaba para la clase. Su silla era una de las cinco que estaban vacías en el laboratorio. A pesar del parloteo incesante y de las carcajadas, los ausentes eran los que más destacaban.

Frankie se inclinó hacia delante y susurró:

—¿Han visto a Billy?

—¿Se supone que es un chiste? —preguntó Cleo, sin molestarse en darse la vuelta.

Melody soltó una risita.

—No, hablo en serio —repuso Frankie—. Es lo que intentaba decirles. La hermana de Mel le hizo un cambio radical. Ahora está buenísimo.

—Ya me extrañaba que Billy y Candace pasaran tanto tiempo en el cuarto de baño —comentó Melody, al tiempo que miraba hacia la puerta por si llegaba la señora J.

—Me va a llevar a ver a Lady Gaga —anunció Frankie, exultante.

—¿Significa que terminaste con Brett? —se interesó Melody.

—¿Quién?

—Brett.

—¿Quién? —Frankie sonrió. Luego, pegó un chillido—: ¡Ay! —frotándose la nuca, se giró y se encontró con Bekka, y con el cañón de color rojo de una pistola de agua—. ¿A qué vino eso? —preguntó Frankie.

—Experimento científico. Dicen que el agua y la electricidad no se pueden mezclar, pero no da la impresión de que te haya pasado nada... *Frankie Stein.*

Las engreídas amigas de Bekka se echaron a reír. Melody no podía imaginarse cómo Frankie estaba manejando el ataque y se sentía demasiado avergonzada para comprobarlo. En vez de eso, se pellizcó las cutículas y rezó para que la señora J no tardara en llegar.

¡Zas! Un diente de ajo golpeó a Melody en un lado de la cabeza y rebotó en el suelo. Risitas amortiguadas se escucharon a continuación.

—Parece que podemos borrar "vampiro" de la lista —declaró Bekka elevando la voz desde el fondo del aula. Ataviada con un vestido de flores en tonos rojos y rosas, mostraba un aspecto engañosamente inofensivo mientras se sentaba en su pupitre, columpiando las piernas.

Haylee, con actitud sumisa, tachó con una línea algo escrito en su cuaderno de redacción de tapas rosas.

Acto seguido, una galleta marrón golpeó a Cleo en la mejilla.

—¡Ay! —recogió la galleta y la lanzó de vuelta.

—Ningún perro renunciaría a una galleta —dijo Bekka—. Tacha "hombre lobo".

Haylee obedeció.

—¡Los hombres lobo no son *perros!* —Cleo se levantó y empezó a quitarse los aretes.

—Me vale —murmuró Frankie.

Cleo colocó las plumas sobre el pupitre y le dijo a Melody:

—Si me ocurre algo, son para ti.

"¿De verdad piensas pelear?". Porque lo último que los RAD necesitaban era mancharse las manos con sangre de normis.

—Sentada —ordenó Melody.

Cleo se sentó.

—¡Ja! Buen truco —Bekka batió las palmas—. Parece que, después de todo, sí es una perra.

Más risas desde el fondo del aula.

—La perra eres tú —espetó Cleo—. Por eso Brett te cambió por Frankie.

Se hizo el silencio en la estancia. Bekka y Frankie debían de estar al borde de las lágrimas. Al fin y al cabo, Brett las había abandonado a las dos.

—¿Por qué te pones de su parte así, de repente? —le preguntó Bekka a Cleo.

—¿De repente? ¡Por favor! He estado de su parte toda mi vida —contraatacó Cleo con acaso demasiada convicción.

Bekka arqueó una ceja.

—¿En serio?

—Me refiero a que estoy de la parte donde la gente puede hacer lo que quiera. La parte contraria a la maldad.

—Qué interesante —Bekka empezó a avanzar lentamente hacia Cleo, con los brazos a la espalda como un pomposo abogado de la acusación—. En ese caso, ¿por qué... —se detuvo junto al pupitre de Cleo— estabas tan empeñada en destruir su bonito documental?

El corazón de Melody se aceleró. Bekka tenía la pasión de Michael Moore por desacreditar a la gente. Sólo necesitaba un desliz por parte de Cleo.

Melody también se levantó y se aproximó a Bekka. Estaban tan cerca que Melody podía oler el brillo sabor a mango de la normi.

—¿Por qué no lo admites de una vez?

—¿Admitir qué? —preguntó Bekka, parpadeando.

—Que el monstruo eres *tú*.

—¿Yo? —se burló Bekka.

—¡Sí, un monstruo de ojos verdes! —exclamó Frankie entre risas, completando la idea de Melody—. Así llaman a los celos.

—¡Ja! ¡De lujo! —Cleo levantó la mano. Las tres chicas entrechocaron las palmas. Una pequeña chispa pasó de una a la otra. A toda prisa, Frankie volvió a meter las manos en los bolsillos de sus jeans.

Bekka puso los ojos en blanco.

—¿Y de quién iba a tener celos yo, Melody? *¿De ti?* ¿Porque sales con un tipo bipolar que tiene alergia a su propio sudor?

—No. Tienes celos de Frankie, y por culpa de eso haces sufrir a todo el mundo —declaró Melody—. Este asunto de la caza de monstruos no tiene más motivo que tu ego herido.

—¿Perdón? —replicó Bekka, con las manos en la cintura.

—Necesitas a alguien a quien echarle la culpa porque Brett ya no quiere nada contigo. De modo que atacas a gente inocente —Melody sacudió la cabeza en señal de convicción—. Admítelo.

Los parpadeantes ojos de Bekka se oscurecieron hasta adquirir el color de las nubes de tormenta en verano.

—Muy bien, lo admito.

Cleo pegó una palmada en su pupitre.

—¡Me encanta!

Miradas de desconcierto recorrieron las filas del aula. "¿Eh?".

—¡Lo sabía! —exclamó Frankie.

—Hazlo otra vez —apremió Cleo a Melody.

Melody tragó saliva y, luego, preguntó:

—Bekka, ¿tienes alguna prueba de que los RAD son peligrosos? ¿Has visto a alguno hacer daño a alguien?

Bekka volvió a parpadear.

—¡Sí, a mí! La chica verde me hizo daño cuando besó a Brett —sus pecosas mejillas se encendieron; sus ojos se cuajaron de lágrimas.

—Hablo de daño físico —exigió Melody.

Bekka negó con la cabeza.

—¿Te estás quedando conmigo, o qué? —preguntó Haylee elevando la voz mientras arrancaba una página de su cuaderno y hacía una bola con ella.

—Pues claro que sí —respondió Bekka, al tiempo que conseguía esbozar una sonrisa.

—¿Hablas en serio? —insistió Melody.

Bekka bajó la cabeza.

—No.

"¿Cómo estoy siendo capaz de hacer esto?".

—¿Sabes dónde está Brett? —intentó averiguar Frankie.

Bekka se apoyó en un pupitre vacío y se cruzó de brazos.

—Claro que sí.

Frankie se levantó, con las manos embutidas en los bolsillos.

—Dímelo.

—No quiere que lo sepas. Sólo quiere que lo sepa yo.

—Entonces, ¿has hablado con él? —preguntó Frankie.

Bekka enroscó su gargantilla con el colgante en forma de "B".

—Yap.

—¿En serio sabes dónde está Brett? —presionó Melody.

Bekka soltó un suspiro.

—No.

—Causa desestimada.

Los murmullos fueron subiendo de tono hasta convertirse en cuchicheos. Bekka se apresuró hacia sus amigas con intención de apelar.

—Espera, tengo una pregunta más —anunció Melody.

Todo el mundo dejó de hablar.

—Es para Haylee.

La chica del flequillo castaño se ajustó las gafas de color beige en el ancho caballete de su nariz y asintió para indicar que estaba preparada.

—¿Por qué permites que Bekka te dé órdenes continuamente?

Los ojos castaños de la acusada se desplazaron de su antigua jefa a la nueva.

—Hay-leeee —advirtió Bekka—. No contestes.

—Tienes que hacerlo —declaró Melody.

Haylee empezó a parpadear.

—Dímelo —insistió Melody.

Bekka sacudió la cabeza. Haylee asintió. Entonces, dijo:

—Firmé uno de sus contratos de servicio a largo plazo en segundo de secundaria. No expira hasta el segundo año de universidad.

Varios alumnos se rieron al oírla, pero a Melody le vino a la memoria el contrato que Bekka le había obligado a firmar el primer día de clase. ¿Qué tenían los institutos para hacer que la gente pensara con sus inseguridades, y no con su cerebro?

—¿Has probado a romperlo alguna vez? —preguntó Melody.

—Once veces. Es un contracto estricto. Su padre lo redactó —Haylee introdujo la mano en su maletín verde de cocodrilo y sacó un documento legal. Lo alargó hacia delante, ofreciéndoselo a Melody.

—Destrúyelo —ordenó Melody a Bekka, quien a toda prisa lo agarró y lo rompió en pedazos.

—¿Quiere decir esto que estoy libre? —preguntó Haylee.

Bekka arrojó los pedazos de papel a su ex amiga. Cayeron sobre ésta como confeti el día de la Independencia.

—¿Nosotras también? —preguntó una de las amigas de Bekka.

—Todas ustedes —vociferó Bekka, con la cara encendida por la humillación—. De todas formas, Brett rompió conmigo por su culpa.

—¿Por nuestra culpa? —se extrañó Haylee.

—¡Le daba vergüenza que las vieran con él! —Bekka se colocó los libros sobre el pecho a modo de escudo.

—¿Por qué? —preguntó una chica con cachetes de ardilla—. ¿Qué hicimos nosotras?

—Britt, a ver si te enteras, ¡los jeans ajustados son para gente delgada! Deelya, ¡cierra la boca al respirar! Rachel, ¡o te revientas esos enormes granos de pus o más vale que te instales un telesilla en la cara y pongas abonos a la venta! Morgan, hueles igual que el queso curado. Y Haylee, te vistes como mi abuela. ¿Por qué crees que Heath nunca te ha pedido salir?

—¡Porque no te soporta!

Haylee levantó el maletín verde por encima de la cabeza y lo colocó boca abajo. Los contratos fueron cayendo como paracaidistas que saltaran a la libertad. Britt, Deelya, Rachel y Morgan fueron rasgando su camino a la felicidad.

—¡Han muerto para mí, todas ustedes! —anunció Bekka a gritos. Reunió sus pertenencias y se dirigió hacia la puerta a pisotones en medio de un creciente caos. A la salida, chocó contra una mujer con forma de uva que llevaba un suéter con estampado de cachemir y pantalones azul marino.

—¿Adónde vas? —preguntó la desconocida mientras ajustaba la bolsa reutilizable de una cadena de supermercados que se le había escurrido del hombro.

—¡A un instituto normal! —gruñó Bekka antes de lanzarse pasillo abajo.

Todo el mundo rompió en aplausos. Frankie lanzó un puntapié en plan de broma al respaldo de la silla de Melody mientras la uva se afanaba en restablecer el orden.

Cleo se inclinó hacia el otro lado de la fila y susurró:

—Confiesa. ¿Cómo lo haces?

Melody buscó una respuesta, si bien con escaso éxito.

—Sólo pregunto y...

—No —atajó Cleo, arrancando una pluma de tonos verde oliva, azul y dorado del pelo de Melody. La giró entre los dedos, admirando su brillo iridiscente—. ¿De dónde salen? Podría diseñar toda una colección de joyas con ellas —la sujetó sobre su clavícula—. Va perfectamente con mis aretes, ¿no te parece?

Melody alargó la mano, poniendo a prueba su poder de persuasión con el sujeto más testarudo de todos.

—Dale un beso de despedida y devuélvemela.

Cleo parpadeó, besó la pluma y se la colocó a Melody detrás de la oreja.

—Los aretes también.

Sin dudarlo un segundo, Cleo obedeció.

Melody cayó en la cuenta de que Manu tenía razón. Su voz era irresistible.

—Siento llegar tarde. Estaba reunida con el director Weeks —anunció—. Soy la señora Stern-Figgus. Sustituyo a la señora J.

A Melody se le revolvió el estómago.

—¿Dónde está? —preguntó Britt.

La oronda mujer se giró hacia la pizarra y empezó a escribir su nombre.

—No me facilitaron esa información.

"Claro que se la facilitaron".

—¿Dónde está la señora J? —trató de averiguar Melody.

—Fue obligada a dimitir —respondió la señora Stern-Figgus.

Varios alumnos ahogaron un grito.

—¿La obligó el director Weeks? —presionó Melody.

—El consejo escolar.

—¿Por qué?

La profesora se dio la vuelta.

—Escondía a un RAD —parpadeó.

"¡No era un simple RAD! ¡Era su hijo! Pero ¿qué le pasa a esta gente?".

—¿Dónde está ahora? —preguntó Melody con voz temblorosa.

La señora Stern-Figgus se encogió de hombros. Pues claro que no lo sabía. Ni siquiera lo sabía Melody, y eso que Jackson era su novio. ¿Pensaban marcharse? ¿Se habían ido ya? ¿Quedaba tiempo para detenerlos? Todo ese rato malgastado en clase, jugueteando con Bekka, cuando podría haber estado ahí afuera, buscándolos.

Melody se levantó y agarró sus libros. La clase entera se le quedó mirando. Le importaba un bledo.

—Pero ¿esto qué es, la estación central? ¿Adónde se va corriendo todo el mundo? ¿Adónde va, señorita...? —la profesora chasqueó los dedos.

—Carver. Melody Carver. Y no sé muy bien adónde voy.

Cleo y Frankie soltaron una risita. Puede que otros alumnos también se rieran. Era difícil oír con el pánico pitándole en los oídos.

La señora Stern-Figgus dio dos palmadas.

—Siéntate.

—No puedo. Tengo que irme.

—¿Tienes una autorización firmada?

Mientras salía al pasillo, Melody respondió:

—No. Así que cuando pase lista, anote que estoy presente, por favor.

La señora Stern-Figgus levantó los pulgares hacia arriba con expresión amable y se despidió agitando la mano.

Melody no se demoró para disfrutar del aplauso de sus compañeros. En vez de eso, se colocó los aretes, se sujetó la pluma detrás de la oreja y salió corriendo a la calle. Por fin estaba dispuesta para conocer la verdad. Lo único que tenía que hacer era preguntar y prepararse para la respuesta. Y esta vez la conseguiría.

Para: **(503) 555-5474**
21 oct., 15:07
BRETT: T HE DIXO Q NO QUIERO HABLAR. DEJA D ACOSARME.

Para: **Brett**
21 oct., 15:08
(503) 555-5474: NO TE ACOSO. HE PASADO PÁGINA

Para: **(503) 555-5474**
21 oct., 15:09
BRETT: NTONCES, ¿Q PASA CN EL CAMIÓN D NOTICIAS DL CANAL 2 APARCADO DLANTE D MI KSA?

Para: **Brett**
21 oct., 15:09
(503) 555-5474:NI IDEA. ¡PREGÚNTALES A ELLOS!

Para: **(503) 555-5474**
21 oct., 15:10
BRETT: ¿QUIÉN ERES? ¿L CANAL 4?

Para: **Brett**
21 oct., 15:10
(503) 555-5474: ¡¡¡NINGÚN CANAL!!

Para: **(503) 555-5474**
21 oct., 15:11
BRETT: NTONCES ¿QUIÉN?

Para: **Brett**
21 oct., 15:11
(503) 555-5474: MMM, FRANKIE, ¿T ACUERDAS D MÍ?

Para: **(503) 555-5474**
21 oct., 15:12
BRETT: ¿¿¿¿STEIN????

Para: **Brett**
21 oct., 15:12
(503) 555-5474: ¿QUIÉN T CREÍAS?

Para: **(503) 555-5474**
21 oct., 15:13
BRETT: REPORTEROS. ¿Q NÚMERO ES STE?

Para: **Brett**
21 oct., 15:13
(503) 555-5474: TELF NUEVO. LARGA HISTORIA.

Para: **Frankie**
21 oct., 15:14
BRETT: T LLEVO LLAMANDO DÍAS A TU ANTIGUO NÚM. SALTA BZÓN D VOZ. PENSÉ Q M ODIABAS.

Para: **Brett**
21 oct., 15:15
FRANKIE: ¿DND HAS STADO?

Para: **Frankie**
21 oct., 15:16
BRETT: N PORTLAND. SCONDIDO N KSA D MI PRIMO CUZ. LA PRENSA M PERSIGUE. N MI KSA 24/7. BEKKA VA A PAGAR X STO.

Para: **Brett**
21 oct., 15:16
FRANKIE: YA HA PAGADO. J

Para: **Frankie**
21 oct., 15:17
BRETT: ¿HACES ALGO L SÁBADO? PUEDO TOMAR L TREN. ¿KDAMOS A MITAD D CAMINO?

Para: **Frankie**
21 oct., 15:19
BRETT: ACABO D COMPROBARLO. SOLO 7$ X BOLETO

Para: **Frankie**
21 oct., 15:21
BRETT: TOMA L D LAS 11:22 N STACIÓN D SALEM. BAJA N OREGÓN CITY. ALLÍ NS VEMOS. ÚLTIMO BANCO DL ANDÉN.

Para: **Brett**
21 oct., 15:10
(503) 555-5474: ¡¡¡NINGÚN CANAL!!

Para: **Frankie**
21 oct., 15:23
BRETT: ¿OK?

Para: **Frankie**
21 oct., 15:24
BRETT: ¿SIGUES AHÍ?

Para: **Frankie**
21 oct., 15:25
BRETT: LLEVARÉ TOFFEES DE FRUTAS. MI PRIMO TIENE 1 TIENDA D CHUCHES. J

Para: **Brett**
21 oct., 15:25
FRANKIE: OK. PERO Q NO SE ENTERE NADIE. X SEGURIDAD, YA SABES

Para: **Frankie**
21 oct., 15:25
BRETT: NS VEMOS L SÁBADO.

Para: **Brett**
21 oct., 15:26
FRANKIE: NO T OLVIDES D LOS TOFFEES. J.

Para: **Frankie**
21 oct., 15:27
BRETT: TRANQUILA. J X CIERTO, ¿LO D «PASAR PÁGINA» VA N SERIO?

Para: **Frankie**
21 oct., 15:28
BRETT: ¿HOLA?

Para: **Frankie**
21 oct., 15:29
BRETT: ¿STÁS AHÍ?

Para: **Frankie**
21 oct., 15:30
BRETT: ¿FRANKIE?

CAPÍTULO PERDIDO

(de cuyo funesto número no se hará mención)

CAPÍTULO 14

MUERDE, REZA, AMA

Nino dirigió la cámara hacia su hermana. Mechones de pelo negro caían por delante de la lente, pero rápidamente se los pasó por detrás de la oreja.

—Y… ¡acción! —anunció con un grito.

Más que un aviso para empezar a rodar, la palabra se había convertido en la única esperanza de Clawdeen para sobrevivir a su primera semana de cautiverio. Adiós a vagar enfurruñada por el hotel, a suplicar a sus hermanos que le enseñaran a conducir y a armar rompecabezas de gatitos de mil piezas en plan abuelita mientras lloraba la muerte inevitable de su fiesta de cumpleaños. Si quería hacerse un nombre en el encarnizado mundo de las manualidades, no tenía más remedio que alimentar su blog. De modo que tras reclutar a su hermano pequeño, pasó la tarjeta que abría la *suite* número 9 y se puso manos a la obra.

—Hola, soy Clawdeen Wolf —anunció con una sonrisa confiada—. Bienvenidos a otro episodio de *Querer es poder*…

Era el quinto que había grabado aquella semana. Y no es que sus siete fieles seguidoras se hubieran enterado. Al igual que ella misma, se mantendrían en la sombra hasta que la vida regresara a la normalidad y Clawdeen pudiera tener acceso a una computadora. Pero cuando llegara ese momento, no se decepcionarían.

—Me contrataron para convertir este deslucido hotel en un enclave de *glamour,* utilizando tan sólo deshechos de construcción y mi propio instinto creativo.

Nino se rio por lo bajo. Seguramente porque sabía que a su hermana no la habían "contratado", sino todo lo contrario; y que se podía dar por muerta si no conseguía devolver la habitación a su estado original antes de que sus padres la descubrieran.

Tres días antes, el austero y rústico refugio mostraba una decoración con tonos verde pino, muebles de madera sin tratar y cama extragrande con una colcha de diseño étnico en tonos rojo y azul fuerte. Ahora, viernes por la noche, la estancia iba camino de convertirse en la *supersuite,* la habitación imprescindible para los menores de dieciocho años.

Clawdeen había pegado al refrigerador minibar pedazos de cristal procedentes de la cocina, formando un colorido mosaico que decía: COME; encima del lavabo, el mosaico rezaba: REFRÉSCATE y, detrás de la cama: DESCANSA. También había forrado viejas latas de café con piel cubierta de pelo (gracias, chicos) que había teñido de púrpura para dar el falso efecto de piel sintética. Dentro de las latas había colocado cepillos para el pelo, brochas de maquillaje, bolígrafos e, incluso, rebanadas de cecina. Había "tomado prestados" libros de tapa dura de la biblioteca del hotel, que acto seguido había apilado y barnizado con fotos de alta costura en papel satinado, para formar dos columnas a ambos lados de la cama. Una de ellas mostraba lo que estaba *in;* la otra, lo que estaba *out*. La colección de CD de la familia, almacenada en el hotel a disposición de los clientes que dudaban de la capacidad de subsistencia de iTunes, por fin se había puesto en uso. Clawdeen pegó los discos a las paredes de madera, con la cara brillante a la vista, para dar a los huéspedes la sensación de estar durmiendo en el interior de una bola de discoteca; porque, ¿quién renunciaría a eso?

—Esta noche —prosiguió Clawdeen—, voy a enseñarles a transformar toda su colección de muñecas en una lámpara de araña, o en una *muñe*-lámpara, como me gusta llamarla.

Caminó silenciosamente sobre la alfombra "a-punto-de-ser-cubierta-de-diamantina" y se detuvo junto al escritorio. Estaba plagado de cables eléctricos, figuras diminutas y bobinas de alambre. Nino siguió sus pasos.

—Antes de empezar, es fundamental que…

De pronto, los oídos de Clawdeen se agudizaron. Una música tronaba en la distancia.

—Un descanso —anunció Nino, bajando la cámara.

Clawdeen contempló su reflejo mientras ambos esperaban a que terminara la interrupción. La luna empezaba a llenarse, trayendo consigo las habituales señales de advertencia de que la transformación estaba próxima. El pelo castaño y las uñas le habían crecido, por lo menos, un centímetro y medio desde el almuerzo. Su metabolismo se había disparado, provocando que el vestido mini ajustado color berenjena que se había puesto una hora antes le quedara ancho de cintura. Y sus ojos amarillo castaños irradiaban una pasión feroz. Qué curioso. Cualquier presentadora de televisión de Hollywood habría vendido su alma por semejantes características; aun así, Clawdeen era quien se escondía.

La música se acercaba. Se oía a gente cantar; las voces sonaban amortiguadas, como si estuvieran dentro de un coche. *We R Who We R*, de Ke$ha, retumbaba a todo volumen. Clawdeen contuvo el aliento y prestó atención al sonido de la alegría, que llevaba tanto tiempo sin escuchar.

—Se están parando —anunció Nino, y corrió hacia la ventana—. ¡Mira!

Un todoterreno urbano negro se detuvo en la entrada del garaje. Típico comportamiento egocéntrico de los normis: dar por sentado que el cartel de CUPO LLENO se dirigía a todo el mundo, excepto a ellos. Si tan sólo supieran que la mujer que les estaba preparando espinacas a la crema llevaba una redecilla para el pelo por todo el cuerpo.

En el interior del todoterreno urbano, dos voces cantaban a gritos la canción de Ke$ha: *We'll be forever young...* ("Siempre seremos jóvenes...").

Clawdeen se unió al estribillo: *We are who we are...* ("Somos quienes somos..."). Se sabía la letra de memoria. Imposible no sabérsela. Lala ponía la canción en el coche todas las mañanas camino del... "¡Madre mía!". Lanzó la llave de la habitación a Nino.

—Ya terminamos. Encárgate de cerrar, ¿va?

Clawdeen bajó a la velocidad del rayo la escalera cubierta de alfombra verde bosque y se apresuró al exterior para recibir al todoterreno urbano.

Las ventanillas estaban empañadas —seguramente por el calor infernal—, pero Clawdeen no lo dudó un segundo. Abrió de par en par la puerta del conductor y se subió al automóvil de un salto. Lala y su tío Vlad bailaban en sus respectivos asientos, agitando los brazos por encima de la cabeza y cantando el estribillo final a todo pulmón.

—¡Deenie! —Lala se arrojó a los brazos abiertos de Clawdeen. Separadas durante una sola semana, se abrazaron como si llevaran sin verse toda la vida.

—Sé muy bien cuándo estoy de más —bromeó el tío Vlad, inclinándose por encima de su sobrina para apagar el motor—. Tendré que guardar los bultos e irme con la música a otra parte.

Los colmillos de Lala empezaron a castañetear a medida que el calor se escapaba por la portezuela abierta. Saltaba a la vista que su sombrero de fieltro gris, sudadera con capucha amarilla, *blazer* de raso negro, mallas de lana y botas hasta la rodilla no bastaban para mantenerla abrigada en una noche con una temperatura de veinte grados centígrados. Y daba la impresión de que llevaba días enteros sin comer.

—¿Bultos? —preguntó Clawdeen—. ¿Qué bultos? ¿Qué hacen aquí? ¿Dónde estaban?

—¿Podemos hablar de eso adentro? —preguntó Lala mientras agarraba un par de sombrillas del asiento posterior—. Aquí, en mitad del campo, hace un frío que cala.

—¿Qué pasa ahí afuera? —preguntó Clawd desde la puerta de entrada—. Mamá te está llamando para cenar. ¿Dónde está Nino? —llevaba puesta su camiseta de futbol americano por la misma razón que Clawdeen se había pintado las uñas con esmalte de diamantina verde y las había realzado con pegatinas de lazos plateados: no perder la esperanza.

—¡Mira quién vino! —anunció Clawdeen, que frotaba afectuosamente los delicados brazos de su amiga mientras entraban en el hotel.

—Lala —dijo Clawd, cuya expresión de perro guardián se suavizó hasta convertirse en la de un cachorro.

—Recién llegada en avión desde Rumanía —chocó las palmas con Clawd, metió a empujones las sombrillas en el paragüero de acero y se apresuró a entrar en el cálido vestíbulo.

Alumbrado por velas y de ambiente acogedor, era una equilibrada mezcla entre cabaña de troncos y estilo Enrique VIII. El mostrador de recepción de granito estaba flanqueado por oscuras paredes de nogal cubiertas de fotos de castillos en blanco y negro. Sillones de orejas azul marino, un sofá tapizado de tela escocesa y una mesa baja de hierro miraban a una chimenea de piedra. Las estanterías ofrecían novelas clásicas y juegos de mesa blanqueados por el sol. Lala se marchó derecha al fuego de leña y extendió las manos junto a las llamas.

—¿Rumanía? —se extrañó Clawdeen—. ¿Con los "depreabuelos"?

—Yap. Papá me obligó. Pensó que allí estaría a salvo. Lo gracioso es que estuve a punto de morirme de hambre. Lo más parecido a la verdura que mi "gruñoabuela" ponía en la mesa era embutido de cerdo con maíz.

—¿Dónde quieres que los ponga? —jadeó el tío Vlad mientras jalaba dos baúles gigantescos y los colocaba en el vestíbulo. Viejos, gastados y sin ruedas, podrían haber sido rescatados del *Titanic*.

—Un momento, ¿te quedas? —preguntó Clawdeen.

—¡Sor-preeesa! —canturreó Lala.

—Ya me encargo yo —se ofreció Clawd. Con un ligero gruñido, colocó un baúl encima del otro y levantó ambos por encima de su cabeza—. Los pondré en la habitación de Deenie —se dispuso a subir las escaleras.

El tío Vlad se sacó un pañuelo del bolsillo de su saco a cuadros azul verdoso y se secó la frente, empapada de sudor.

—¡Será fanfarrón!

—Tenemos mucho espacio —explicó Clawdeen—. Seguro que a mamá le parece bien.

—En realidad, la idea fue suya —repuso Lala.

—¿De verdad?

—Nos quitaron los teléfonos, y no tenía tu número. Así que llamé al hotel y tu madre contestó. Sólo tuvo que preguntar qué tal me iba y para qué quieres más. Me puse a berrear. Los "depreabuelos" me esperaban en el coche, tocando el claxon, porque teníamos una doble cita. Ellos, yo y un murciélago cavernícola con el que me querían "emparejar". ¿Estás preparada? Se llamaba *Marian*...

Clawd soltó una risita desde el rellano de la segunda planta.

—Primero llamé al tío Vlad, pero...

—Pobrecilla, cuando la recogí estaba hecha un mar de lágrimas —dijo él mientras tomaba un caramelo del plato de golosinas en el mostrador de recepción—. Lo capté al momento. Me crié con esos dos. El llanto estaba a la orden del día. Pero había aceptado un empleo en Portland, como decorador de un restaurante de mariscos "de cinco tenedores", donde, atención, Demi Lovato es copropietaria... ¿o es Demi Moore?

—Así que tu madre me dijo que me podía quedar aquí hasta que el tío Vlad regresara. Le dije que no te lo contara. Quería que fuera una sorpresa.

—¿En serio? —Clawdeen pegó un chillido. "¡Una amiga! ¡Una chica! ¡Una copresentadora! ¡Una profesora al volante! ¡Un milagro!".

Lala asintió y ambas volvieron a gritar.

Tras una ronda de abrazos de despedida con el tío Vlad, las chicas se dirigieron a cenar.

Clawdeen se moría por contarle a Lala todo lo que había ocurrido hasta el momento. Por escuchar historias sobre los parientes chiflados de su amiga; por reírse hasta que los abdominales se les endurecieran y pasarse la noche en vela chismeando. Lala podía enseñarle a conducir. Ayudarle con la *supersuite*. Y echarle una mano con los planes para la fiesta de cumpleaños... por si acaso.

La idea de una piyamada de una semana de duración también debió de haber emocionado a Lala. Poco inclinada al humor bobalicón, se acercó a una armadura —que con sus dedos metálicos sujetaba las cartas de menú del restaurante— y le propinó una palmada en el trasero.

—¡Aaah! Ahora a mí —bromeó Howie desde la mesa, donde ya estaba comiendo.

—Te aconsejo que te pongas guantes —bromeó Don.

—De los que usan en el zoológico para limpiar las jaulas de los elefantes —añadió Nino mientras se sentaba a la mesa.

—¿Por qué iba Howie a necesitar guantes para tocar el trasero del caballero de la armadura? —se preguntó Rocks.

—Él no —aclaró Don con una nota de frustración en la voz—. *Lala.*

—¿Y por qué iba Lala a necesitar guantes? Acaba de hacerlo, y a sus manos no les ha pasado nada —Rocks esbozó una risita satisfecha mientras pinchaba una albóndiga.

Todos soltaron una carcajada, incluso Clawdeen, que estaba más que harta de los comentarios de cabeza de chorlito de Rocks. Decididamente, el hecho de tener a Lala allí le alegraba el ánimo, conseguía que se sintiera segura de una manera que a sus hermanos les resultaba imposible. Como una mesera que le rellenara el vaso de refresco de cola sin que tuviera que pedírselo. Por fin, Clawdeen notaba el apoyo de alguien.

—¿Se están portando como cerdos? —preguntó Clawd mientras entraba detrás de ellas. La camiseta de futbol arrugada y los pants grises habían sido reemplazados por una camiseta negra, jeans ajustados, cinturón de cuero y tenis deportivos. Incluso había dedicado cierto tiempo a utilizar el peine. Con el pelo recogido en una pulcra coleta y emanando el olor al gel corporal de grosellas negras de Clawdeen, más parecía un zorro que un lobo.

Los chicos soltaron un silbido. Los ojos oscuros de Lala lo miraron de arriba abajo. Clawdeen preguntó si pensaba escaparse más tarde para ver a una chica.

—Tranquilos —dijo él mientras tomaba asiento—. He estado arreglando el atasco de la bañera y me escurrí dentro, así que tuve que cambiarme.

Siguió una ronda de acusaciones sobre quién tenía la culpa de los recientes problemas de plomería.

—¡Bienvenida, Lala! —exclamó Harriet, que salió de la cocina con un recipiente humeante—. Macarrones con queso, especialmente para ti —sus entonados tríceps se abultaron al colocar la fuente sobre la mesa. Se quitó los guantes de horno y acercó a Lala para darle un abrazo—. Te voy a alimentar a base de bien —prometió. Sus mejillas, encendidas por el trajín de la cocina, hacían juego con su cabello color canela.

—Lo estoy deseando —respondió Lala, conforme empezaba a servirse—. Me muero de hambre —ya parecía tener mejor color.

Harriet se sentó.

—Tienes buen aspecto —le dijo a Clawd—. Por fin te veo los ojos. Mira, si consiguieras que Nino...

—No sigas —interrumpió el menor de los hermanos, cubriéndose la cabeza con una servilleta roja.

—¿Por qué no? Mira lo guapo que está tu hermano.

—No te acostumbres, mamá —advirtió Clawd al tiempo que agarraba un panecillo de la cesta—. No es que éste sea mi nuevo *look* ni nada por el estilo. Me gusta mi pelo. Sólo me arreglé así...

—Apuesto a que un peinado a lo mohicano te quedaría superbién —comentó Lala, llevándose a los labios la fuente hirviendo—. En Rumanía se ven por todas partes. Mi prima le hizo uno a su novio, y le quedaba de miedo. Puedo hacerte uno, si quieres.

—Ya veremos —respondió Clawd con una sonrisa tímida.

Lala sonrió, dejando los colmillos a la vista.

—Por cierto, Cleo me envió un mensaje hoy —anunció Clawdeen—. Dice que todo el mundo habla de mi fiesta de cumpleaños. Hasta los normis.

—¿A poco sigue en pie? —se extrañó Lala.

—¡Gracias! —Howie soltó su tenedor y empezó a aplaudir—. Por fin, una chica con cerebro en casa.

—Quedan ocho días —explicó Clawdeen a Lala, haciendo caso omiso de su presuntuoso hermano—. Puede que para entonces todo este asunto se haya acabado.

—Es verdad —repuso Lala, devolviendo la atención a la comida.

Clawdeen conocía a su amiga demasiado bien. Al igual que su hermano, Lala pensaba que la fiesta no iba a celebrarse. Aun así, actuaba como si fuera posible, y eso lo significaba todo. Significaba que aún había esperanza.

CAPÍTULO 15

RAD HASTA LA MÉDULA

—¿Verdad o desafío? —preguntó Melody, cuyo pelo estaba adornado con plumas de tonos azul y verde oliva.

Candace dobló la esquina de una página de su revista *Marie Claire* y se incorporó en la cama.

—Desafío, Rostro Pálido.

Abriendo las cortinas rosa apagado, Melody echó una ojeada a la casa de Jackson, al otro lado de la calle. Oscura y sin señales de vida. Tal como había estado toda la semana.

—Elige verdad.

—Va, verdad.

El juego rozaba lo deshonesto, teniendo en cuenta que Candace se encontraba bajo la influencia del hechizo de Melody —si es que realmente existiera un "hechizo" y que no estaba tirada en una cuneta, en algún lugar, experimentando alucinaciones inducidas por el coma—. Pero, a ver, ¿de qué otra manera se suponía que iba a racionalizar ese asunto? Melody Carver nunca había sido una chica a la que la gente prestara atención. Ahora, de repente, llevaba la voz cantante. Quizá fuera una versión en la vida real de *Ponte en mi lugar.* ¿Es que Candace y ella habían intercambiado sus respectivos cuerpos? Melody bajó los ojos a su pecho, más bien plano. No parecía probable. Tal vez uno de los RAD le hubiera otorgado ese "don". Pero ¿quién? Vampiros, hombres lobo, zombis, momias, gorgonas... Repasó la lista de todos cuantos conocía. Ninguno era capaz de eso. Lo único que tenía sentido (más o menos) era que Melody, de alguna manera, se había convertido en una RAD con exorbitantes dotes de persuasión e iba soltando plumas. Pero ¿de qué clase? ¿De tipo *Cisne negro?*

—¿Dónde está la túnica de seda blanca de mamá? —preguntó a Candace, para seguir poniendo a prueba sus poderes.

Su hermana se puso a parpadear.

—¿Te refieres a la túnica anteriormente conocida como blanca?

—Eso creo. ¿Por qué? ¿Qué le pasó?

—Baile de salsa es lo que le pasó, en la fiesta de piscina de Carmen Dederich. Así que la teñí de negro, y lo cierto es que quedó mejor que antes —satisfecha, se hundió en sus almohadas rellenas de plumas y regresó a su revista.

Llevaban jugando casi una hora. Candace siempre elegía "desafío" y luego Melody, con la ayuda de su recién descubierto poder, exigía la verdad. Hasta el momento, había averiguado la siguiente información:

1. A Candace le encanta la nueva obsesión de Melody por las plumas. Y le encanta todavía más que su hermana esté explorando su estilo personal. Pero las plumas y las sudaderas con capucha son la pasta de

dientes y el jugo de naranja de la moda. Una de ambas cosas tenía que desaparecer, y Candace se inclinaba por los pants y sudaderas.

2. Cuando quiere encontrar un nuevo ligue, Candace le envía por *e-mail* una foto suya en bikini, en formato JPEG. Cuando el chico contesta, y siempre contesta, Candace le dice que su ayudante se ha confundido: la foto iba dirigida a su agencia de modelos, y no a él. A continuación siempre viene una propuesta de cita.

3. El diario de Candace —lleno de descripciones de noches solitarias en la biblioteca mientras sus amigos están por ahí de fiesta— es una farsa. Lo deja "involuntariamente" en la sala con la intención de que lo lean unos padres fisgones mientras ella se va de fiesta con sus amigos.

4. Todos los nuevos amigos de Candace en Salem creen que su padre es agente de la CIA. Si supieran que es cirujano plástico, darían por sentado que la belleza de Candace es fruto de la manipulación. Y no es verdad.

5. Nunca se le oprimió el nervio ciático. ¿La auténtica razón para dejar el ballet? Soltó una ventosidad durante un *brisé* y todo el mundo la oyó.

6. ¿Su mayor confesión? Después de que la obligaran a perderse la fiesta de ponis de Lori Sherman para oír

cantar a Melody *Hirtenruf-Auf der Alp* en un recital de cantos tiroleses, Candace arrojó un centavo de dólar a la fuente del teatro y formuló el deseo de que su hermana no pudiera volver a cantar. Un mes más tarde, Melody enfermó de asma. Desde entonces, Candace se culpaba a sí misma y se negaba a tocar otro centavo en lo que le quedara de vida. Cuando escuchó cantar a Melody en la sesión fotográfica de *Teen Vogue* sintió un alivio enorme. Candace ya no se considera responsable, pero sigue sin tocar las monedas de centavo porque no valen nada y ensucian las manos.

Por poco honesto que fuera el juego, proporcionaba una distracción necesaria para calmar los nervios de Melody. Obsesionada por la marcha inminente de Jackson y el regreso en cualquier momento de sus embusteros padres, había recorrido de un lado a otro la alfombra de vellón del dormitorio de Candace hasta formar una pista de aterrizaje con los pies.

Se había pasado los dos días anteriores buscando a Jackson y a la señora J. Había interrogado a profesores, alumnos y vecinos; registrado Riverfront; enseñado fotos de ambos en los mostradores de venta de boletos del aeropuerto. Todas y cada una de las personas a las que había preguntado parpadearon antes de contestar. Respondían con la verdad, pero no tenían nada que decir.

Sin embargo, Beau y Glory tendrían mucho que confesar. Y, por fin, Melody estaba preparada para escuchar. Lo de "ojos que no ven, corazón que no siente" era una estupidez. Melody había vivido toda su vida en la ignorancia y su corazón había sufrido a base de bien. Había llegado la hora de probar algo diferente: "La información es poder".

—Verdad o desafío...

La luz de unos faros recorrió las paredes de la habitación. Candace arrojó su revista a un lado.

—¡Ay, Dios mío, están en casa!

Las manos de Melody empezaron a sudar. "La información" estaba estacionada en la entrada del garaje.

—Verdad —repuso Candace—. ¿Vas a contarles a mamá y papá que utilicé el dinero de la asistenta para comprar una máquina de bronceado en spray?

—Depende. ¿Vas a contarles que falté tres días al instituto?

—Jamás —respondió Candace, haciendo una cruz sobre su camisola.

Melody alargó el brazo y se estrecharon la mano.

—Acabamos de hacer un trato.

—Uf, ¿te estás derritiendo? —Candace se secó la mano en sus jeans entubados de color vino—. El botox soluciona los problemas de sudoración, ¿lo sabías? Deberías hablarlo con mamá y papá.

—Lo añadiré a mi lista de temas.

—*¡Hola, señoritas!* —exclamó Beau en español con acento mexicano—. *¡Mamá y papá están en la casa!*

Candace bajó corriendo las escaleras y los saludó con un abrazo. Melody fue caminando. El olor rancio a la cabina de pasajeros del avión se adhería a sus camisetas a juego color turquesa.

—¿Qué tal les fue? —preguntó Candace.

Sus padres se echaron a reír como universitarios que comparten un chiste privado.

—*Lo que haiga pasado en Punta Mita se queda en Punta Mita* —repuso Glory en español con un marcado acento mexicano.

"Una expresión de moda hace diez años que debería haberse quedado enterrada hace diez años", habría bromeado Melody; pero estaba ocupada despertando a su coraje después de un sopor de tres lustros.

—¿Notan algo diferente en la casa? —Candace se retiró hacia un lado para que pudieran admirar su trabajo.

—No —respondió Beau, sin molestarse en mirar.

—¡Exac-to! —Candace sonrió, radiante—. Todo está perfecto. Así que siéntanse libres para irse de viaje y dejarme al mando siempre que quieran.

—Bueno es saberlo —dijo Glory mientras se abanicaba su bronceada frente con una visera de paja—. ¿Siempre ha hecho tanto *caliente* aquí, o es que empiezo con los cambios? —bajó los escalones hacia el salón, a un nivel inferior, y abrió las puertas que daban al barranco.

El aire fresco los condujo hasta el sofá, donde Beau se quitó a sacudidas sus sandalias negras y se recostó.

—¡Qué gusto volver al nido! Y hablando de nidos, Melly, ¿y esas plumas?

Candace se echó a reír.

Glory levantó el brazo de su marido y se acurrucó contra su pecho.

—Haz todas las bromas que quieras, Beau; pero las plumas son lo último —comentó—. Te dan un aire de emperatriz.

—Querrás decir de *perdiz* —replicó Beau, chocando las palmas con Candace.

—Me gusta ver que te preocupas por la moda, Melly —dijo Glory—. Pero si quieres un consejo maternal, sugiero que te deshagas de esa sudadera con capucha y te pongas un top ajustado de mezclilla, o de cachemir negro.

—Gracias, pero ¿no debería ser mi *madre* quien me diera consejos maternales? —soltó Melody de sopetón.

—*Mii-auuu* —ronroneó Candace.

Glory levantó la cabeza, separándola del torso de Beau. El botox le impidió mostrar su conmoción, pero su tono de voz no consiguió esconderla.

—¿Qué se supone que significa lo que acabas de decir?

—¿En serio no te lo imaginas? —preguntó Melody—. Porque no he podido pensar en nada más durante toda la semana.

—¡Ah, sí! —Candace se colocó un cojín debajo de la cabeza y frotó las palmas de las manos—. La cosa se pone de lo más interesante.

Melody se giró hacia su hermana.

—¿Te importa ir a la cocina y traerme un vaso de agua?

Candace empezó a parpadear; luego, se levantó.

—Será un placer.

Beau observó a su hija mientras se dirigía a la cocina.

—¿Es verdad lo que estoy viendo?

—Sí —respondió Melody, como si Candace se hubiera pasado la vida acatando órdenes de su hermana pequeña.

Sus padres intercambiaron una mirada de desconcierto.

En el corazón de Melody se empezó a levantar un vendaval de tales proporciones que obligó a que le salieran las palabras antes de tener tiempo de suavizarlas.

—Glory Carver: ¿eres mi madre?

Glory se puso a parpadear.

—Sí, Melody, soy tu madre.

"Mmm".

—De acuerdo. Entonces, ¿eres mi madre *biológica*?

—Melly —murmuró Beau mientras atraía a su mujer hacia sí.

Glory volvió a parpadear.

—¿Lo eres? ¿Eres mi madre biológica? —insistió Melody.

Glory hizo girar sus pulseras de plata de la tienda de recuerdos del hotel y susurró:

—No.

Un vaso de cristal se estrelló contra el suelo. Todos se volvieron. Candace, con sus ojos verdes abiertos como platos y su cutis con bronceado artificial pálido como una sábana, se encontraba junto al sofá rodeada de un charco de agua y fragmentos de cristal.

—¿Qué acabas de decir?

—Se suponía que no iba a ser así —protestó Glory. Beau le dio un apretón en los hombros.

—Sabíamos que en algún momento tendríamos que hablar del tema —susurró él con los labios pegados al pelo castaño de su mujer. Los estrechos hombros de ésta se agitaban con violencia.

"Y ahora, ¿qué?". Melody se había pasado la semana entera previendo su propia reacción ante semejante escena, la peor de las posibles. Ahora que la estaba viviendo, el único sentimiento que la embargaba era el de perplejidad.

—¿Me diste a luz *a mí*? —preguntó Candace.

Glory levantó la cara, bañada en lágrimas, y asintió.

—¡Genial! —gritó Candace. Y luego, dirigiéndose a Melody, añadió—: Quiero decir, da igual. Cualquiera de las dos cosas me va bien.

—Candace se pira, ¡ya! —Melody señaló las escaleras.

—Con mucho gusto —repuso su hermana, subiendo los escalones de dos en dos.

Melody se sentía vaporosa, ligera. Haciendo caso omiso de la aversión de su madre por las huellas en el cristal, tomó asiento en la mesa baja, y no en el sofá. Era demasiado pronto para compartir espacios.

—Entonces, ¿quién soy?

—Nuestra hija —repuso Beau con tono afectuoso—. Siempre lo has sido.

Apretándose las rodillas contra el pecho, Melody se contempló los dedos de los pies mientras se preguntaba quién los habría formado.

—¿Conocen a mis padres biológicos?

—No —respondió Glory—. Te adoptamos a través de una agencia cuando tenías tres meses. Te queremos tanto como a Candace y...

—¿Por qué *ella* no es adoptada?

Glory miró a Melody, con la boca a medio abrir y dispuesta a responder; pero no articuló palabra.

Beau se pasó una mano por su cabello oscuro y suspiró.

—Cuéntenmelo.

—Cuando nació tu hermana —comenzó a explicar él—, era una niña perfecta.

"¿Por qué todas sus historias sobre Candace siempre empezaban igual?".

—Conseguimos la perfección al primer intento y... —hizo una pausa, reflexionando sobre cómo continuar—. Y me dio miedo.

—¿De qué? —preguntó Melody.

—De no ser capaz... —la voz se le quebró de emoción.

—Le dio miedo... —Glory se interrumpió; luego, empezó de nuevo—: A los dos nos daba miedo que la próxima vez no tuviéramos tanta suerte. De modo que acordamos quedarnos con una hija única. Entonces, ya sabes...

Melody negó con la cabeza. No sabía.

—Cerramos el negocio familiar —añadió Glory.

—¿Qué negocio? —preguntó Melody.

Su madre hizo un gesto de cortar con tijeras mientras miraba a Beau.

"Ya".

Glory suspiró.

—Un año después nos arrepentimos.

—De modo que decidimos adoptar —agregó Beau dando una palmada—. Y, gracias a ti, conseguimos la perfección por segunda vez.

Melody supo que lo decía sinceramente. Nunca había cuestionado el cariño de sus padres; sólo su honestidad.

—Fue un auténtico milagro —comentó Glory con una sonrisa nostálgica—. Estábamos apuntados en la agencia de adopciones Pequeño Mundo, y la espera se nos estaba haciendo eterna. Entonces, una tarde de julio (yo acababa de ganar un campeonato de tenis de individuales en el club, y tu padre había conseguido su primer cliente famoso) llegó una carta de la agencia Aqueloo. Decía que habían encontrado el bebé perfecto.

—Creí que estaban apuntados en Pequeño Mundo.

—Y así era —repuso Glory—. Di por sentado que nos habían remitido a esta otra. De modo que firmamos los papeles y te trajimos a casa al día siguiente.

—¿No les dijeron nada en absoluto sobre mi madre? ¿Nada que tuviera que ver con su voz, o con plumas, o con cómo se llamaba?

—Sólo que te había puesto el nombre de Melody —respondió Beau—. Me figuro que podríamos haberles sacado más información, pero estábamos tan felices de tenerte que no queríamos hacer nada que pudiera llevarlos a cambiar de idea. Además, a partir de ese momento, eras nuestra. No importaba de dónde pudieras venir.

"No les importaba a ustedes".

—Así que todo ese rollo de que me querían llamar Melanie pero mamá estaba resfriada y la enfermera creyó que había dicho Melody… ¿fue una invención?

—Sí —sollozó Glory—. De tu hermana. Solía tomarte el pelo todo el tiempo con esa historia absurda. *Nosotros* nunca te dijimos que fuera verdad.

Por fin, Melody consiguió levantar la vista. Sus padres, que le clavaban la mirada, parecían muy vulnerables. Tenían los ojos abiertos de par en par, expectantes, como acusados que aguardan un veredicto.

—¿Por qué nunca me habían contado nada de esto?

El resto de la conversación discurrió como una película para televisión sobre adopciones. Habían querido decírselo, pero nunca encontraban el momento oportuno. El amor que sentían por ella no era diferente del que sentían por Candace. Si tuvieran que volver a hacerlo, volverían a repetirlo punto por punto. No pensaban impedirle que buscara a sus verdaderos padres, aunque la agencia Aqueloo había cerrado una semana después de entregar a Melody, así que no sabrían por dónde empezar…

"¿Qué tal por la circunstancia de que, últimamente, la gente me obedece sin chistar? ¿O que las plumas 'a la moda' que llevo en el pelo han estado cayendo sobre mí durante toda la semana? ¿O por la posibilidad de que sea una

RAD?". Melody se levantó. Una vez consumida su ira, ahora no sentía más que un vacío interior. ¿De qué servían las respuestas si sólo conducían a más preguntas?

—Necesito aire.

—Cariño, no puedes marcharte cada vez que...

—No me marcho. Quiero decir, sí; pero estoy bien —dijo Melody. Y lo decía de verdad—. Estamos bien. Es que tengo ganas de pasear. Volveré pronto a casa.

Sus padres se levantaron para abrazarla. En esta ocasión, Melody les devolvió el abrazo.

La noche era decepcionantemente suave. Una gélida bofetada de aire podría haber despejado sus agitados pensamientos pero...

"¡Madre mía!".

Una mujer estaba saliendo de la casa de Jackson.

"¡Ya regresaron!".

Melody atravesó Radcliffe Way a la velocidad del rayo.

—¿Señora J? —gritó con un susurro.

La mujer aceleró el paso.

—¡Señora J! —volvió a llamar Melody, iniciando una persecución por la calle oscura—. Soy yo, Melody.

La mujer no se detuvo.

—¡Alto! —ordenó Melody. Pero, al contrario de lo que solía suceder, la figura que se daba a la fuga no obedeció. Y antes de que Melody pudiera alcanzarla, había desaparecido.

CAPÍTULO 16

O. C.

Si le hubieran pedido que describiera el resultado de la grabación en directo de *Poker Face*, la canción de Lady Gaga, Frankie habría respondido: "Apagado y triste, con estallidos de vértigo". De la misma forma habría descrito su estado de ánimo.

Mirando por la ventana del tren, reproducía el tema en su iPhone una y otra vez al mismo tiempo que reproducía, una y otra vez, su decisión de reunirse con Brett. ¿Y si sus padres la descubrían? ¿Y si todo era una trampa? ¿Y si Bekka estaba allí, con una manguera hasta los topes de desmaquillante? ¿Y si Brett no aparecía? ¿Y si *sí* aparecía? ¿Y si demostraba su inocencia y Frankie volvía a enamorarse de él? Entonces, ¿qué? ¿Una relación secreta y a distancia entre una RAD y un normi? Era lo último que necesitaba.

Estaba claro: aquello no traería nada bueno. Frankie lo supo en el minuto mismo en que aceptó la cita del sábado por la tarde. Aun así, la curiosidad había podido con ella.

Por no hablar de que había encontrado las medias y el suéter de cuello alto perfectos para su minifalda a cuadros escoceses, y no le molestaba que la admiraran, aunque se tratara de un chico que le había destrozado el hueco del corazón. Ah, y su pelo —levantado hacia los lados y sujeto por detrás— resultaba electrizante a más no poder.

Pero, a ver, un momento. Billy. No debía olvidarse de Billy. Un bombón, más divertido que una montaña rusa y perdidamente entregado a Frankie, su colega RAD era un partido de primera... y también su acompañante oficial al concierto de Lady Gaga. Además, no tenía una ex novia psicópata. Le daba mil vueltas a Brett. Un momento, otra vez. No hacía mucho había dejado a D. J. por Brett. Y ahora, pensaba dejar a Brett por Billy. ¿Y si era una enamoradiza en serie? ¿La clase de chica enamorada de enamorarse? Como Drew Barrymore. Tal vez Frankie no fuera capaz de albergar verdaderos sentimientos por nadie. En cuyo caso, más le valdría enamorarse de estar enamorada del RAD. Decidido: se quedaba con Billy.

Frankie subió el volumen y volvió a escuchar *Poker Face*. Cerrando los ojos, se imaginó el concierto. Cantaba con Billy. Se reía mientras Billy conseguía que toda la fila se pusiera a bailar. Se sentía como una princesa orgullosa cada vez que otra chica le echaba el ojo. Su madre tenía razón: Billy tenía más sentido. Cuanto más pronto rompiera los lazos con Brett, más pronto podría volver a centrar sus energías en liberar a los RAD. Con eso, Frankie se recostó sobre el asiento color crema y disfrutó del resto del trayecto hacia Rompelandia.

—¡Ciudad de Oregón! —vociferó el revisor.

El tren aminoró la marcha y fue rodando hasta detenerse. La estación carecía del ambiente romántico de, por ejemplo, la Gare de Lyon de París, donde el *art nouveau* colisiona con la arquitectura del Viejo Mundo. Para empezar, no tenía techo. Ni suelos de mármol pulido, ni vendedores de flores. No había parejas que sacaran el máximo partido a un último abrazo. La estación era una plancha de cemento con el mismo tono gris del cielo nublado.

Frankie descendió al andén. Los demás pasajeros se dispersaron como las fashionratas en los días de limpieza de jaula. Pero ella se sentía absolutamente incapaz de moverse. Su estado de ánimo apagado y triste se había tornado asustado y nervioso. Ahora, los estallidos de vértigo eran chispas. A su espalda, las puertas se cerraron con un sonido de beso y el tren prosiguió su marcha en dirección al norte. No había vuelta atrás.

—Bienvenida a O. C. —dijo una voz familiar. Brett saludaba con la mano desde el último banco. Al ver su anillo de calavera, Frankie notó una oleada interior que sacaba a la superficie lo que debían de ser las últimas migajas de sus sentimientos por él.

Echando hacia atrás los hombros y balanceando su bolso de recarga, caminó a largos pasos hacia Brett como una modelo de pasarela.

Can't read my,
Can't read my,
No, he can't read my poker face...[1]

---

[1] "No puede leer / no puede leer / no, no puede leer mi cara de póquer...". (N. de la T.)

Brett se levantó y le dio un abrazo. El gesto resultó un tanto violento, crispado por las inseguridades que ambos compartían.

—Estás impresionante.

—Gracias —respondió Frankie con una sonrisa radiante. Habría sido el momento de decirle que también estaba estupendo pero, de cerca, se le veía derrotado. Sus ojos del azul de la mezclilla se habían desteñido. Sus crestas de pelo negro caían en mechones lacios. El esmalte de uñas negro había desaparecido. Y su ropa de chico malo había sido reemplazada por un impermeable amplio de color granate. Aun así, Frankie notó una punzada en el hueco de su corazón. Seguramente era la última miga. Porque, igual que el ferrocarril con salida a las 11:22 procedente de Salem, su tren se había marchado de la estación.

—No hagas caso de esta ropa —dijo Brett como si le leyera la mente—. Es de mi primo. Me largué de la ciudad sin equipaje.

Frankie asintió por educación, aún esperando una emboscada en toda regla. En vez de eso, Brett le entregó una caja de toffees de sabores.

—¿Qué es esto? —preguntó, si bien conocía la respuesta.

—Te lo prometí, ¿verdad?

—Gracias —Frankie sonrió, resistiendo el impulso de probar uno. "¿Y si está envenenado?", pensó, y optó por tomar asiento. Los frenos chirriantes de un tren que llegaba a la estación proporcionaron la distracción necesaria. Ambos se quedaron observando cómo arrancaba—. Mira, creo que deberíamos... —dijo Frankie en el momento exacto en que Brett empezaba a hablar.

Se echaron a reír.

—Tú primero —ofreció él.

—No, tú.

Brett se giró para mirarla cara a cara; luego colocó el brazo a lo largo del respaldo del banco. Las yemas de sus dedos rozaron el pelo de Frankie, haciendo que sus entrañas entraran en calor con la eficacia de una recarga eléctrica.

—Sé que todavía no te fías de mí. Pero, te lo juro, no tuve nada que ver con el asunto del Canal 2. Tienes que creerme. A ver, mira —se apartó el impermeable del cuerpo—. Salta a la vista que esto me ha afectado a mí también.

"¿Siempre ha sido así de encantador?". Frankie soltó una risita y desenvolvió un *toffee* de fresa. El olor le recordaba a los sugus de Billy.

—Pero lo peor de todo, Stein, es que te echo de menos —el destello de alegría regresó a sus ojos.

Brett se inclinó hacia delante.

Frankie se apartó hacia atrás.

—Ay, por Dios, te habría encantado ver lo que Melody le hizo a Bekka en Biología, el otro día —interrumpió Frankie. Llegaría a la parte de cortar lazos una vez que lo hubiera puesto al corriente.

Brett sonrió y dio gritos ahogados de asombro en los momentos oportunos. Después, el brillo en sus ojos empezó a perder fuerza.

—Entonces, ¿en serio ya empezaste a salir con otro?

—Mmm... —Frankie colocó la tapa en la caja de *toffees*. Las ganas de dulce se le habían pasado. Bajó los ojos y se quedó mirando la tela escocesa de su falda hasta que los cuadros se volvieron borrosos. Contarle lo de Billy destrozaría a Brett. Y no es que hubiera mucho que contar. Ni siquiera se habían besado... *todavía*. Aun así, Frankie había hecho su elección. Y era una elección inteligente. Era la correcta.

—Regresaré a casa en cuanto esos reporteros se olviden de mí. Me imagino que dentro de un par días. Entonces, las cosas volverán a ser como antes.

—No, no es posible —repuso Frankie con tristeza.

Brett retiró el brazo del respaldo del banco. Girando su muñequera de cuero, preguntó:

—¿Por qué?

Frankie tragó saliva.

—Brett, sabes que, para mí, eres electrizante; pero ahora mismo todo es tan peligroso, y como eres un normi...

—Puede que esto te ayude a cambiar de opinión —hundió la mano en el arrugado bolsillo del impermeable y sacó dos entradas para el concierto de Lady Gaga.

"¿De verdad está ocurriendo?".

—Estás bromeando, ¿verdad? ¿Cómo las conseguiste?

—Ross, del Canal 2 —respondió Brett.

Frankie se puso tensa.

—*Antes* de que se emitiera el programa —añadió Brett—. Quería darte una sorpresa, pero para mí que últimamente ya has tenido bastantes. ¿Te apuntas?

Una visión de Brett inclinándose hacia delante y besándola durante una pieza acústica hizo que Frankie estuviera a punto de aceptar.

—Eh... —empezó a darse tirones de las costuras del cuello.

—Deja de pellizcarte —Brett le tomó la mano y la apartó hacia abajo. El roce de su piel encendió a Frankie por dentro como si de la antorcha olímpica se tratara. "¿Él también lo nota?". Frankie retiró su mano hacia atrás. Era como alejarse de la chimenea una fría noche de invierno.

—Es un detalle por tu parte pensar en mí y todo eso, pero sería mejor si cada uno anduviéramos por nuestro lado durante una temporada.

Brett se mantuvo en silencio. ¿Estaba conmocionado? ¿Triste? ¿Enfadado? Frankie se sentía demasiado conmovida para mirar.

—Deberías llevártelas de todas formas —declaró Brett, colocándole las entradas en la mano. El roce volvió a encender a Frankie. Era incapaz de mirarlo a los ojos.

—No puedo —le devolvió las entradas y se levantó.

—Frankie...

Por encima del hombro de Brett, miró hacia el tren que llegaba a la estación. Los frenos chirriaron. Era hora de marcharse.

—Me alegro de haberte visto —dijo ella, sin saber si llevarse la caja de *toffees* o dejarla allí—. Si quieres que te los devuelva, lo entiendo...

Antes de que Frankie supiera lo que estaba ocurriendo, Brett la estaba besando y ella le devolvía el beso. Era como darse una ducha de lava ardiendo.

No se trataba de una estación de París. Los suelos no eran de mármol. Y no había un solo vendedor de flores en kilómetros a la redonda. Aun así, allí estaban los dos, una pareja, al borde de las lágrimas y sacando el máximo partido de su último abrazo.

CAPÍTULO 17
AUSENCIA DE PODER

Candace recorría de un lado a otro su dormitorio repicando con los tacones contra el suelo mientras daba los toques finales al conjunto que se iba a poner para su cita.

—Debería haber sabido que eras adoptada.

—¿Qué se supone que significa eso? —preguntó Melody.

—No llevas las salidas de los sábados por la noche en la sangre —pulverizó en el aire su perfume de marca y luego dio unos pasos bajo la embriagadora llovizna—. Y ahora, ¿te importa apartarte de la ventana y dejar de espiar esa casa? Pareces un francotirador.

Dejando a un lado la carrilla sobre la adopción, Melody soltó las cortinas rosa pálido y aplaudió el uso que hizo su hermana del término *francotirador*. Pero el pánico la invadía por culpa de Jackson. La señora J había prometido que se instalarían por los alrededores; así y todo, Melody no había tenido noticias de él desde que se reunieran en la cafetería más de una semana atrás. "Por lo que se ve, después de todo sí fue una despedida".

Mientras tanto, Candace se había pasado la semana haciendo chistes sobre su "hermanita-de-otra-mamita": su manera de enfrentarse a una noticia alarmante. Melody había optado por el método de Jackson: investigar, aceptar, adaptarse. Hasta el momento, funcionaba a las mil maravillas. La verdad la había liberado. Y ahora, si consiguiera encontrar a la extraña mujer que había salido corriendo de la casa de Jackson… tal vez pudiera llegar a alguna conclusión sobre el paradero de él.

—¿Qué te parece? —preguntó Candace.

Melody se giró y vio a su hermana, eterna amante del *glamour*, con gafas metálicas redondas, *blazer* abotonado de tweed y jeans anchos por abajo. Había amansado sus rizos rebeldes recogiéndolos en un moño, y se había calzado unos tacones de altura razonable.

—¡Ja! A ver si, después de todo, llevamos la misma sangre.

—¿Por qué? ¿Tengo cara de pasarme el día encerrada en casa? —Candace se giró en dirección a su espejo de cuerpo entero y se alisó el *blazer*—, porque lo que buscaba era el *look* de lectora.

—¿De libros?

—Sí. Shane estudia Literatura en la universidad de Willamette, y por ciertas razones piensa que yo también.

—¿Dónde lo conociste? —preguntó Melody, abriendo otra vez un hueco entre las cortinas y mirando hacia el otro lado de la calle.

—En la fiesta de los universitarios de primer año, en Corrigan's.

—¿Sabe que estás en segundo?

—Sip.

—¿De bachillerato?

—Va, francotiradora, se acabó el tiempo —concluyó Candace, tirando de Melody para sacarla de la habitación—. Una vez que me haya ido, tienes plena libertad para descorchar una botella de limpiacristales y hacer con mi ventana lo que te plazca. Pero ahora tienes que marcharte.

—¿Por qué? —preguntó Melody, y se agarró al poste de estaño de la cama de su hermana.

Candace la apartó a jalones.

—Porque Shane piensa que vivo sola —sacó a Melody al rellano de un empujón y cerró la puerta con un golpe.

—Esto es una locura, Can —Melody se puso a aporrear la puerta—. No pienso esconderme sólo porque lleves una doble vida. ¿Qué hay de malo en decir la verdad de vez en cuando? No es que te cueste mucho conseguir un ligue.

—¡Deja de gritar! —voceó Candace—. ¿Y si te oye?

—¿Y qué pasa si me oye? Puede que sea lo mejor. Va a enterarse al f…

—¡Ay, Dios mío, Melly! ¡La mujer! ¡Ya volvió!

"¡Bien!".

Melody salió de la casa a toda velocidad, vestida con los pantalones de su piyama a rayas y su sudadera negra con capucha.

La vivienda estilo campestre del otro lado de la calle estaba oscura, sin vida. "¿Habrá entrado ya?".

Melody tocó el timbre.

—¡Tonta! —le gritó Candace desde la ventana abierta de su dormitorio—. Llámame Kevin, ¡como el de *Solo en casa!* —se llevó las palmas de las manos a las mejillas al estilo de Macaulay Culkin; acto seguido, cerró la ventana de un golpe y bajó las persianas.

Sola, en el oscuro peldaño de la puerta de casa de Jackson, Melody hervía de indignación. La esperanza se evaporaba desde su interior con un siseo, como un globo al que se le suelta el nudo. ¿Cómo podía Candace jugar con ella de aquella manera? Era cruel más allá de...

La puerta se abrió con un *clic*.

—¿En qué puedo ayudarte? —preguntó una mujer con voz clara y amable.

Sobresaltada, Melody se dio la vuelta a toda velocidad. Ante ella, con camisón de punto en un pálido tono verde mar y bata a juego, ambos del mismo color que sus ojos, se encontraba la esquiva desconocida.

Su serena belleza resultaba seductora. Despeinados rizos negros, cutis blanco como la leche, labios rojos con una pizca de brillo. Su figura era rotunda, curvilínea, femenina. Era la clase de mujer que los artistas anhelaban captar. Y nunca lo conseguían.

—No eres sonámbula, ¿verdad? —preguntó mientras miraba los pantalones de la piyama a rayas de Melody y sus pies descalzos.

Melody negó con la cabeza y luego escudriñó la casa a oscuras con la esperanza de descubrir algo que pudiera llevarla hasta Jackson.

La mujer entornó la puerta hasta que sólo le quedó el espacio suficiente para asomar la cabeza.

—Perdona, ¿cómo te llamas?

—Melody —hizo una pausa para que la mujer tuviera la oportunidad de presentarse, pero no fue así—. Yo, eh... soy amiga de la dueña. Bueno, en realidad, soy más amiga de su hijo, Jackson, y no lo he visto desde hace tiempo, de modo que he venido a echar una ojeada. Ya sabe, para asegurarme de que están bien.

La desconocida no le ofreció más que la misma sonrisa cálida de antes.

—Y, bueno... ¿sabe si están bien?

La mujer negó con la cabeza.

—Alquilé la casa, nada más.

—¿Durante cuánto tiempo?

—Por meses.

—¿Sabe dónde se fueron? —trató de averiguar Melody.

—Pues no —la mujer se encogió de hombros—. Sólo sé que el sábado que viene se van a alguna parte en avión privado —comunicó—. Me sonó de lo más lujoso.

El corazón de Melody se desplomó en caída libre hacia su estómago. ¿Realmente Jackson se marchaba en esta ocasión? Y de ser así, ¿por qué no había intentado despedirse? La primera vez, con su voz persuasiva, Melody había convencido a la señora J de que se quedaran; lo único que tenía que hacer era encontrar a la madre de Jackson y convencerla de nuevo. Pero ¿y si el poder de Melody se estaba deteriorando? Eso explicaría por qué aquella mujer no había dejado de correr la otra noche, cuando Melody la estuvo llamando. A menos, claro está, que se encontrara demasiado lejos, fuera del alcance del oído. O acaso tuviera que ver con mirar a la gente a los ojos, o quizá el viento debilitaba su fuerza, o...

Llevada por la frustración, Melody estampó el pie contra el suelo. No sabía qué le estaba ocurriendo, y no tenía ni idea de a quién preguntar. ¡No sabía quién era su verdadera madre! ¡No sabía dónde estaba Jackson! ¡No sabía cómo hacer que volviera! ¡No sabía nada de nada!

—¿Te encuentras bien?

—No —respondió Melody, sorprendida por su propia sinceridad. Pero aquella desconocida era la única pista que tenía, y Melody estaba decidida a sacar el máximo partido. Sólo tenía que mirarla a los ojos y, con voz clara, preguntar—. ¿Sabe dónde está Jackson?

Melody esperó a que llegara el parpadeo. No llegó.

—No lo sé. Lo siento.

—¿Y un chico que se llama D. J.? ¿Lo conoce?

—No.

Sin el parpadeo, era difícil calibrar si la desconocida decía la verdad. Sabiendo que los mentirosos necesitan tiempo para pensar, Melody empezó a formular preguntas a la velocidad de una partida de *ping-pong*.

—¿Adónde envía los cheques de la renta?

—A un apartado de correos de aquí, de Salem.

—¿Por qué rentó la casa?

—Necesito un lugar donde vivir.

Cuanto más deprisa preguntaba Melody, más deprisa contestaba la mujer.

—¿Dónde conoció a la dueña?

—No la conozco. Alquilé la casa a través de una agencia inmobiliaria.

—¿Por qué está tan oscura?

—Yo... bueno, se podría decir que soy verde.

"¡Bingo! ¡Una RAD! ¡Como Frankie!".

—Ay, Dios mío, la puedo ayudar. De hecho, soy igual que usted. Más o menos. No soy verde, pero tengo otros atributos. Creo... —Melody cayó en la cuenta de que se estaba yendo por las ramas, y soltó una risita—. Lo siento. Me dejé llevar por la emoción. Mire, ya no tiene por qué estar asustada. Déjeme entrar y...

—¿Perdón?

—¿Podemos entrar?

—Lo siento, pero no —aclaró la mujer, entornando la puerta un poco más.

—Mire, estoy de su parte, ¿va? —insistió Melody—. Me parezco a usted mucho más de lo que se imagina.

La mujer esbozó una sonrisa distante, nostálgica y un tanto reservada.

—¿Ah, sí?

—También tengo algo que ocultar —Melody hizo una pausa, apremiándose en silencio a contenerse. Pero había algo en aquella mujer que la hacía sentirse a salvo. Y todo cuanto tenía que ver con su secreto parecía una carga demasiado pesada como para acarrearla a solas—. Puedo utilizar mi voz para convencer a la gente de que haga cosas —soltó de sopetón. Era la primera vez que Melody pronunciaba en alto esas palabras. Sonaban aún más descabelladas que cuando se limitaba a pensarlas. Pero una mujer verde no estaba en condiciones de juzgar a nadie.

Abriendo la puerta sólo lo suficiente para dejarse ver, sin que se pudiera divisar la casa, la mujer exhaló un suspiro.

—Suena peligroso.

Melody arqueó las cejas. ¿Es que esa mujer se estaba burlando de ella?

—*¿Peligroso?* ¿A qué se refiere?

—Me refiero —agarró el colgante de un barco de vela de oro de su gargantilla y lo arrastró de un lado a otro de la cadena— a que la gente necesita tener libertad para tomar sus propias decisiones.

—¿Y si sus decisiones son malas? —preguntó Melody. Al estilo "el consejo escolar ha despedido a la señora J".

—¿Quién eres tú para juzgarlo?

Melody notó que el pecho se le contraía.

—Conozco la diferencia entre el bien y el mal.

La mujer volvió a abrocharse la bata y cruzó los brazos.

—Que algo sea bueno para ti no quiere decir que sea bueno para todo el mundo.

"Pero vamos a ver, ¿quién se cree esta mujer que es?".

—Bueno, pues en este caso, sí.

La mujer contrajo sus ojos verde mar.

—¿En qué caso?

—A la persona a quien le alquila la casa la despidieron por discriminación, y ahora se marcha dentro de una semana y... —de pronto, el aliento de Melody se topó con algo punzante: una solución—. ¡Madre mía! ¡Podría decirle al director Weeks que le devuelva el puesto a la señora J! Podría decirle a todo el mundo en el instituto que le dé una buena acogida cuando vuelva y...

—Alto —ordenó la mujer con voz firme, aunque sin perder la amabilidad—. No puedes hacer eso.

—¿Por qué? —preguntó Melody, indignada, de nuevo estampando el pie descalzo sobre la acera, como una niña pequeña.

—Porque cambiaría el curso de los acontecimientos y alteraría el destino de esa mujer —insistió la desconocida.

—Sí, claro. ¡Para bien!

—Está mal, Melody. Además, es peligroso.

—Bueno, ¿de qué me sirve este poder que tengo si no lo puedo usar?

—Nadie ha dicho que sea bueno. De hecho, suena aterrador. Busca otra manera de que esa mujer recupere su empleo. Una manera que no implique tu... *atributo*. Una manera que sólo te involucre a ti.

—¡Ja! —exclamó Melody, sin el mínimo atisbo de risa—. Es un poco difícil aceptar consejos en plan "sé tú misma" de alguien que se avergüenza del color de su piel.

—¿Avergonzarme? Yo no me avergüenzo del color de mi piel.

—Ah, vaya —espetó Melody—. Bueno, pues si tanto le gusta ser verde, ¿por qué vive a oscuras?

La mujer se volvió para mirar el interior de la casa y soltó una risita.

—Para ahorrar electricidad —respondió, como si debiera haber resultado obvio—. Es uno de los muchos pasos que he dado para llevar una vida más respetuosa con el medio ambiente.

"Ah. Esa clase de verde".

La humillación se lanzó en tirolesa y recorrió a Melody de la cabeza a los pies. ¿Cómo podía haber actuado de una manera tan estúpida? ¿Tan confiada? ¿Tan desesperada? "¿Y si esta normi odia a los RAD? ¿Y si llama a la policía?".

—Mmm, mejor será que me vaya.

—Espera —la mujer colocó una cálida mano sobre el hombro de Melody—. Si de verdad te importa ese chico, Jackson, deja que los acontecimientos se desarrollen tal como están previstos. Y no como quieras tú —la convicción en sus ojos no podía ignorarse. Saltaba a la vista que aquella mujer creía a pie juntillas en su mensaje.

Pero ¿por qué? No era más que una normi ecologista de quinta que seguramente pensaba que ella, Melody, se lo había inventado todo. Aun así, no estaba dispuesta a soltarle el hombro hasta escuchar lo que quería oír.

—Prométeme que lo intentarás.

—De acuerdo —convino Melody—. Lo *intentaré*.

Satisfecha, la mujer sonrió; luego, cerró la puerta, dejando a Melody sola y a oscuras una vez más.

CAPÍTULO 18

ROMANCE EN FAMILIA

Era ese momento del mes.

Clawdeen no tenía que mirar hacia arriba para saber que la luna estaba a punto de alcanzar la fase de llena. Lo percibía. Cada vez que Lala la apremiaba para "frenar" o "girar el volante", le entraban ganas de ponerse a gritar, de arrancarle la lengua de un tirón a su amiga o ambas cosas a la vez.

—¿Por qué no nos saltamos ese rollo de ir en paralelo y tratamos de estacionarnos, sin más? —propuso Lala mientras miraba el estacionamiento vacío frente al hotel. Su palidez ya no era por el hambre o la carencia de sol (gracias a las comidas de Harriet y las caminatas diarias con Clawd), sino más bien por la brusca conducción de Clawdeen.

—¿Qué sentido tiene? —Clawdeen hizo una mueca con los labios—. Nunca tendré la licencia.

—Cualquier cosa es posible —apuntó Lala—. Observa —quitó la tapa del lápiz labial rojo mate y se pasó el carmín por la boca con una recién adquirida confianza—. Ni una sola mancha en la mejilla.

—¿Cómo lo haces? —preguntó Clawdeen, que sabía lo difícil que le resultaba a su amiga vampiro, que no se reflejaba en los espejos, aplicar el color sin salirse de los contornos.

—También sé pintarme los ojos —Lala esbozó una sonrisa al tiempo que aleteaba sus pestañas pintadas con rímel y libres de imperfecciones.

—¿Lo aprendiste en Rumanía? —preguntó Clawdeen, bajando la calefacción como sin darle importancia.

Lala se inclinó hacia delante y volvió a subirla.

—No, fue hoy. Mientras dormías la siesta. Clawd me ayudó.

—¿Clawd? — "¿Otra vez?".

Primero, convenció a Lala de que probara un filete. De acuerdo, su amiga lo clavó con los colmillos y luego lo escupió sobre una servilleta, pero, aun así, era lo más parecido a un mordisco real a lo que jamás había llegado. Luego, hizo que Lala se aficionara a la luz natural (y a la falta de sueño) en sus caminatas al amanecer libres de sombrillas. ¿Y ahora *esto?*

—Sí —Lala soltó una risita al acordarse—. Hizo un molde de mi cara con papel maché y estuvimos practicando.

—¿Ese idiota melenudo que juega futbol americano te ayudó a *maquillarte?* —preguntó Clawdeen, a sabiendas de que Clawd era mucho mejor partido que el zoquete al que acababa de describir. Pero el chico capaz de fabricar de manera artesanal una máscara para enseñar a Lala a aplicarse productos de maquillaje no era el Clawd que ella conocía. El Clawd que ella conocía se preocupaba por las líneas que marcan las yardas en el terreno de juego, y no las de los labios; por las maniobras defensivas, y no el rubor; por las posiciones en el campo, y no las bases de maquillaje. ¿Y si estuviera sucumbiendo a los efectos de la luna creciente? ¿Al estrés de una vida en la clandestinidad? ¿O al síndrome de abstinencia de balones?

Lala se frotó los colmillos en busca de carmín de labios. Por primera vez en la historia de la amistad de ambas, su dedo índice salió limpio.

—Bueno, pues no seguirá melenudo por mucho tiempo.

—¿Qué se supone que significa eso? —preguntó Clawdeen, escuchando la nota posesiva en su propia voz. Pero ¿de quién se sentía posesiva? ¿De su hermano? ¿De su mejor amiga? ¿O de la manera en la que ella, Clawdeen, solía ser la primera en enterarse?

—Significa que hicimos un trato —respondió Lala, envolviendo su bufanda de cachemir alrededor de sus estrechos hombros—. Me dijo que si llegaba a dominar cómo maquillarme, me dejaría hacerle un peinado punk.

—¿Me estás tomando el pelo?

—Para nada. En cuanto acabe la clase de conducir, empezamos. Me firmó un contrato y todo lo demás —sacó un papel del bolsillo de sus jeans entubados y le enseñó la firma de Clawd.

—¡Cierra el maldito pico! —Clawdeen dio un pisotón al pedal que tenía bajo el pie. La camioneta se lanzó hacia delante—. ¡Aaah!

—¡Frena! —chilló Lala mientras se precipitaban hacia un contenedor metálico de escombros situado a un lado del hotel.

Clawdeen pisó el freno con la fuerza de quien acaba de darse cuenta de que su hermano mayor se ha enamorado de su mejor amiga. El deportista desaliñado al que le gustaban las rubias estilo colegiala y la morena de cara seria que hacía hincapié en los chicos caballerosos. "¿En serio?". Y entonces: *¡zas!* Las bolsas de aire se inflaron.

El silencio invadió el ambiente.

—Creo que es suficiente por hoy —murmuró Lala, con sus labios perfectamente pintados apretados contra la mullida bolsa de aire—. ¿Quieres venir a ver el corte de pelo?

Clawdeen negó con la cabeza. Ya se sentía bastante cortada.

En cambio, optó por mantener la cara escondida en el cojín con olor a harina de maíz hasta que la vida recobrara sentido.

Para: **Clawdeen**
27 oct., 21:22
CLEO: LA CARPA STÁ D LUJO. NO M PUEDO CREER Q SIGAS CELEB TU FIESTA. TODOS PNSABAN Q S HABÍA CANCELADO. ^^^^

Para: **Cleo**
27 oct., 21:22
CLAWDEEN: ¿QUÉ? # # # #

Para: **Clawdeen**
27 oct., 21:23
CLEO: LA CARPA EN TU JARDÍN. ¡M NCANTA! ^^^^

Para: **Cleo**
27 oct., 21:23
CLAWDEEN: ¿M TOMAS L PELO? # # # #

Para: **Cleo**
27 oct., 21:24
CLAWDEEN: ¡DIOS MÍO! MIS PADRES S OLVIDARON D CANCELARLO TODO. # # # #

Para: **Cleo**
27 oct., 21:24
CLAWDEEN: ¡¡¡AÚN PUEDO CELEBRAR MI CUMPLE!!! # # # #

Para: **Clawdeen**
27 oct., 21:24
CLEO: GRACIAS A GEB Q NO H DEVUELTO L VESTIDO. M MUERO D GANAS D ENVIAR A DEUCE FOTOS MÍAS ABRAZADA DE TODOS LOS XICOS DL EQUIPO DE BASKET. ^^^^

Para: **Cleo**
27 oct., 21:24
CLAWDEEN: ¿AÚN NO SABES NADA DE ÉL? # # # #

Para: **Clawdeen**
27 oct., 21:24
CLEO: NO QUIERO HBLAR D ESO. ¿Y TUS PADRES? ¿VAS A LLORAR HASTA Q CAMBIEN D OPINIÓN? ^^^^

Para: **Cleo**
27 oct., 21:25
CLAWDEEN: NO S LO VOY A DECIR. ¡SHHH! J # # # #

Para: **Clawdeen**
27 oct., 21:25
CLEO: ME ENCANTAN LS ENGAÑOS. ¿CÓMO T PUEDO AYUDAR? ^^^^

Para: **Cleo**
27 oct., 21:25
CLAWDEEN: ASEGÚRATE D Q VAYA TODO L MUNDO. # # # #

Para: **Clawdeen**
27 oct., 21:25
CLEO: MELODY LO HARÁ MEJOR. S LA REINA D LA PERSUASIÓN..

Para: **Cleo**
27 oct., 21:25
CLAWDEEN: ¿T ENCARGAS D LA DCORACIÓN? # # # #

Para: **Clawdeen**
27 oct., 21:25
CLEO: CLARO. PONDRÉ A BEB Y HASINA A TRABAJAR ¡YA!

Para: **Cleo**
27 oct., 21:25
CLAWDEEN: ESPERO Q LALA M LLEVE N COCHE. SI NO STÁ MUY OCUPADA CON SU NUEVO NOVIO. # # # #

Para: **Clawdeen**
27 oct., 21:27
CLEO: ¿EH? ¿Q NOVIO? ^^^^

Para: **Melody**
27 oct., 21:28
CLAWDEEN: CELEBRO MIS 16. MIS PADRES NO LO SABEN. CLEO DICE Q PUEDES CONVENCER A TODO L MUNDO XA Q VAYA.

Para: **Clawdeen**
27 oct., 21:34
MELODY: SIN PROBLEMAS

Para: **Melody**
27 oct., 21:34
CLAWDEEN: ¡GRACIAS! ¡T DEBO UNA! # # # #

Para: **Clawdeen**
27 oct., 21:39
CLEO: ¿T HA COMIDO LA LENGUA L GATO? ¿SIGUES AHÍ? ¿Q NOVIO? ^^^^

Para: **Cleo**
27 oct., 21:39
CLAWDEEN: LO SIENTO. TNGO Q SALIR D STE AIRBAG Y VER LA NUEVA CRESTA D CLAWD. MANTENME INFORMADA. T VEO N EL CUMPLE… D UN MODO U OTRO. # # # #

Para: **Clawdeen**
27 oct., 21:40
CLEO: ¿AIRBAG? ¿CRESTA? ¿Q CRESTA? ¿Q PASA AHÍ? ^^^^

Para: **Clawdeen**
27 oct., 21:42
CLEO: ¡KA! TE DEJO. VOY A PROBAR CON LALA. ^^^^

CAPÍTULO 19

MERRY ODETI

"Esta selección de canciones para el almuerzo se está burlando de mí", pensó Melody mientras Candace y ella recorrían a toda velocidad la cafetería el viernes por la tarde, recogiendo firmas con el acompañamiento de *'Till the World Ends* ("Hasta que se acabe el mundo"), de Britney Spears.

Ojalá hubiera entrado resueltamente en el despacho del director Weeks el lunes por la mañana, tal como ella quería, y hubiera exigido que le devolviera el puesto a la señora J. Tal vez entonces la madre de Jackson daría clase de Biología esa misma tarde. Y si Melody le hubiera dicho a todos los normis de la ciudad que aceptaran a los RAD y les dieran una buena acogida cuando volvieran a Salem, quizá Jackson y ella estarían juntos en ese mismo momento. Pero no lo hizo. En vez de eso, había permitido que una desconocida con ojos verde mar la convenciera de que los hiciera regresar con los métodos de los normis, a fin de evitar trastocar el destino y cambiar el curso de los acontecimientos para siempre. ¡Ja! Como si el curso actual fuera algo a lo que valiera la pena aferrarse.

Aun así, Melody había prometido no utilizar sus poderes de persuasión con el director Weeks, y tenía la intención de cumplir su promesa. De modo que utilizó los de Candace.

Por desgracia, la reunión del lunes por la mañana no había transcurrido de acuerdo con sus expectativas. Más que ceder ante la chica rubia, como hacían la mayoría de los hombres, el director Weeks se había mantenido firme. Explicó que la decisión de dejar marchar a la señora J la había tomado el consejo escolar, y no él. Una apelación era posible, pero sólo si redactaban una carta solicitando la reincorporación de la profesora y consiguieran la firma de cien alumnos. Si tenía la carta en su poder antes de su reunión semanal de los viernes con el consejo escolar, la presentaría ante éste. De no ser así... bueno, eso daba igual. De no ser así, la señora J y Jackson estarían rumbo a quién-sabe-dónde la noche siguiente, y Melody localizaría a la mujer de los ojos verde mar, encendería todas las luces de su casa y le haría pagar por ello.

¡Ping!

Melody se detuvo en mitad de la abarrotada cafetería y consultó su teléfono.

Para: **Melody**

29 oct., 12:33

CLAWDEEN: ¿LE DIJISTE A TODO EL MUNDO Q MI FIESTA SIGUE N PIE? # # # #

"¡Ups!". Se le había olvidado totalmente hacer correr la voz. Pero lo haría, en cuanto su petición de firmas estuviera completa.

Para: **Clawdeen**

29 oct., 12:34

MELODY: SIP. VA A STAR HASTA LS TOPES.

Candace hizo *clic* con su bolígrafo.

—Vamos, Melly. Sólo necesitamos seis más.

—Le pediste la firma a todo el mundo aquí —indicó Melody, que de alguna manera se las había arreglado para tomar en serio a Candace vestida con lo que se había convertido en el uniforme de "deberes de NUDI" de su hermana: gabardina beige, zapatos de aguja, piernas cuidadosamente bronceadas con spray y sus gafas "de lectura". Estaba convencida de que su *look* al estilo de "chica-sexy-conoce-estudiante-universitario-de-literatura" transmitía ambas ideas: la de deberes y la de NUDI. Y en efecto, así era... siempre y cuando la audiencia fuera masculina. Las féminas, sin embargo, mostraban menos interés. Melody tenía que hacer acopio de todo su autocontrol para no agarrar la carpeta sujetapapeles y obligar a todo el mundo a firmar. Pero había hecho una promesa.

Eran las 12:38 h. Quedaban siete minutos para que sonara el timbre con tono de sirena de policía.

—Quizá deberíamos probar en los baños —sugirió Melody.

—*Uggh,* no —Candace se estremeció—. El plato especial del almuerzo fue de burritos de alubias. Tiene que haber alguien que se nos haya pasado —escudriñó la cafetería dividida por zonas y empezó a musitar—: Libre de cacahuate para los RAD: los tengo. Libre de gluten para los RAD: sí. Libre de lactosa para los RAD: comprobado. Los de la zona libre de grasa eran antiRAD, y conseguimos a todos los de la zona libre de alergia —dio unos golpecitos con el bolígrafo sobre la carpeta sujetapapeles.

La música de la lista de canciones empezó a suavizarse, señal de que el tiempo para el almuerzo se iba acabando. Las latas de refresco se estrujaban; los cartones de leche se aplastaban a pisotones. Alrededor de las hermanas, los alumnos daban sus últimos bocados mientras Alicia Keys entonaba un tema apropiado para la ocasión: *No One,* es decir, "nadie".

—Quizá si llevaras ropa, las chicas firmarían —reclamó Melody, sucumbiendo a la presión.

—¿De qué hablas? Ya firmaron Frankie Stein, Cleo de Nile, Julia Phelps, Abbey Bominable, Spectra Vondergeist...

—Me refiero a chicas normis —repuso Melody—. ¿Qué me dices de ellas? —seis alumnas de tercero de secundaria, aspirantes a seguidoras de las últimas tendencias en moda, se afanaban con sus charolas.

—Ya me dijeron que no —declaró Candace.

—Vuelve a probar —insistió Melody, haciendo un poco de trampa.

Candace parpadeó rápidamente.

—Perdonen —le dijo al grupo—. Seguro que ya se enteraron de que a la señora J, la profesora de Biología, la despi...

—¡Mira! —exclamó la morena con la melena ondulada hasta los hombros y sombra de ojos de diamantina verde. En lugar de fijar la vista en el provocativo "uniforme" de Candace, señalaba a Melody—. ¡Qué plumas tan padres! —luego, dirigiéndose a sus amigas, comentó con entusiasmo—: Mandie, ¿ya viste cómo le quedan en el pelo? Necesitamos de *esa* clase. Las que compraste en Michaels parecían restos de una boa de las de hacer *striptease.*

Las demás asintieron en señal de acuerdo.

—Pues la próxima vez podrías ir tú —murmuró Mandie por lo bajo.

Sus supuestas amigas se miraron entre sí mientras ponían los ojos en blanco.

—Perdona —la rubia con una trenza lateral y sombrero de fieltro a cuadros tiró de la manga del suéter a rayas de Melody—. ¿Te importaría decirnos, por lo que más quieras, de dónde sacaste esas plumas? No lo subiremos a Internet.

Melody sonrió.

—Me cayeron del cielo, se podría decir —"Y ahora, ¿les importaría firmar de una vez?".

—Te dije que no nos lo iba a decir —afirmó la chica con mechas rosas y aspecto de duende.

—Vienen del pájaro Carver, en peligro de extinción —anunció Candace—. La especie cambia de plumas una vez cada cuatro años en una remota cueva de osos en Montana. Melody, aquí presente, famosa observadora de aves, es la única que conoce la situación exacta de la caverna —seguramente, Candace daba por hecho que las plumas procedían del barranco, pero se sentía tan orgullosa del *look* exclusivo de su hermana que lo había estado promocionando como una tienda itinerante.

Las novatas miraban a Melody boquiabiertas, con renovado interés; sus expresiones denotaban una mezcla de asombro y de lástima por tener un hobby semejante.

Candace paseó la vista por la estancia y, luego, hizo señas al grupo para que se acercara. Con los susurros propios de quien comparte un chismorreo, dijo:

—¿Sabían que —miró por detrás del hombro— Christian Dior contrató a Melody para que recoja plumas Carver para su colección de primavera?

Las chicas negaron con la cabeza.

—Es evidente que no han visto sus trajes de alta costura —dijo Candace, cuyo tono estaba sazonado con una pizca de esnobismo y un pegote de "vergüenza-debería-darles".

Las mejillas de Melody ardían mientras las alumnas de tercero la miraban con un recién adquirido respeto. Saltaba a la vista que su hermana enfocaba la tarea desde otra perspectiva. Pero ¿cuál?

—Christian le ofreció cincuenta mil euros para que le consiguiera diez plumas más. Resulta que Taylor Swift quería llevarlas a los premios Emmy, adornando su recogido. Pero Melly dijo que ya se las había dado todas —Candace hizo un guiño de complicidad—. Shhh. Lo que pasa en una cueva de osos en Montana se queda en una cueva de osos en Montana. *¿De acuerdo?*

Encantadas de formar parte del secreto, las chicas asintieron entre risas.

—Pero —proclamó Candace mientras se ajustaba las gafas—, si firman nuestra petición y *prometen* no decirle nada a Christian, cada una de ustedes podrán tener una.

Miró a hurtadillas a Melody para ver si estaba de acuerdo. Melody asintió. En casa tenía un cajón hasta arriba de plumas.

Lanzando gritos de placer, las chicas hicieron turno para garabatear sus nombres en los últimos seis espacios libres de la hoja. Después de cada firma, Melody se arrancaba del pelo una pluma verde oliva y azul y se la entregaba a la chica correspondiente.

—Cuidado con la punta —añadía—. Es oro de verdad.

Candace reprimió una risa.

—Lo prometemos —dijeron ellas, casi al unísono. Después de dejar plantadas las charolas en la mesa más cercana, salieron a toda prisa para pasar un tiempo indispensable frente a los espejos de sus respectivos casilleros.

—¡Conseguido! —Melody chocó las palmas con su hermana, sintiéndose el doble de orgullosa de lo que se habría sentido de haber utilizado sus poderes de persuasión.

Candace clavó el bolígrafo en su moño de bailarina de ballet y declaró:

—¡La señora Stern-Figgus se las pira! —acto seguido, como una superheroína exhibicionista, se desabrochó la gabardina y la dejó caer sobre el suelo pegajoso, dejando a la vista una remilgada blusa de color rosa con un lazo y volantes al cuello y unos jeans enrollados hasta los muslos. Desenrolló los jeans, se quitó los tacones de una sacudida, sacó un par de zapatos planos del bolsillo posterior y recogió la gabardina—. ¡Al despacho del director!

Melody soltó una carcajada mientras se preguntaba si ella se habría sentido tan segura de sí misma y tan libre de espíritu como Candace si hubieran compartido la misma sangre. Y no es que importara gran cosa: compartían la misma vida. Y se sentía agradecida por ello.

Candace y Melody pasaron a la velocidad del rayo por delante de la pechugona secretaria en dirección a la puerta entornada del despacho del director Weeks.

—¡Señoritas! —las llamó la señora Saunders mientras se quitaba los auriculares—. Ya empezó la clase de quinta hora…

—Tranquila —se apresuró a decir Candace—. Traemos una nota.

—Da igual —la secretaria se levantó—. Está en una reunión.

—Ignórenos —apremió Melody.

La señora Saunders empezó a parpadear y, luego, se sentó.

—Eso haré.

—¡Caray! Hacemos un buen equipo —comentó Candace, arrojando su gabardina a una silla vacía.

Melody fijó la vista en la carpeta sujetapapeles de su hermana. En efecto, juntas trabajaban bien.

—¿Señor? —Candace llamó a la puerta, y luego arrastró a Melody hasta el despacho del director. Olía a albóndigas y a colonia.

El director Weeks se apresuró a cerrar una ventana en su computadora y se irguió en su asiento.

—¿No deberían estar en clase?

—Claro que sí —respondió Candace con voz más azucarada que las Zucaritas de Kellogg's—. Sólo queríamos entregarle esto —se acercó al escritorio con tal confianza que el lazo de su blusa rebotaba.

—¿Y esto es...? —envolvió su sándwich a medio comer en papel aluminio y lo apartó a un lado.

—La petición para su reunión de hoy con el consejo escolar —repuso Melody.

El director frunció los ojos, desconcertado.

—Para que vuelva la señora J —añadió Melody.

—Ah, sí —dijo él, acordándose del asunto—. Si no recuerdo mal, dije que necesitaba cien firmas para...

Candace agitó la carpeta sujetapapeles.

—Las tenemos.

—¿Encontraron a cien alumnos de Merston High que respaldan a la señora J?

Candace asintió, orgullosa.

—No todo el mundo se asusta de los RAD, ¿sabe? —dijo Melody.

—Es verdad, pero he oído que sus exámenes sorpresa son aterradores —soltó una carcajada.

—Señor —Melody apretó los puños—. Tiene que tomarse esto en serio.

Candace se dio la vuelta y protestó:

—¡Melly!

"Tranquila", dijo Melody moviendo los labios sin hablar.

El director Weeks empezó a parpadear.

—Tienes razón.

—Tal vez a algunos padres les asusta el cambio, pero a los alumnos no. Queremos ese cambio. Y no nos da miedo decirlo —prosiguió Melody.

—¡Fuera prejuicios! —exclamó Candace, entregando la carpeta sujetapapeles al director.

—La gente estaba deseando firmar —añadió Melody para mayor efecto.

—¿De verdad? —se extrañó el director Weeks, conforme examinaba las firmas.

Las chicas asintieron con aire de seguridad.

Riéndose por lo bajo, preguntó:

—En ese caso, ¿cómo explican esto? —entregó la carpeta a Candace y cruzó los brazos sobre su arrugado traje gris. Leyendo por encima de los hombros con aroma a orquídea de su hermana, Melody ahogó un grito. Había cien nombres en la solicitud, pero sólo una docena eran auténticos. Los otros parecían salidos de *Chistes para el W. C.*, histriónico libro que le habían regalado a su padre en el trabajo, en una fiesta de Navidad.

Eva Fina Segura… Lol Amento… Ed Adepiedra… Agente CIA… Liándola Parda… Mortu Orio… Soy de Aquí… Oído Cocina… Don Nadie… Estela Gartija… Geri Átrico… Premi Osnobel… Óscar Boncillo… Porqueyo Lovalgo… Armand Orruido… Hoy Nomelevanto…

Melody se sintió incapaz de continuar leyendo. Las lágrimas empezaron a tomar forma, y le ardían tras los párpados. Los nombres se fueron volviendo borrosos. Aturdida por una tempestad de humillación y derrota, intentó concentrar la atención en los arces del otro lado de la ventana. Pero las ramas desnudas le hicieron sentir una soledad todavía mayor.

—¿No los checaste? —susurró a su hermana.

Candace exhaló un suspiro.

—Puede que les diera miedo poner sus nombres verdaderos.

—Lo siento, chicas —dijo el director Weeks con sinceridad—. Sé cuánto se han esforzado. Y, entre nosotros, yo también desearía que las cosas cambiaran en el instituto. Pero tengo que complacer al consejo escolar y…

Melody sintió ganas de taparse los oídos y ponerse a chillar. ¿Por qué a los adultos les asustaba tanto adoptar una postura firme? ¿De verdad un empleo podía ser más valioso que la decencia humana? ¿El progreso, más terrorífico que el estancamiento? ¿La coexistencia, más amenazante que la guerra? Melody se odió a sí misma por haber escuchado a esa mujer. ¿Y qué si cambiaba el curso de los acontecimientos? ¿No era ése el objetivo?

—Director Weeks —dijo, interrumpiendo la oda aduladora y servil hacia el consejo escolar por parte de aquél. Al director le podría dar miedo pronunciarse, pero a Melody no. Ya no—. Insisto en que…

Bip.

La voz de la señora Saunders crepitó a través del interfono.

—Señor, Caroline Madden está al teléfono. Quiere hablar con usted.

—Perdónenme —dijo él, poniéndose un tanto tenso—. Chicas, tengo que contestar esta llamada.

—Pero...

—Esperen un momento —interrumpió; luego, tomó el auricular—. Hola, Caroline. ¿Cómo está Bekka?

Candace, que carecía de experiencia a la hora de sufrir rechazos, espetó:

—¡Las NUDI se piran!

Y tras ellas cerró de un golpe la puerta del despacho del director. Agarró la gabardina, mascculló algo sobre no ver el momento de llegar a la universidad, y luego decidió no entrar a clases y tomarse libre lo que quedaba del día.

Melody, sin embargo, no tenía intención de enfurruñarse. Había prometido a esa mujer que *intentaría* no utilizar sus poderes, y lo había intentado. Y fracasado. Esta vez haría las cosas a su manera.

Durante el resto de la tarde, pidió a cuantos alumnos pudo encontrar que detestaban a los RAD que acudieran a la fiesta de Acaramelados Dieciséis de Clawdeen. Una vez que se hubieran reunido, les ordenaría aceptar a todos los RAD y los hermanaría con una misión común: lograr que la señora J regresara desde donde estuviera planeando marcharse.

Jackson volvería a casa.

La ecologista mandamás de los ojos verde mar se marcharía.

La fiesta de Clawdeen pasaría a la historia como el acontecimiento que había conseguido la unión entre todos.

Y el destino cambiaría para siempre.
Por fin.

Para: **Cleo**
30 oct., 13:07
CLAWDEEN: EMPIEZA LA CUENTA ATRÁS. QUEDAN 7 HORAS. ¿Q TAL LA DECORACIÓN? # # # #

Para: **Clawdeen**
30 oct., 13:07
CLEO: BEB Y HASINA LLEVAN TODA LA MAÑANA TRABAJANDO. AHORA STÁN COLOCANDO LS ADORNOS. ME VAN A ENVIAR 1 SMS CDO TERMINEN XA 1 ENSAYO FINAL. T ENVIARÉ FTOS. PISTA D BAILE COLOCADA. HA LLEGADO LA CABINA DL DJ. SOLO FALTA L CATERING. ^^^^

Para: **Cleo**
30 oct., 13:08
CLAWDEEN: ¡HORROR! ¡LA HE ARRUINADO! MI MADRE IBA A ENCARGARSE DEL CATERING. ¡NO TENEMOS COMIDA! # # # #

Para: **Clawdeen**
30 oct., 13:10
CLEO: PONDRÉ A BEB Y HASINA A PREPARARLO CDO TERMINEN D DECORAR. TÚ SOLO PREOCÚPATE X SCAPARTE, PONTE 1 LOOK D LUJO Y Q NO T PILLEN. X CIERTO, ¡PREPARA LS OREJAS XA 1 VIAJE A ESMERALDA CITY! LS PENDIENTES TIPO ANGELINA JOLIE D LA TÍA NEFERTITI T STARÁN SPERANDO CDO LLEGUES. ¡FELIZ CUMPLE! ^^^^

Para: **Cleo**
30 oct., 13:11
CLAWDEEN: ¿M TOMAS L PELO? ES TOTAL, GRACIAS.

Para: **Clawdeen**
30 oct., 13:11
CLEO: EN L HOTEL LA GUARIDA. J ME MARCHO A PONERME BOMBÓN. TENGO Q PERVERTIR A 1 EQUIPO D BASKET.

Para: **Melody**
30 oct., 13:13
CLAWDEEN: ¿VIENE TODO L MUNDO? # # # #

Para: **Clawdeen**
30 oct., 13:13
MELODY: ALGUNOS LLEGARÁN TARDE.

Para: **Melody**
30 oct., 13:14
CLAWDEEN: STOY DE BAJÓN X LOS RAD Q NO STÁN AQUÍ.

Para: **Clawdeen**
30 oct., 13:14
MELODY: YO TB. J BUENA SUERTE AL ESCAPARTE. FELIZ CUMPLE ENREDADO. NS VEMOS + TARDE.

CAPÍTULO 20

MADRE AL VOLANTE

El teléfono de Clawdeen volvió a soltar un *¡ping!* Era otro SMS de Cleo en el que le preguntaba por su "tiempo estimado de llegada". Se apresuró a apagarlo.

—¿Te importaría recordarme por qué planeé mi fiesta de Acaramelados Dieciséis a tan poca distancia de la luna llena? —preguntó a Lala mientras descendían por la alfombra verde de la escalera del hotel.

—Todos te lo advertimos —le recordó su amiga, agitando su pálido dedo—. Pero tú insististe en que tenía que ser en la fecha exacta o parecería falso.

—Bueno, pues ojalá me hubieran hecho desistir. Hasta el momento me he pasado mi cumpleaños depilándome con cera, cortándome las uñas y haciendo pipí.

—¿Qué creías que iba a pasar después de haberte bebido dos teteras de esa infusión de hierbas, Mansa y Tranquila? —Lala sonrió, exhibiendo orgullosa sus colmillos recién sometidos a un tratamiento con fundas blanqueadoras.

—Tenía que hacer *algo* —respondió Clawdeen—. Doy el cambio dentro de dos días. Estoy teniendo serios problemas con el manejo del estado de ánimo —se detuvo para comprobar sus rizos en el espejo del descanso. Aún intactos y brillantes, contaban al menos con otras tres horas antes de que otro nuevo brote de pelo arruinara su elasticidad. Tiempo más que suficiente para entrar en escena y posar para las fotos.

—Quizá sea mejor que se haya cancelado tu fiesta de cumpleaños —comentó Lala, colocándose al lado de Clawdeen y volviéndose a aplicar otra capa sobre el brillo de labios. Tras años de amistad, a Clawdeen la seguía tomando desprevenida el hecho de que la chica vampira no se reflejara en los espejos—. Ahora no tienes que preocuparte por si te comes a alguien sin querer.

—¡La!

—Es broma —Lala soltó una risita—. De todas formas, celebrarlo con tu familia será divertido.

Clawdeen asintió, esperando ansiosa el momento en el que pudiera informar a su amiga sobre el plan. Ocultar la verdad a Lala le resultaba algo así como reprimir un gigantesco eructo de Coca-Cola de cereza. Pero aún tenían que pasar por la cena familiar. Si la relación entre Cleo y Deuce le había enseñado algo, era que los amores y la custodia de secretos no hacían una buena mezcla. Tanto besuqueo debía de aflojar las articulaciones de la mandíbula, permitiendo que se escapara la información clasificada. Un desliz por parte de Lala, y la noche especial de Clawdeen quedaría más detenida que un sospechoso en la serie *La ley y el orden.* Ningún eructo, por grande que fuera, lo valía.

Una vez en el vestíbulo, Lala avanzó hacia el restaurante tambaleándose sobre sus botines grises con orificio en la punta para abrirle la puerta a Clawdeen. Con su sedosa coleta alta agitándose alegremente, la chica vampiro, enfundada en un vestido de gasa con volantes de tono ciruela oscuro, resultaba cautivadora. Su cutis tenía un ligero toque de color, la aplicación de su maquillaje era impecable, y sus sabios ojos negros parecían emitir una luz interior. Desde que llegara a La Guarida, su estilo era cada vez menos moderado y más… ¡guau! Por lo menos, aquella noche su *look* espectacular no se desperdiciaría con los hermanos Wolf, en plena transformación. Se trasladaría a una fiesta inolvidable y la élite de Merston High podría admirarlo. Clawdeen se moría de ganas de que Lala se enterara. Iba a encantarle.

—¿Tienes hambre? —preguntó Lala a su amiga con voz sospechosa.

—No mucha —respondió Clawdeen, aunque su apetito llevaba todo el día bramando. A pesar de su creciente deseo de darse un festín, se las había arreglado para sobreponerse a sus instintos a base de masticar chicle sin parar, como una auténtica chica fiestera de Hollywood. Al fin y al cabo, tenía que embutirse en un vestido de la talla treinta y cuatro y hacerse con el control de la pista de baile. Esta noche, luces de discoteca. Mañana, albóndigas.

—Vaya, pues lo siento porque… —Lala abrió de par en par la puerta y gritó—: ¡Sorpresa!

"Pero ¿qué…?".

Raise Your Glass ("Levanta tu copa"), la canción de Pink, empezó a tronar por los altavoces. Coincidiendo con el estribillo, Don se puso de pie y levantó en el aire un cartón de leche.

—Sabemos lo mucho que querías una fiesta de Acaramelados Dieciséis. Pues aquí la tienes —como de costumbre, las charolas de comida ya estaban medio vacías y las barrigas de sus hermanos, medio llenas.

—Abajo tenedores —ordenó Lala, sin darse cuenta de la enorme fuerza de voluntad que eso requería por parte de los hermanos Wolf en aquel momento del mes. Aun así, de alguna manera, ya fuera por cariño hacia su hermana o por apetencia hacia la mejor amiga de ésta, los chicos consiguieron obedecer. Lala contó hasta tres y todos empezaron a cantar *Cumpleaños feliz* con una rodilla hincada en el suelo.

Una vez que acabaron, Clawdeen aplaudió a rabiar. Con los ojos cuajados de lágrimas, los abrazó dándoles las gracias mientras Harriet sacaba fotos.

—¡Qué pasada! —comentó al tiempo que admiraba el esfuerzo que habían hecho.

En una enorme pancarta fabricada con manteles blancos viejos, que abarcaba desde la barra del bar hasta la repisa de la chimenea, habían escrito con pintura en spray: ¡FELICES ACARAMELADOS DIECISÉIS, DEENIE! Las mesas estaban cubiertas de velas encendidas en recipientes de vidrio que arrojaban sombras juguetonas sobre las paredes de piedra. Los maniquís que su padre había rescatado de una obra ocupaban las sillas: levantaban copas alargadas llenas de lo que a Clawdeen le pareció un vino espumoso. Con la ayuda de un escáner, viejos anuarios del instituto y una impresora de fotos con zoom, cada uno de los maniquís llevaba la cara de uno de los invitados a la fiesta de cumpleaños. A Clawdeen, el gesto le recordó a Pérez Hilton —el bloguero de famosos—: aterrador y extraordinario al mismo tiempo.

El corazón se le hinchó de emoción. A pesar de las convicciones machistas y a la antigua usanza de sus hermanos, Clawdeen los adoraba. Y era evidente que ellos también a ella. ¡Si supieran que planeaba escaparse en el momento mismo en que las velas dejaran de echar humo! Sólo de pensarlo se sentía culpable.

—Papá lamenta mucho no poder estar —le dijo su madre mientras colocaba la tapa en la lente de su Nikon.

—No pasa nada —repuso Clawdeen con toda sinceridad. Le sería más fácil escaparse si su padre no andaba husmeando por los alrededores.

—Intentó tomarse la noche libre —prosiguió Harriet—, pero los Penees son unos grandes clientes…

Nino soltó una carcajada.

—Dijo Penees grandes.

Los chicos se doblaban de risa. Clawdeen también. Lala tiritó.

Clawd se quitó su chaqueta de punto azul marino y se la colocó sobre los hombros. Lala fingió sorpresa por el gesto. Él se encogió de hombros, como si fuera algo que habría hecho por cualquiera. Al igual que los famosos en un plató, se engañaban pensando que su relación era un secreto. Como si el hecho de que Clawd conservara su preciada cresta no fuera señal suficiente de lo obsesionado que estaba con ella.

—Un momento —dijo Harriet, con una sonrisa radiante—. Tienes que abrir tu regalo.

Rocks metió la mano debajo de la mesa y entregó a Clawdeen una Singer X-L 150.

—Es una máquina de karaoke —anunció.

—Nada de eso —dijo Howie mientras atizaba a Rocks en la cabeza con una servilleta—. Es una máquina de coser.

—Sí, claro —Rocks puso los ojos en blanco—. Por eso se llama Singer, "cantante" en inglés. Eres un genio.

Todos se echaron a reír.

Clawdeen buscó los ojos color caramelo de su madre mientras se preguntaba cómo la familia podía permitirse un regalo de tecnología tan sofisticada.

—Fue idea de Nino, pero todos contribuimos —explicó Harriet, percibiendo la preocupación de su hija—. La *suite* número 9 necesita ropa de cama nueva, y tenía la esperanza de que pudieras confeccionarla.

El corazón de Clawdeen le dio un salto en el pecho.

—¡Nino!

Su hermano se tapó la cara con una servilleta.

—Lo siento —murmuró—. No quería quedarme ahí, filmando, mientras lo cosías todo a mano. Habrías tardado horas.

—O eso, o convencer al señor Stein —bromeó Don.

Todos se echaron a reír, excepto Clawdeen. Por culpa de la traición de su hermano, estaba a punto de acabar como una asesina en serie: encerrada de por vida.

—No te preocupes, mamá. Lo quitaré todo. Te lo prometo.

—¿Por qué? A mí me encanta —Harriet sonrió—. Ahora que ya cumpliste los dieciséis, debes tener tu propio cuarto de baño. Así que es toda tuya.

Clawdeen se levantó de un salto y le dio las gracias a su madre con dos abrazos: uno por haberle procurado la vida; otro, por permitirle que la decorara. Hoy, permiso para crear; mañana, permiso de conducir. Por fin había probado su primera porción del pastel de la libertad. Pero en vez de sentirse satisfecha, Clawdeen se moría por seguir comiendo. Así de bueno estaba.

Una vez que se atracaron el decadente pastel de chocolate de siete pisos de Harriet, los chicos se marcharon a ver futbol americano. Lala había quedado con Clawd junto a la chimenea después del partido para "dejarlo con el peludo trasero al aire" jugando a las damas. Pero Clawdeen preguntó si podían dejar la partida para otra ocasión. Era su cumpleaños, y quería pasar un rato con su amiga. *A solas.* Lala se dio un golpecito en los colmillos por haber sido tan torpe y se mostró encantada de complacerla.

—¿Quieres que hagamos unas cortinas para nuestra nueva habitación? —preguntó Clawdeen, improvisando una charla hasta que estuvieran fuera del alcance del oído. Harriet, que estaba cerrando el comedor, tenía la mejor agudeza auditiva de la familia. Así que lo más sensato era pecar de prudente.

—¿De verdad tu padre consiguió esos maniquís en una obra de construcción? —preguntó Lala.

—Sí. Echó abajo unos grandes almacenes antiguos y se los quedó. Deberías ver las cosas que trae de las obras. Tengo un cobertizo atascado de cachivaches. Neumáticos, telas, clavos, baterías de celular…

—¿En serio? —Lala bostezó—. Suena emocionante.

—Sí, es verdad. Deberías verlo alguna vez.

Cuando por fin llegaron al vestíbulo, Clawdeen agarró la gélida mano de Lala y arrastró a su amiga por el pasillo.

—Pero ¿qué…?

—¡Shhh!

—Ah —susurró Lala, comprendiendo por fin.

Con un dedo sobre los labios en señal de silencio, Clawdeen la condujo hasta el baño de señoras y abrió el grifo al máximo por encima del sonido de la música ambiental de *jazz*. El refugio seguro con dos cabinas, abastecido con bolsitas de hierbas aromáticas, focos rosas, mullidas fundas de tapa de inodoro, alfombrillas tejidas, cortinas melocotón y pañuelos de papel de doble capa suponía un evidente contraste con la decoración del resto del hotel, eminentemente varonil.

Clawdeen metió la mano bajo la falda plisada del lavabo, de color rosa. Sacó un par de bolsas de lona a juego, un portatrajes y las llaves de la camioneta de mantenimiento del hotel.

—¡Vamos, en marcha!

Lala se agarró el estómago.

—¿No podemos tomarnos un descanso con las clases de conducir? —preguntó—. Comí una tonelada y...

—Vas a conducir tú, no yo —explicó Clawdeen mientras se contoneaba para quitarse los jeans.

—¿Adónde vamos? —preguntó Lala, haciendo oscilar su coleta alta.

—A mi fiesta —respondió Clawdeen, como si debiera haber resultado obvio—. ¡Sigue en pie!

—¿Qué dices?

—Cleo me ayudó con el montaje, y Melody se encargó de la lista de invitados. Va a estar a tope de gente.

—¡Vamptástico! —repuso Lala con una sonrisa radiante. Luego, añadió—: Un momento, ¿por qué Melody se enteró antes que yo?

—Mis padres no saben nada. Nos vamos a escapar —Clawdeen bajó el cierre de su chaqueta verde con capucha y la lanzó a la alfombrilla—. Te hice un vestido, pero el que llevas es perfecto. El color ciruela te sienta de maravilla.

Lala se dio la vuelta y se aplicó brillo rosa en los labios.

—Aún no puedo creer que hagas eso sin llenarte la cara de manchas —Clawdeen sonrió. Estaba demasiado emocionada para sentirse molesta por el reciente vínculo entre Lala y Clawd. Además, ya hubo un tiempo y un lugar para piques sin importancia. El tiempo estaba "muuuy" lejano y el lugar era la escuela secundaria. Cualquier chica con su propio dormitorio y una Singer X-L 150 era demasiado madura para tales reproches... o, al menos, debería fingir que lo era.

—¿Y bien? —dijo Lala mientras cruzaba sus pálidos brazos sobre el pecho.

—¿Y bien, qué?

—Y bien, ¿por qué no me lo dijiste? —insistió Lala.

Clawdeen se quitó sus zapatos planos a sacudidas.

—No quería que mi madre se enterara.

—¿Hablas en serio? —Lala echó hacia atrás las mangas de la chaqueta de punto de Clawd—. ¿Y por qué se lo iba a decir yo a tu madre?

—Tú no. Se lo dirías a mi hermano, y *él* se lo contaría a mi madre.

—¿A poco Clawd no sabe nada?

—Claro que no —respondió Clawdeen, ofendida por el resentimiento de Lala. Se suponía que iban a ponerse a hacer preparativos a toda velocidad, entre risas y resoplidos, embriagadas por la emoción y el peligro de las circunstancias. Se harían peinados una a la otra y se subirían los cierres de sus respectivos vestidos. Se tomarían de la mano y saldrían corriendo al estacionamiento, tambaleándose sobre sus zapatos de tacón y buscando a tientas las llaves de la camioneta. Con sus iPods a todo volumen. Planeando la entrada de Clawdeen... cualquier cosa menos *esto*.

—Entonces, ¿Clawd no va a la fiesta?

—No, no va. Ninguno de mis hermanos va —Clawdeen abrió el portatrajes y lanzó un beso a la obra de arte gris lila guardada en su interior. El amplio escote en "V", el brillo iridiscente, el fajín metálico negro…—. ¿Soy capaz de copiar un vestido envolvente de Diane von Furstenberg, o qué? —si tan sólo tuviera tiempo de ponérselo con elegancia. En vez de eso, se lo plantó al estilo de una frenética modelo de pasarela en la Semana de la Moda y se calzó a toda prisa sus botines de serpiente. A pesar de la luna, todo encajaba a la perfección.

Tras una vertiginosa aplicación de maquillaje, un afeitado de piernas final y un generoso rociado de perfume corporal de grosella negra, Clawdeen se subió a la tapa del inodoro y miró hacia el espejo. Una chica de dieciséis años con un elegante vestido de tono apagado, rizos morenos despeinados, ojos luminiscentes y la promesa de los aretes de esmeraldas de Cleo le devolvió la sonrisa.

—¡Nos vamos! —exclamó, bajando al suelo de un salto.

—No sé… —dijo Lala.

Clawdeen se quedó petrificada.

—*¿Qué?*

—Es que creo que ir solas no es seguro.

—¿No es seguro, o no es divertido? —la desafió Clawdeen.

Los ojos de Lala se oscurecieron.

—¿Qué se supone que significa eso? —reclamó, dando rienda suelta a la ira de "vampira".

—Significa que querías ir cuando pensabas que Clawd también iba a ir —replicó Clawdeen mientras recogía su ropa del suelo y la metía a empujones en una bolsa. Lo que fuera con tal de mantener sus temblorosas manos ocupadas.

—Porque pensaba que podría protegernos si pasaba algo —explicó Lala, acaso un poco más alto de lo normal.

—No va a pasar nada —Clawdeen encendió su celular y se lo entregó a Lala—. Mira —fue leyendo uno tras otro los mensajes de Cleo y Melody en los que le pedían que se diera prisa en llegar a la fiesta—. ¿Ya viste? Todo es perfecto.

Lala apartó la mirada de la pantalla; estaba en una encrucijada.

—Si el tío Vlad se entera de que me escapé, me matará. Y si se entera mi padre, me matará otra vez.

—¿Y cómo se van a enterar? Tu tío está en Portland y tu padre, en el yate. Además, tú ya estás muerta.

—El plan no es seguro, Claw. Por favor, no lo hagas. Quizá si lleváramos a Clawd...

Clawdeen no aguantaba un minuto más de discusión a susurros. Ya llegaba tarde a su propia fiesta. Si no se marchaba pronto, se la perdería de principio a fin.

—Olvídate, Lala. Me voy sola.

Lanzó sus bolsas debajo del lavabo. Sin una palabra más, salió de la casa sigilosamente y corrió hacia el estacionamiento de la parte de atrás. En la distancia, la camioneta de mantenimiento, abollada tras años de duro trabajo, parecía dispuesta a cualquier cosa. Incluyendo un trayecto por carretera de quince minutos a manos de una poco experimentada —pero resuelta— cumpleañera.

Clawdeen abrió la portezuela del conductor con la llave, mientras caía de pronto en la cuenta de lo extraño que resultaba encontrarse mano a mano con la camioneta. ¿A quién quería engañar, pensando que podía conducir aquel cacharro ella sola? Tal vez Lala tuviera razón. Tal vez debería invitar a Clawd. Su hermano podría… "¡No!". La independencia es un plato que no se puede servir con dos cucharas. Tendría que digerirlo ella sola.

Tras una profunda inspiración de valor oxigenado y otro mensaje de Cleo: "¿Dnd stás?", Clawdeen abrió la puerta. Al menos, sabía que las bolsas de aire funcionaban.

—¿Vas a algún sitio?

El asiento del conductor estaba ocupado.

"¡Mamá!".

—Bonito vestido —observó Harriet, agarrando el volante con ambas manos.

¡Ping!

Clawdeen hizo caso omiso del mensaje.

—Puedo explicarlo —dijo, aunque no podía. ¿Cómo iba a entender la necesidad de independencia una mujer que se había pasado la mayor parte de su vida dando de comer a siete chicos?

—Me enteré de lo de la fiesta de esta noche —dijo Harriet con la mirada clavada en el oscuro estacionamiento, como si estuviera conduciendo.

El corazón de Clawdeen sufrió un hundimiento de las proporciones del *Titanic.*

—¿Cómo?

Harriet se dio un tirón de las orejas.

¡Ping!

Otro mensaje de texto.

"¿De verdad está ocurriendo esto? ¿A poco mi madre va a ser la única admiradora de un vestido que tardé meses en hacer?".

—Lo siento —murmuró a la gélida brisa.

—¿Por qué, Deenie?

Clawdeen pensó la respuesta cuidadosamente. Ojalá hubiera algo que pudiera decir para ganarse la comprensión de su madre. "Me siento abandonada… Es mi manera de reclamar la atención… Mi vida está en peligro si esta fiesta no se celebra…".

Harriet levantó la barbilla de su hija y la miró a los ojos.

—Si quieres que te traten como a un ser adulto, tienes que actuar como un ser adulto. ¿Y si te subes a la camioneta y me cuentas la verdad?

Su madre tenía algo de razón. Además, lo había escuchado todo. No había nada que esconder.

Clawdeen fue arrastrando los pies hasta el lado del acompañante y se subió al coche. Viejos vasos de café aplastados rodeaban sus botines de fiesta. Un ambientador nuevo de olor a pino colgaba del espejo retrovisor. El aire que las separaba se notaba tenso y frío. Pero no parecía el momento más indicado para pedirle a Harriet que pusiera la calefacción.

—¿Y bien?

—¿La verdad? —comenzó a decir Clawdeen—. La verdad es que quería una fiesta. Quería los amigos, el vestido, los regalos, el baile… todo. Una noche sólo para *mí*. No para los trillizos. No para Clawd. No para Leena. Ni para Rocks o Nino. Sólo para mí. Y entonces, cuando todo el mundo se puso a decir que era demasiado peligroso, yo… —las comisuras de su boca empezaron a crisparse. Clawdeen bajó los ojos, avergonzada de sus lágrimas de dieciséis años de edad—. Estoy harta de que todo el mundo me diga lo que es mejor para mí —se secó las mejillas—. Es como si todos pensaran que soy una inútil, pero no lo soy. Sé manejar todas las herramientas eléctricas del cobertizo de papá. Corro más deprisa que cualquier chico de mi curso. Siempre saco calificaciones sobresalientes, me coso a mano los vestidos, ni una sola vez me han visto en el despacho del director Weeks o en un coche de policía, lo cual es más de lo que mis hermanos pueden decir. Nunca he destrozado un restaurante de comida rápida porque se les hubieran acabado las salchichas, lo cual es más de lo que mi hermana puede decir. Ah, y mi videoblog tiene siete fans, y uno dijo que tengo mucha naturalidad frente a la cámara y que soy una revolucionaria de las manualidades —las lágrimas brotaban ahora con más rapidez, haciendo estragos en sus párpados maquillados con efecto ahumado. Y no es que importara mucho. El estacionamiento era a lo más lejos que iba a llegar... seguramente en la siguiente década—. Supongo que quería demostrar que soy lo bastante mayor para tomar mis propias decisiones.

—Manejar sin licencia no es una decisión; es un delito.

—Iba a llamar a un taxi —mintió Clawdeen.

—¿Y qué le pensabas decir al conductor? ¿Que te llevara a una fiesta que podía ser o no ser una trampa? —Harriet arrancó la liga de su coleta y sacudió su melena del color de la canela. Le había crecido al menos tres centímetros desde la cena—. No son decisiones; son errores.

—¿Y qué tienen de malo los errores? —bramó Clawdeen. Giró la cabeza para mirar por la ventanilla y murmuró—: Y no es porque lo sepa. Nadie me ha dejado nunca cometer un error.

A continuación, el único sonido que se escuchó entre ambas fue el *ping* de los mensajes de texto que Clawdeen recibía.

Harriet se aclaró la garganta.

—Entiendo cómo te sientes.

Poco segura de haber oído correctamente, Clawdeen se volvió hacia su madre. El agrietado asiento de cuero azul rechinó en señal de protesta.

—¿Ah, sí?

¡Ping!

Harriet empezó a girar su argolla de oro alrededor del dedo.

—Yo me parecía mucho a ti cuando era joven. No soportaba que mi madre y mis hermanas mayores se pasaran el día dándome órdenes. Así que trabajé de mesera al salir del instituto, ahorré dinero, y el verano anterior a la universidad me recorrí Europa con una mochila. Me resultó tan liberador que acabé por quedarme. Durante los dos años siguientes trabajé en restaurantes, aprendí algunas palabras de distintos idiomas y conocí a la gente más increíble.

Clawdeen sintió una parte de fascinación y dos partes de envidia. Le recordaba al sentimiento que se debía de tener al volar. ¿Por qué su madre no se lo había contado nunca?

—¿Qué te hizo volver?

—Un tipo llamado Clawrk —Harriet sonrió, adquiriendo de pronto el aspecto de una chica joven, el que debía de haber tenido en aquellos tiempos—. Nos conocimos en un café en Ámsterdam y pasamos las dos siguientes semanas viajando juntos hasta que él regresó a Estados Unidos. Me suplicó que lo acompañara, pero me negué. Me dije a mí misma que no lo seguiría a él ni a ningún otro hombre. De modo que se marchó y yo me quedé.

Clawdeen se giró en el asiento y clavó la vista en su madre.

—¿Así, sin más? ¿No intentó obligarte a que volvieras con él?

—Tu padre era demasiado listo para eso —Harriet se rio por lo bajo—. Me dijo que estaba cometiendo un grave error y, luego, se apartó a un lado y me dejó cometerlo. Digamos tan sólo que a los cuatro días estaba subida en un avión —hizo una pausa y tomó a Clawdeen de la mano—. Pero ahora tu padre es diferente. No es ni la mitad de duro de lo que era antes. ¿Sabes que lloró viendo *Toy Story 3?*

Clawdeen soltó una risita.

Harriet suspiró.

—Lo más difícil de ser padres es ver cómo tus hijos cometen errores. Nuestro instinto es protegerlos; pero tienes razón, Deenie. A veces tenemos que hacernos a un lado y dejar que los cometan de todas formas. Lo mejor que podemos hacer es estar ahí cuando metan la pata.

¡Ping!

—Alguien trata de localizarte.

—Deben de ser Cleo y Melody, querrán saber dónde estoy —Clawdeen apagó el teléfono. Acabarían por imaginárselo.

—Ponte el cinturón.

—¿Eh?

—Deprisa —ordenó Harriet, a la vez que arrancaba el motor—. Tenemos que ir a una fiesta de Acaramelados Dieciséis.

El corazón de Clawdeen empezó a acelerarse.

—¿Cómo dices?

—Puede que tengas razón —reconoció su madre al tiempo que encendía la calefacción—. Puede que todo salga bien. Pero no pienso moverme de tu lado, por si acaso.

—Gracias, mamá —dijo Clawdeen, dando a su madre un enorme abrazo. Luego, preguntó—: ¿Puedo conducir?

Harriet se echó a reír.

—Ahora te estás pasando —respondió mientras, poco a poco, salía marcha atrás del estacionamiento.

—¡Un momento! —exclamó una voz conocida—. ¡Alto!

Harriet pisó el freno.

—Si vas a hacerlo de todas formas, al menos déjame conducir. A ti se te da de pena… —Lala, falta de aliento, se plantó junto a la ventana del conductor—. Ah, señora Wolf. ¡Lo siento! Yo… la confundí con alguien —sus mejillas se tiñeron de un rojo brillante. Era el color más subido que habían tenido jamás en toda su vida.

Clawdeen se inclinó hacia delante y agitó la mano.

—Tranquila. Le parece bien.

—No dejarás que se desperdicie ese vestido fabuloso, ¿verdad? —preguntó Harriet.

Lala se mostró desconcertada.

—Sube —ordenó Harriet—. Ya vamos con suficiente retraso.

Eufórica, la chica vampiro obedeció y se metió a presión en el asiento delantero, junto a Clawdeen.

—¡Yuhuuuu! —gritaron mientras Harriet tomaba la autopista y conducía a toda prisa hacia lo que podía acabar siendo el primer —y más catastrófico— error de la vida de Clawdeen.

Fue alucinante.

CAPÍTULO 21

TE VEO, NO TE VEO

El tren hizo su entrada en la estación de la Ciudad de Oregón con un rechinar de frenos.

—Una parada más y ya llegamos —anunció Billy.

Frankie se metió las manos en los bolsillos de sus jeans entubados negros y apartó la vista de la ventana. Por mucho que le emocionara la idea de llegar a Portland, ésta era la única parada en la que había estado pensando. El objetivo —pasar de largo sin soltar chispas— no sólo involucraba a sus dedos, sino también a sus recuerdos.

Los ojos oscuros y almendrados de Billy se entrecerraron de preocupación.

—¿Estás bien?

—Electrizante —acertó ella a decir, deseando que Billy dejara de preocuparse tanto y la besara de una vez. Entonces, Frankie asociaría la Ciudad de Oregón con sus labios, y no con los de Brett. Por fin podría pasar página.

Por desgracia, VisiBilly no era un chico al estilo "dar-el-primer-paso-en-un-tren". Al contrario que InvisiBilly, durante las últimas dos semanas, el nuevo Billy se había desvivido por demostrar que era un caballero. Y, en algún momento del recorrido, la amistad entre ambos había pasado a ser un cortejo.

Billy no podía empezar el instituto "oficialmente" hasta el semestre siguiente. Aun así, se presentaba en Merston High todos los días a las 15:35 con una rosa negra y se ofrecía a llevar a Frankie a casa. Ayudaba a Viveka a sacar las compras del coche. Y siempre le escribía un mensaje de texto antes de irse a dormir. Se reían menos, pero hablaban más. Al fin y al cabo, ahora que ya no era invisible, sus bromas no tenían ni la mitad de gracia. En vez de eso, un físico arrollador y un estilo elegante se habían convertido en su tarjeta de presentación. Y no había nadie más encantado con Billy que los padres de Frankie. Jamás le habrían permitido ir a Portland, al concierto de Lady Gaga, con Brett.

Ding. Ding.

Las puertas corredizas se abrieron. Frankie se negó a pensar en la última vez que las había franqueado. Se negó a prestar atención a esa sensación de caramelos que estallaban en el estómago. Se negaba a imaginar cómo se sentiría si Brett se subía al tren en ese instante. Se negaba…

Don't call my name, don't call my name, Alejandro…

Cuatro rubias artificiales se subieron al tren vociferando el estribillo de *Alejandro*. Ataviadas a juego con vestidos negros tipo camiseta y mallas turquesa, con GAGA escrito en rosa sobre el pecho, le recordaron a Frankie por qué estaba allí. De pronto, todo pensamiento de chicos, besos y panzas llenas de caramelos "con chasquidos" se quedaron atrás, en la Ciudad de Oregón, donde tenían que estar.

Aún cantando, las chicas Gaga se sentaron al otro lado del pasillo de Billy. Bronceado y de rasgos oscuros, vestido con *jeans* deslavados, camisa blanca con las mangas enrolladas y unos tenis deportivos gris y turquesa, era un espectáculo digno de ser contemplado. Pero ellas también lo eran. Estridentes, orgullosas y libres de inhibiciones, representaban todo cuanto Frankie aspiraba ser. Y todo lo que podría ser… al menos aquella noche. Sin dudarlo más, se sacó las manos de los bolsillos, se arrodilló en el asiento y se unió a la canción.

Don't wanna kiss, don't wanna touch…

Dando un codazo a Billy, lo animó para que cantara. Y cantó.

Un hombre pertrechado con un maletín dobló su periódico y se cambió de vagón. Lo tomaron como una invitación para cantar más alto. Al poco rato empezaron a llegar fans de todo el tren; cada uno de ellos era un homenaje andante al estilo inigualable de Lady Gaga. Billy, que no se equivocaba ni en una sola palabra de la letra, agitaba los brazos como si dirigiera una orquesta. De vez en cuando, hacía reír a Frankie con su falsete y luego volvía a cautivar a las otras chicas con su sonrisa reluciente.

Despreocupada y desinhibida, Frankie nunca se había sentido mejor. No pensaba en los RAD o los normis. En el peligro o la seguridad. En los escondites o las protestas. Nadie lo hacía. Por primera vez en su vida, nada de eso importaba. Su única preocupación consistía en divertirse.

Agarrada del brazo, la muchedumbre instantánea unida por la música de Lady Gaga entonó todas las canciones de *The Fame Monster* y la mitad de *The Fame* antes de llegar a la parada. Cuando el tren aminoró la marcha, se agruparon con nerviosismo alrededor de las puertas, preparados y dispuestos para el producto auténtico.

—Nunca te habría tomado por un monstruo —dijo una de las rubias del principio—. Pareces tan... *corriente.*

Billy soltó una carcajada. Frankie sonrió ante la ironía.

Había elegido su conjunto —botas de cordones negras, jeans entubados negros, suéter de cuello alto ajustado y chaleco de pelo (inspirado en el de Cleo)— con toda intención. Esta noche, ella sería la "normal". Tal vez entonces comprendiera de qué se asustaban tanto los normis. Pero, por la manera en que la habían aceptado, saltaba a la vista que el enfrentamiento "corrientes contra monstruos" no era la cuestión. La cuestión era conectar.

Billy descendió al abarrotado andén.

—¿Crees que el concierto será tan divertido como el viaje en tren?

—No creo que pueda serlo —respondió Frankie entre risas.

—Me alegro de que me hicieras aprenderme la letra de las canciones.

Frankie lo tomó de la mano.

—Yo me alegro de muchas cosas.

El Rose Garden Arena generaba más electricidad que una reunión familiar de los Stein. El estadio estaba cargado de alegría, y vibraba con la energía que provocaban más de un millar de cuerpos moviéndose al mismo ritmo. Frankie saboreó el momento como si fuera una comida *gourmet.*

Disfraz tras disfraz, canción tras canción, Lady Gaga mantenía al público electrizado de tal manera que a Billy le empezaban a caer gotas de bronceador en el cuello de su camisa blanca, un aleccionador recordatorio de lo diferentes que eran en realidad. Y no es que pareciera importarle, ni siquiera lo notaba. Rodeó a Frankie con un brazo y cantó *So Happy I Could Die* ("Tan feliz que podría morirme") con la alegría de quien acaba de salir de la cárcel.

Durante el estribillo, atrajo a Frankie hacia sí. Con gesto despreocupado, Frankie se lamió los labios y dejó que él la guiara. Billy se giró para mirarla cara a cara y sonrió como una estrella de cine. Ese cosquilleo que se produce justo antes de que dos personas entren en contacto, cuando sus respectivos cerebros se desconectan y el cuerpo se pone al mando, había comenzado. Unos cuantos caramelos con chasquidos le estallaron a Frankie en el estómago. La multitud que los rodeaba empezó a oscurecerse, a volverse confusa...

Entonces, Frankie soltó una risita.

Billy se echó hacia atrás; su expresión denotaba una mezcla de desconcierto y malestar.

—Lo siento —Frankie se volvió a reír—. No es nada...

—¿Estás segura?

Frankie asintió con convencimiento. Billy cerró los ojos y se inclinó hacia delante. Ella volvió a reírse.

—*¿Qué?*

—Lo siento —dijo Frankie, aún riéndose—. Es sólo que hasta la semana pasada eras, en plan... mi mejor amigo. Y ahora...

Billy la besó. Con fuerza al principio, como para demostrar un argumento; y luego con dulzura, como para demostrar su amor. Para alguien con tan poca práctica, parecía saber lo que hacía. Lo bastante como para hacer olvidar a Frankie el olor a caramelo quemado del bronceador en spray que Billy llevaba en la cara.

Ella reproducía los movimientos de él con precisión y destreza. Al igual que una robotizada adicta a la moda que copiara las tendencias sin añadir ningún toque de su estilo personal, Frankie estaba falta de inspiración. Aun así, siguió adelante, negándose a darse por vencida hasta que notara los fuegos artificiales. Porque Billy era perfecto para ella. Y ella era…

¡Bum!

De pronto, el cuerpo entero de Frankie empezó a sudar. La carne le quemaba; las mejillas se le encendieron. "¡Sí!". Se acercó aún más a él.

Billy se apartó hacia atrás.

—¿Qué fue *eso?* —su camisa estaba manchada de naranja. Gotas de sudor empezaron a desprenderse y, cuando se secó la frente, la dejó invisible. Se limpió el dorso de la mano en los jeans, dejando atrás otra mancha naranja, además de un espacio transparente en esa mano.

—Oh, oh. Billy, tu…

—Ya lo sé —cruzó los brazos sobre el pecho—. Tengo que empezar a invertir en productos buenos —comentó con tono despreocupado.

Frankie abrió de golpe su bolso de recarga eléctrica y le entregó su neceser de maquillaje.

—Toma.

—Qué oportuno —mascculló él, avergonzado. Y tenía todas las razones para estarlo. Una cosa era intercambiar saliva en público pero ¿intercambiar maquillaje?

—Igual deberías ir al baño —sugirió Frankie.

Antes de que Billy pudiera responder, los atacó otra oleada de calor. Billy, sin darse cuenta, se secó el otro lado de la frente. Frankie, notándose pegajosa a más no poder, dio por sentado que parecía un pedazo de pastel de vainilla y menta derretido. La conmoción en los ojos semiflotantes de Billy confirmó sus sospechas.

—¿Qué está pasando? —preguntó Frankie mientras se llevaba la mano a las costuras del cuello.

Billy le agarró la mano antes de que empezara a tirar.

—Larguémonos de aquí.

Frankie contempló la posibilidad de pelear por una canción más, pero le había prometido a sus padres que se mantendría alejada del peligro. Incluso en un concierto de Lady Gaga, dar saltos en público con la piel verde y un novio semiinvisible era como colgarse un cartel que rezara: PELIGRO.

Como cenicientas a medianoche, empezaron a correr hacia la intimidad de su calabaza. Pero su calabaza era un tren público.

Con la cabeza gacha, pasaron a toda velocidad entre chicas que llevaban gafas cubiertas de cigarrillos, latas de refresco a modo de rulos, bras fabricados con cinta de seguridad y tops de encaje transparente. Subieron las escaleras a paso de marcha y atravesaron la salida. De pronto, todo adquirió un brillo fluorescente. El hecho de cambiar el vibrante estadio por la tranquilidad de los pasillos con olor a palomitas resultaba discordante, como si te desenchufan a mitad de una recarga.

Por todas partes, los vendedores ambulantes de objetos de recuerdo de Lady Gaga los llamaban, tentándolos a medida que pasaban. Aun así, Frankie se negaba a mirar. El olor a palomitas había sido reemplazado por el de caramelo quemado a medida que la crema bronceadora de Billy iba pasando del cuerpo de Billy al suyo. Contempló la posibilidad de levantar la mirada para evaluar los daños sufridos por su amigo, pero entonces escuchó pisadas a su alrededor. Por el sonido, algunas parecían dirigirse a ellos dos. Frankie y Billy corrieron más deprisa y...

¡Zas!

Dos cuerpos masculinos colisionaron contra ellos. Uno llevaba botas de montaña superresistentes con los cordones chamuscados.

Frankie escuchó la voz de un chico:

—¡Guau¡ ¡Mira la cara de *friquis que tienen!*

Con los ojos bajos, Frankie apretó los puños. Contempló la posibilidad de asustarlo para que Billy y ella pudieran escapar.

Entonces, un segundo chico tomó la palabra.

—¿Stein?

Se puso a soltar chispas de inmediato.

—¿Brett? —levantó la mirada y volvió a soltar chispas.

—Anda —dijo Billy, tomándola de la mano—. Tenemos que irnos.

Frankie estaba de acuerdo. Tenían que marcharse. "¿Y por qué sigo aquí parada?".

—Oye, ¿hice esto con mi hipo? —preguntó Heath; sus pestañas y su pelo pelirrojo se veían chamuscados.

Billy bajó la vista al pecho, que se desvanecía por momentos. Se abrochó el primer botón de su manchada camisa con manos imperceptibles.

—¿Quién es este tipo? —preguntó Brett a Frankie, más preocupado por lo que veía que por lo que no veía.

—¿Quién crees *tú* que es? —espetó Billy, contestando en su lugar.

—¡Qué alucine! Phaedin, ¿eres tú? —los ojos de Brett, del azul de la mezclilla, se abrieron de par en par—. ¿Frankie? ¿Con éste le diste vuelta a la página? —su voz no sonaba arrogante, sino triste.

—Sí —soltó Billy.

—¡No! —soltó Frankie, en voz más alta—. Quiero decir, no me refiero a eso. Yo… —hizo una pausa, lamentando no ser ella quien se volviera invisible. "¿Qué quiero decir?".

Un guardia de seguridad montado en un patín eléctrico se acercaba a ellos emitiendo un zumbido.

—Tenemos que sacarlos de aquí —urgió Brett—. La hermana de Heath nos viene a recoger en coche, en la puerta.

Abrió el cierre de su sudadera azul marino, se la colocó a Frankie sobre los hombros y le puso la capucha para cubrirle la cara.

—Billy, quítate la camisa y…

—¿Qué pasa con su pelo? —señaló Heath.

—Tranquilo —repuso Billy, dando un paso atrás—. Unos segundos debajo del grifo y desaparecerá —su camisa manchada cayó al suelo. A continuación, los pantalones, calcetines y zapatos fueron dejando un reguero que conducía hasta el baño de caballeros.

El guardia de seguridad pasó rodando junto a ellos y les lanzó una mirada recelosa.

—Chicos, más vale que se vayan —dijo Billy levantando la voz al tiempo que se quitaba los pupilentes.

—¡Billy, espera! —Frankie reprimió un sollozo. "¿No te enfades? ¿No me odies? ¿Nunca tuve la intención de hacerte daño? ¿Podemos seguir siendo amigos? ¿Me perdonarás alguna vez? ¿Ojalá pudiera cambiar mis sentimientos? ¿Te mereces alguien mejor? ¿Me duele más a mí que a ti?". Qué típico sonaba todo eso—. No puedes quedarte aquí. Ven con nosotros. ¡Por favor!

—¿Y perderme la oportunidad de colarme en el camerino de Lady Gaga? Olvídalo.

Frankie se echó a reír a pesar de las lágrimas. "¿Por qué no consigo hacer que me guste?".

—¡Largo! —apremió el pelo castaño flotante—. Si se van ahora, seguramente llegarán a tiempo a la fiesta de Clawdeen.

Brett jaló a Frankie del brazo.

—¿Estarás bien? —intentó Frankie por última vez.

—Más que bien —repuso Billy mientras abría la puerta del baño—. ¿Vieron a esas bailarinas tan impresionantes? Puede que alguna necesite ayuda para cambiarse después del concierto.

—¡Ah, cómo me caes bien! —Heath se rio por lo bajo.

La culpa agarró el hueco del corazón de Frankie y lo apretó con fuerza.

—Esta noche ha sido electrizante —dijo con sinceridad.

—Ya lo sé —repuso Billy—. Sólo que no ha habido chispas.

Justo cuando la culpa se preparaba para apretar de nuevo, Brett agarró a Frankie de la mano y tiró de ella. Empezó a derretirse otra vez.

CAPÍTULO 22

CUESTIÓN DE PELO

Harriet tuvo que estacionarse en el callejón sin salida de los Stein porque la entrada del garaje de su casa estaba repleta. Y no es que a Clawdeen le importara. Llegar tarde a su propia fiesta ya era bastante malo y, encima, en una camioneta… "Aquí no me ven el pelo".

—¡Melody cumplió como la que más! —exclamó con entusiasmo mientras accedían a Radcliffe Way. La temperatura era más suave que en el hotel. ¿O le daba esa impresión tan sólo porque estaba a punto de reunirse con la gente que más quería?

—¡Nuestra calle parece un lote de coches de segunda mano! —comentó Lala entre risas mientras el asombro le hacía abrir de par en par sus ojos negros.

—Y pensar —musitó Harriet— que todos estos chicos están aquí para celebrar tu cumpleaños.

—¿Lo ves? —Clawdeen esbozó una sonrisa radiante—. Te dije que saldría bien.

De todas formas, mientras Harriet atraía a su hija hacia sí, rastrojos de pelo le atravesaban su blusa negra e irritaban los hombros desnudos de Clawdeen. Era un recordatorio más del riesgo que estaban corriendo. No sólo con la fiesta, sino también con la luna, cada vez más redonda. Pero ¿por qué pensar en eso cuando el ritmo electrónico de *The Time,* el tema de Black Eyed Peas, vibraba desde el jardín de los Wolf?

—¡Yuhuuuu! —aulló Clawdeen. Ella y Lala levantaron las manos por encima de la cabeza y empezaron a bailar y a cantar mientras recorrían la manzana.

I had the time of my life, and I never felt this way before.[2]

Clawdeen no podía haberse sentido más feliz. Cuanto más se acercaban, más ganas de correr le entraban. Pero Cleo siempre decía: "Los invitados de honor no corren; se presentan". De modo que Clawdeen y Lala decidieron no correr y *presentarse* emocionadas.

—Guau —dijo Clawdeen, deteniéndose. Docenas de bolsas con velas encendidas se habían colocado sobre el césped, iluminando el camino hacia la carpa, en el jardín posterior. Clawdeen las reconoció al instante: procedían de la fiesta de Nochevieja de los Nile, y sintió una enorme gratitud hacia Cleo (bueno, hacia sus criados) por haberse esforzado tanto. La escena recordaba a una de esas elegantes celebraciones de famosos que figuran en la revista *InStyle.*

—Qué preciosidad —dijo Harriet, admirando su jardín parpadeante.

De pronto, Clawdeen notó en el cuero cabelludo una sensación de tirantez… se mantuvo unos segundos… y luego desapareció. Otro brote de pelo. Sus rizos morenos se des-

[2] "Me divertí como nunca / jamás me había sentido así". *(N. de la T.)*

colgaron, rebotaron y luego se acomodaron más abajo de los hombros. Por suerte, su madre había estado demasiado ocupada admirando las velas como para darse cuenta. Si se hubiera percatado, ya estarían volviendo a toda prisa a La Guarida.

—¿Preparadas? —preguntó Clawdeen con rapidez.

Lala esbozó una sonrisa "vamptástica" y las tres se agarraron del brazo.

Rodeando el lateral de su casa, con un vestido confeccionado por ella misma y botines relucientes, guiada por las velas y el sonido del último sencillo de Bruno Mars, Clawdeen sintió el intenso deseo de regresar a su hogar, como Dorothy en *El mago de Oz*. Esa normi de Kansas tenía razón: en ningún sitio como en casa.

CAPÍTULO 23

AGUAFIESTAS

La carpa dorada arrojaba un resplandor majestuoso sobre los más de cuarenta invitados mientras *DJ* Duhman hacía sudar a la gente.

Su equipo consistía en un iPod táctil, un delgado cable negro, unos auriculares con micrófono y altavoces del tamaño de refrigeradores. Su "cabina" —un sepulcro chapado en bronce y cubierto de jeroglíficos, cuyas patas eran garras de león de laca negra— había sido relegada al extremo más alejado de la carpa porque Cleo juraba que apestaba a plátano. Y, por lo visto, Clawdeen no soportaba los plátanos.

"Confío en que le gusten las fiestas con ambientación egipcia y los aperitivos de Oriente Medio...".

—Tenemos otro concurso dentro de cinco minutos. ¡Empieza la cuenta atrás! —anunció Duhman. Rastas de colores caían descuidadamente, como globos desinflados, alrededor de su pálida cara mientras iba pasando por su lista de canciones, bajando el volumen de *The Time* y subiendo el de Bruno Mars.

Melody estaba sola, sentada en una mesa envuelta en oro, en una silla envuelta en oro, observando la escena. Bailar era la penúltima cosa que quería hacer aquella noche. La última era perder a Jackson. Al menos, todos los demás se estaban divirtiendo. Julia Phelps bailaba en cámara lenta junto a Haylee y el resto de las ex amigas de Bekka. Tres chicos RAD que reconoció de las reuniones en casa de Frankie habían formado una fila de conga con un trío de chicas normis de la zona libre de lactosa. Y brazos adornados con tintineantes pulseras se agitaban en el aire mientras cuerpos vestidos con coloridas telas de "lávese en seco" colisionaban pacíficamente. De acuerdo, la mayoría de los RAD no se había presentado, y los que sí estaban en la fiesta iban disfrazados. Aun así, para una ciudad supuestamente llena de "normis de mente cerrada", todos parecían mezclarse como el poliéster y el algodón.

Cleo empujó a Mason Unger con un dedo para sacarlo de la pista de baile. El patilargo jugador de basquetbol la siguió obediente con paso pesado, como un gran danés al que un niño ha sacado a pasear. Diez minutos con aquella belleza exótica y ya estaba colgado de ella, al igual que la guirnalda de joyas que le rodeaba el flequillo, la seda dorada que le rodeaba las piernas y el vestido mini, rojo rubí y sin tirantes, que le rodeaba las curvas.

Melody pasó corriendo junto al montaje de la exposición de fotos de Clawdeen a lo largo de los años y consiguió detener a la pareja antes de que se escabullera de la carpa.

—¿Alguna noticia? —preguntó a gritos por encima de la música atronadora.

Los tacones azul pavo real de Cleo se detuvieron con un chirrido junto a la mesa de regalos.

—Si tuviera alguna noticia, ¿crees que estaría con...? —ladeó la cabeza en dirección a Mason.

—No me refiero a Deuce —aclaró Melody—. Me refiero a Clawdeen. Confío en que esté bien. No me ha contestado a ninguno de los mensajes.

Cleo esbozó una sonrisa satisfecha.

—Tranquila, que no se te pongan las plumas de punta —respondió Cleo lanzando una broma a Melody a cuenta de su vestido cubierto de plumas y accesorios para el pelo a juego—. Deenie no va a permitir que nada le impida venir a la fiesta.

—Bueno, ya lleva más de una hora de retraso, y me parece que algunos de los chicos se empiezan a marchar.

—*Ka* —dijo Cleo, restándoles importancia con un gesto de su enjoyada mano—. Es lo que hacen los chicos. Se marchan. Acostúmbrate. Yo me acostumbré —dio un tirón de su gran danés y ambos se alejaron.

"¡No puedo acostumbrarme! Tengo que seguir intentándolo. Al contrario que tú, no pienso darme por vencida. No importa cuántas veces fracase. Al menos, aguantaré hasta mañana", quiso gritar Melody. Pero su derrumbe emocional tendría que esperar. Encontrar a Jackson seguía siendo la prioridad, aunque daba la impresión de que no quería que lo encontraran.

El plan consistía en pronunciar su discurso a favor de la integración durante un brindis de felicitación a Clawdeen. Tras unas palabras sobre los invitados de honor, Melody persuadiría a todos los presentes para que vivieran en armonía y lucharan por mantener a la señora J en Merston High.

Cleo le había contado que los aviones del señor D tenían que esperar a que el aeropuerto cerrara para poder despegar, de modo que pudieran volar bajo el radar. De acuerdo con las investigaciones de Melody, la salida del último vuelo "legal" estaba programada para más de tres horas después. Aún quedaba tiempo para manipular a la multitud, conseguir que acudieran en masa al aeropuerto McNary y detuvieran el avión. Si Clawdeen se presentara de una vez...

Melody se sujetó el estómago, que se le revolvía. Semejante estilo de vida cargado de suspenso le sentaba mal a la digestión. Lo mismo que el olor a cebolla-pasas-canela que emanaba de las fuentes preparadas por Beb y Hasina.

—A ver, fiesteros, ¿quién se apunta a otro concurso? —preguntó *DJ* Duhman.

—Yuhuuuu —respondió el gentío de mejillas encendidas. Todos los invitados, excepto una pandilla compuesta de seis chicos que se ocultaban junto a la exposición de fotos, le aseguraron al *DJ* que estaban preparados.

—¡Ja! ¡Me encanta! Bieeeen. A ver, señoritas, salgan ahí y encuentren a un chico... ¡Que las haga...! ¡Girar...! ¡La cabeza...!

Whip My Hair empezó a tronar por los altavoces. Las chicas se quitaron las ligas y los pasadores de sus respectivos peinados. Para cuando llegó la letra de la canción, estaban girando sus rizos a una velocidad de vértigo, al estilo de Willow Smith. Un poco más de fuerza y la carpa habría salido volando por los aires.

Melody no pudo evitar preguntarse qué estaría haciendo si Jackson estuviera allí. Dado que ninguno de los dos era aficionado a ninguna clase de giros, seguramente se habrían quedado en la línea de banda, riéndose, mientras las mareadas concursantes perdían el equilibrio y chocaban entre sí. O eso, o bien…

—¡Lobo! ¡Lobo! ¡Lobo! —coreó la pandilla de seis.

"¡Clawdeen! ¡Lo logró!".

Cuanto antes Melody saludara a la protagonista del momento, antes podría hacer su brindis y evitar que despegara el avión de la señora J. Sus motivos eran un tanto interesados, aunque sólo a corto plazo. A largo plazo, su esfuerzo para unir a Salem los beneficiaría a todos.

Melody hizo señas a Cleo, que estaba junto al olmo cercano a la carpa, para que se acercara.

—¡Ya llegó!

La momia levantó un dedo al estilo de "espera-un-segundo". Estaba al teléfono, paseando de un lado a otro mientras Mason se apoyaba en el tronco cubierto de oro, hurgándose las uñas.

—¡Lobo! ¡Lobo! ¡Lobo!

A pesar de la llegada de Clawdeen, la pista de baile seguía abarrotada. Melody volvió a hacer señas a Cleo, quien respondió señalando su teléfono y, luego, levantó los pulgares. Deuce había llamado por fin, y la sonrisa de Cleo era tan radiante que proyectaba un foco de luz sobre el hecho de que aquel no era el caso de Jackson.

*Don't let haters keep me off my grind, keep my head up and I know I'll be fine…*3

La canción estaba a punto de terminar. Lo único que Melody tenía que hacer era saludar a Clawdeen y conseguir la atención de todos antes de que el *DJ* pusiera la siguiente. Entonces podría soltar su discurso y todavía le quedaría

---

[3] "No permito que quienes me odian me saquen de mi rutina, mantengo la cabeza en alto y sé que estaré bien…". *(N. de la T.)*

tiempo más que de sobra para llevar a todo el mundo al aeropuerto y detener el avión de la señora J.

Con renovada urgencia, se apresuró hasta la pandilla de seis normis cantores. No tardó en darse cuenta de que eran parte de la brigada de farsantes que había saboteado la petición de Melody poniendo nombres falsos. Pero ella se mordió la lengua. Ya les daría una lección en su momento.

—Perdonen —dijo mientras se adentraba con dificultad en el apretado grupo que formaban. La belleza de pelo moreno no estaba por ninguna parte. Al menos, no la de carne y hueso. Sin embargo, la versión fotográfica se veía por todas partes, montada en un lienzo gigantesco. Clawdeen de recién nacida, con la cabeza calva; de varios meses, con el dedo en la boca; de niña orejuda que empezaba a caminar; disfrazada de superhéroe; de bailarina de tap; de preadolescente, con un cinturón de herramientas. Cada una de las fotos era más adorable que la anterior. Al menos, las fotos habían sido adorables antes de que llegaran los chicos. Pero el bolígrafo que antes estuviera atado al libro de firmas se había utilizado para dibujar uñas largas en las manos de Clawdeen. Puntiagudos dientes le salían de la boca, y garabatos que semejaban al pelo le cubrían la cara.

Melody tragó saliva en un intento por no vomitar la crema de berenjenas. ¿Cómo había podido permitir que sucediera?

—¡Lobo! ¡Lobo! ¡Lobo! —coreaban los chicos a gritos. Habían pasado a la foto de Clawdeen en su graduación de secundaria. Un chico con un polo manchado de sudor en las axilas había dibujado una luna llena sobre su cabeza y estaba añadiendo una ardilla que le colgaba de la boca.

Por fin, Cleo llegó a la carrera, sujetando en el puño unos aretes de esmeraldas.

—¿Dónde está? —vociferó, con el teléfono todavía en la oreja. Entonces, vio las fotos—. Ay. Geb. Mío —murmuró, y colgó el teléfono.

Melody apartó la vista, avergonzada. Sabía perfectamente lo que aquellos normis sentían hacia los RAD. Sus firmas falsas lo habían dejado bien claro. Aun así, ella los había convencido de acudir a la fiesta. No para agradar a Clawdeen, sino para agradarse a sí misma. No para salvar a la señora J, sino para salvar su relación con Jackson.

Melody no soportó más quedarse al margen, mirando. Ordenó a los chicos que pararan. Sin embargo, no la oían por encima de la voz del *DJ*, que apremiaba a los concursantes a "girar como un trompo".

—¡Quietos! —probó Melody otra vez. Pero los chicos siguieron dibujando. Sólo se quedaron quietas las tres recién llegadas que se encontraban detrás de ellos.

La señora Wolf, Lala y Clawdeen.

CAPÍTULO 24

CONTRAATAQUE

—¡Mis fotos! —gritó Harriet mientras con sus ojos marrón anaranjado buscaba a alguien a quien culpar.

Clawdeen no tuvo que ver los manchones de tinta en las yemas de los dedos de Colton Tate para saber que era el culpable. Junto con Darren, Tucker, Rory, Nick y Trevor, la había estado atormentando desde que Clawdeen se uniera a su preciado equipo de atletismo de Merston High. Nunca los habría incluido en la lista de invitados. ¿Qué hacían allí? Le lanzaban escupitajos al pelo, chocaban contra ella "sin querer" e incluso pegaban en su casillero burdos dibujos de anatomía masculina. Cleo insistía en que los seis a la vez estaban enamorados de ella, pero Clawdeen tenía mejor criterio. Como al entrenador Paige le gustaba decir, corría más deprisa que los mocos de un niño. Y eso hacía que los chicos se sintieran más desechables que un pañuelo de papel. Pero ¿por qué no podían haberla dejado en paz, sólo por una noche? En cambio, se giraron en dirección a la abarrotada pista de baile, fingiendo inocencia con ojos como platos, silbidos despreocupados y las manos metidas en los bolsillos delanteros de sus jeans.

—Ay, Geb mío, sé exactamente cómo te sientes —dijo Cleo, tirando de Clawdeen para darle un abrazo impregnado de ámbar—. Llevas tanto tiempo esperando esta fiesta, y aunque está siendo un éxito total y la decoración está de lujo, tenía que pasar algo *así* —hizo un gesto hacia la exposición de fotos— y echar a perder tu gran momento.

Clawdeen abrazó a Cleo con más fuerza.

"Sí, así es exactamente cómo me siento".

—Es como lo mío con Deuce. Llevo esperando una eternidad a que me llame y, cuando por fin lo hace, veo tus fotos estropeadas y, sin querer, le cuelgo. Así que mi gran momento también se ha echado a perder.

Clawdeen se separó y lanzó una mirada furiosa a los ojos de su amiga, del color del topacio. "¿Deuce? ¿Ahora me sales con Deuce?", preguntaban sus cejas enarcadas.

Cayendo en la cuenta, Cleo se mordió el labio inferior como pidiendo perdón y abrió la mano.

—¿Aretes?

Dos esmeraldas espectaculares con forma de pera, engarzadas en hilo de oro, hicieron un guiño de buenas intenciones. Pero Clawdeen apartó la mirada. Las joyas eran demasiado fabulosas para su estado de ánimo.

Bajo su precioso vestido envolvente cosido por ella misma, con brillo iridiscente y un fajín metálico negro, un caleidoscopio de emociones se revolvía y entrechocaba. La rabia impactaba contra la frustración; la frustración golpeaba a la devastación; la devastación atizaba al remordimiento; luego, el remordimiento se unía a la vergüenza y la sensación de engaño asestaba un puñetazo en el corazón de Clawdeen. Lo único que podía hacer era quedarse mirando sus profanadas fotos de la infancia y resistir el impulso de ponerse a llorar.

Lala agarró a su amiga con fuerza, tratando de sacarle una reacción a base de zarandearla, como quien hace caer un refresco atascado en una máquina expendedora.

—Deenie, di algo.

Pero Clawdeen no era capaz de hablar. Las palabras traerían consigo las lágrimas. Y nada dice "tú ganas" con más claridad que una cara llena de manchas de rímel y un modelazo salpicado de sal.

Harriet empezó a arrancar las fotos del lienzo. Las uñas le habían crecido desde que salieran del hotel, lo que le estorbaba al agarrar las chinchetas doradas. Pero siguió insistiendo; era evidente que necesitaba algo a lo que echar las garras.

El *DJ* nombró a Haylee ganadora del concurso de "desmelenadas" y puso la versión de *I'll Stand By You,* "Estaré a tu lado", del reparto de *Glee* (y eso que Clawdeen le había enviado un correo electrónico para decir que no quería canciones lentas antes de las diez). Todo el mundo abandonó la pista de baile. Uno a uno, sus amigos se fueron acercando y le ofrecieron sudorosos abrazos con olor a desodorante, felicitaciones de cumpleaños y cumplidos por su vestido.

Clawdeen aceptaba los gestos con elegancia, pero le costaba mover la boca para sonreír. El corazón le resultaba demasiado pesado. Tiraba hacia abajo de todo lo demás.

—¡Eh! ¿Dónde se fueron todos? —preguntó *DJ* Duhman—. Vamos, *I Want You Back,* ¡quiero que vuelvan!

La antigua canción de los Jackson Five sonó por los altavoces con un estallido y todos corrieron a la pista de baile entre expresiones de placer.

—Lo siento mucho —dijo Melody Carver, con sus ojos grises abiertos como platos a causa del horror—. Es culpa mía.

Su vestido estaba cubierto con las plumas más lujosas y arrebatadoras que Clawdeen había visto en su vida. Aun así, el emplazamiento de las mismas dejaba mucho que desear; demasiadas alrededor del cuello y no las suficientes bordeando el dobladillo. Aunque no era nada que una experta en manualidades y una máquina Singer no pudieran solucionar.

—¡Qué fuerte! ¿Te las pusieron ellos? —preguntó Lala, preocupada—. Eso está muy mal.

—No, son mías —repuso Melody, y luego se puso a hablar de una solicitud, y de Jackson, y de cómo podía conseguir que las cosas se arreglaran para todos—. Mi plan era reunir a todo el mundo y luego usar mi poder y convencerlos para que aceptaran...

—¿Poder? —se extrañó Lala—. ¿Qué poder?

—Mi voz —susurró Melody, señalando su largo cuello—. Consigo que la gente *haga cosas*...

—Es verdad, no dejen que sus zapatos los engañen —intervino Cleo mientras señalaba los tenis negros de tobillo alto de Melody—. Esta chica es la bomba.

La tensión fue aumentando tras las yemas de los dedos de Clawdeen.

—Melody, ve —dijo Cleo mientras le daba un codazo en dirección al grupo de chicos atletas—. Oblígalos a disculparse con Clawdeen.

—Sí, claro —Clawdeen puso los ojos en blanco, a sabiendas de lo mucho que a esos chicos les gustaba humillarla.

Lala se mordió la uña del pulgar.

—Ve —apremió Cleo.

Melody pareció pensárselo unos instantes. Acto seguido, irguió los hombros y se dirigió hacia ellos con decisión; sus cordones a medio atar se iban arrastrando a su lado. Dio unos golpecitos en la espalda de Rory. Éste se giró para mirarla. Le susurró algo al oído y luego hizo lo mismo con Tucker, Nick, Trevor y Darren. Uno por uno, se acercaron a Clawdeen y le pidieron disculpas por estropear sus fotos. Se disculparon por los escupitajos, los dibujos obscenos, los empujones en la cafetería y por su mal comportamiento en general.

Clawdeen se quedó parada frente a ellos, muda de asombro. Definitivamente, Melody tenía un don.

—¡Eh! ¿Cuándo llegaste? —preguntó Colton, cuyos pequeños ojos brillaban con picardía. Venía de la pista de baile.

El corazón de Clawdeen empezó a bombear Red Bull, en lugar de sangre. La piel de la nuca se le tensó. Colton era el peor de todos.

—Eh, chicos —jadeó él mientras se secaba la sudorosa frente con la manga de su camisa—. ¡La invitada de honor ya está aquí! —y luego—: Demos unos aullidos para...

—¡Madre mía! —gritó Nick—. ¡Mírale el cuello!

—¡Parece una mascota crecepelo!

—¡Necesita un rastrillo!

El cuero cabelludo de Clawdeen se contrajo y, luego, cedió. Rizos castaño rojizos rebotaron y se asentaron sobre su clavícula.

Los chicos empezaron a sacar sus respectivos celulares.

—¡A la CNN le va a encantar!

—¡Y a Animal Planet también!

—Mmm, señora Wolf —llamó Cleo, levemente atacada por el pánico. Nadie, excepto la familia de Clawdeen, había presenciado jamás la transformación de ésta. Ni siquiera sus mejores amigas.

Harriet se apartó de las fotos y ahogó un grito. Pero Clawdeen sólo podía lanzar miradas furiosas a los chicos y gruñir. Una pasada con las uñas y les dejaría cicatrices de por vida. Un empujón, y se quedarían tumbados boca arriba en la pista de baile. Un rugido, y empezarían a llamar a gritos a sus madres, suplicando que les cambiaran los pañales. Con sólo imaginarlo, Clawdeen notó que su corazón recuperaba ligereza. Sonrió. Sería la última vez que la molestaran, eso seguro.

Lala agarró a Clawdeen del brazo.

—Vamos a sacarte de aquí.

—¡No! ¡Espera! —se negó Clawdeen, manteniéndose firme. Estaba harta de esconderse. Los Wolf llevaban generaciones evitando las transformaciones en público, eran lo que más temían. Pero ¿por qué? Corrían más, peleaban mejor y escuchaban a escondidas con más facilidad que cualquier normi que se les pusiera por delante. Sólo su metabolismo era capaz de hacer que Hollywood se hincara de rodillas. ¿No eran ellos los que tenían el poder? ¿No deberían los normis tenerles miedo a *ellos?*

—¡Nos vamos! —declaró Harriet mientras levantaba a su hija por la cintura y la sacaba de la carpa a toda velocidad. Lala y Cleo las siguieron.

—¡Bájame! —Clawdeen se contoneaba, recordando cómo Clawd la había sacado de casa de Cleo unos días atrás de la misma manera humillante—. He dicho: ¡BÁ-JA-ME!

Sin dejar de retorcerse, se las arregló para liberarse junto al olmo forrado de oro.

—¡Mira! —Harriet le entregó el espejo de una polvera.

Lala y Cleo permanecían a su lado, atacadas por una hemorragia de nervios. Pero Clawdeen se mostraba extrañamente tranquila mientras contemplaba su reflejo por segunda vez aquella noche. Sólo que ahora tenía el cuello rodeado de un fastuoso pelaje castaño rojizo. Los rizos le llegaban hasta el borde del bra incorporado a su vestido. Y sus uñas alcanzaban el tamaño de las de Rihanna. Le vino a la mente la canción de ésta: *What's Not To Love?* ("¿Hay algo que no te guste?").

—Vamos, Deenie, ya cometiste tu gran error. ¿Nos podemos ir? —ordenó Harriet, cuyos ojos iban adquiriendo un tono más anaranjado y menos marrón. Ella también estaba a punto de iniciar su transformación.

—¿Por qué, mamá? Todo el mundo lo sabe. ¿Qué sentido tiene...?

—¡Eh! —saludó una alegre voz desde el sendero iluminado con velas. Frankie Stein caminaba hacia ellas a toda velocidad, con los brazos abiertos para abrazarlas. Brett y Heath iban unos pasos por detrás—. ¡Feliz cumpleaños! Sentimos llegar tarde. Estuvimos en el concierto de Lady Gaga, y luego tuvimos que pararnos para retocar mi maquillaje, y... —sus dedos soltaban chispas. Se detuvo, y los brazos abiertos se le desplomaron a ambos costados—. ¡Tu pelaje!

—Ya lo sé —Clawdeen soltó una risita—. Salió así, sin más.

—Estos aretes te quedan que ni pintados —declaró Cleo mientras abría la mano.

Esta vez, Clawdeen los agarró.

Harriet cruzó los brazos sobre el pecho y soltó un suspiro. Sonó como un leve rugido.

—Feliz cumpleaños —dijo Brett con voz tímida.

—Sí —Heath saludó con la mano—. Feliz cumpleaños.

Clawdeen, Lala y Cleo intercambiaron miradas.

Frankie tomó a Brett de la mano.

—Tranquilas. Es de los buenos.

Lala sonrió con alivio; sus colmillos ultrablancos relucían bajo la luz de la luna.

De repente, unas notas penetrantes que conocían bien resonaron por el jardín. Algo que le recordaba a un cohete le salió disparado de los pies hasta el cerebro. El *DJ* estaba poniendo la canción del grupo de amigas.

—¡Aaah! —gritó Lala.

—¡Aaah! —respondió Clawdeen.

—*If you're one of us then roll with us* —"Si eres de los nuestros, baila con nosotros", rapearon al ritmo de Ke$ha.

Sonó el teléfono de Cleo. Era Deuce. Respondió a toda prisa y gritó:

—Te llamo luego —después, colgó. Acto seguido, se puso a cantar—: *We are runnin' this town...* — "La ciudad es nuestra...".

Frankie se unió al estribillo:

—*You don't wanna mess with us...* — "No te atrevas a meterte con nosotros...".

Y antes de que supieran qué estaba pasando, Clawdeen había agarrado a sus amigas y corría con ellas a través del césped hacia la pista de baile. Por fin iba a hacer lo mismo que sus primos europeos: soltarse el pelo.

Abriéndose paso a empujones entre una gigantesca masa de cuerpos que bailaban sin parar, Clawdeen aterrizó en medio de la pista justo a tiempo para el estribillo.

Cantaron lo más alto que podían, y sus voces se mezclaban con las de las docenas de quienes las rodeaban. Los chicos atletas documentaban la escena con las cámaras de sus respectivos celulares pero, en lugar de ocultarse, las amigas les ofrecieron exactamente lo que ellos buscaban. Lala dedicó una amplia sonrisa a las diminutas lentes, Clawdeen hizo girar su pelaje y Frankie se quitó el maquillaje y se limpió en las ajustadas camisas de los chicos. Al poco rato Brett estaba bailando a su lado y la ayudó a eliminar los últimos restos de la pasta color carne detrás de las orejas. Haylee se abrió camino hasta el círculo y consiguió colocarse al lado de Heath. Una lengua de fuego le salió a éste de la boca, y todo el mundo soltó una ovación. Harriet se encontraba entre ellos. Frankie levantó los dedos por encima del gentío y fue soltando chispas al ritmo de la música. Los atletas formaron un círculo alrededor de Clawdeen mientras ella brincaba. También se pusieron a bailar.

Las canciones se fueron fundiendo una con otra y la fiesta no daba señales de perder fuerza. Llegaron los hermanos Wolf, gracias a una llamada por parte de Harriet, con órdenes estrictas para que se desmelenaran. Una vez que todo concluyó, *DJ* Duhman se había apuntado tres horas extras.

Clawdeen prometió a su madre que dedicaría los ahorros de toda su vida a pagar los gastos adicionales, y Harriet consintió. Al fin y al cabo, seiscientos dólares era un pequeño precio que pagar por la libertad.

La vida volvía a ser normal. Sólo que todo había cambiado.

Billy no podía imaginar nada más deprimente que regresar a Salem sólo, invisible como de costumbre. Cada chirrido y siseo del tren le torturaría, cruel recordatorio de que la vez anterior no había percibido esos sonidos. ¿Cómo podría haberlos notado? Se lo estaba pasando demasiado bien.

Había contemplado la posibilidad de pedirle a Candace que lo recogiera, pero Frankie se había quedado con su teléfono. Al menos, eso se decía a sí mismo. Lo cierto era que le daba demasiada vergüenza. ¿Cómo explicar una batida en retirada a una chica que jamás había perdido?

Así que, tras un rápido enjuague de pelo, Billy corrió como un loco para colarse a escondidas en el coche de la hermana de Heath y volver a casa con el grupo.

Apretujado en el asiento trasero del coche de Harmony, aplastado contra la fría ventanilla, se sentía como un insecto que el señor Stein podría haber encajado entre dos platinas de cristal para examinar bajo el microscopio. Sólo que peor. Al menos el insecto estaría muerto, y no tendría que escuchar a Frankie besando a otro chico entre risas.

Quería odiarla. Deseaba poder odiarla. Pero para cuando llegaron a Radcliffe Way, la amaba todavía más. Y quería matar a Brett un poco menos.

Se daba cuenta de que Frankie y Brett se gustaban mucho mutuamente. Siempre había sido así. El tiempo que habían pasado separados fue una herida de guerra. El interés de Frankie por Billy no era más que un placebo para su propio sufrimiento, impulsada por el consejo de Viveka sobre limitarse a los de su propia clase. Costaba escucharlo, pero valía la pena saberlo.

Billy también se enteró de que Frankie lo consideraba su mejor amigo, e insistió en que Brett estuviera de acuerdo con esa relación. Brett prometió aceptarla. Dijo que Billy siempre le había caído bien, aunque sabía que el sentimiento no era precisamente mutuo.

Si Billy tan sólo pudiera decirle que ahora sí era mutuo.

Harmony los había dejado en casa de Clawdeen, donde Frankie y Brett se habían pasado la última hora bailando e intercambiando chispas; las chispas que Frankie y Billy nunca habían compartido.

Observó desde la distancia cómo sus amigos, por fin, adoptaban una posición firme. Unidos como comunidad, dejaban volar libremente sus banderas de *friquis*. Se trataba del fin de una era y el comienzo de otra nueva. Cualquier cosa resultaba posible, simplemente porque nadie podía demostrar que no lo fuera.

Inundado de esperanza, Billy no pudo evitar preguntarse lo que sería besar a una chica que quisiera devolverle el beso. ¿Sería una normi, o una RAD? ¿Le gustaría el bronceado de spray, o preferiría el estado natural de Billy? ¿Le...?

De pronto, empezó a sonar *Invisible,* la canción de Ashlee Simpson.

Billy se echó a reír. Candace se había estado burlando de él con esa canción desde el día en que se conocieron. Se la dejaba en el buzón de voz, la ponía a todo volumen en el coche, la cantaba mientras caminaban juntos por la calle y se maravillaba ante la reacción de los desconocidos. Sonrió; ya no le daba vergüenza.

—¿Qué te hace tanta gracia? —alguien soltó una risita.

—¿Quién eres? —preguntó él, mirando a su alrededor. Billy se llevó una mano al pelo. "¿Me habré dejado una mancha?".

Se escuchó un siseo. Como un neumático que se desinfla o un bote de *spray* para el pelo. Segundos después, una chica apareció junto a él. O, más bien, la cara de una chica. Tenía pálidos ojos azul hielo y labios carnosos. Un pequeño mechón de pelo violeta le rozaba la mejilla.

—Soy Spectra —dijo con una sonrisa; luego, se desvaneció. Con otro siseo, apareció su mano, extendida. Una vez que se estrecharon las manos, la de Spectra desapareció.

—¿A poco puedes verme? —preguntó Billy, asombrado. Luego, cayendo en la cuenta, rápidamente se tapó...

—¡No! —ella volvió a reírse—. No te preocupes, sólo veo un bulto de calor. A menos que te rocíe con spray. En ese caso...

—¡No! —Billy dio un paso para alejarse de la voz—. Nada de spray... al menos del cuello para abajo.

—Eso está hecho —dijo ella, pulverizando una llovizna con olor a galleta sobre su cara.

—¿Qué es ese líquido?

—Huele bien, ¿verdad? —observó ella mientras volvía a rociarse la cara para que Billy pudiera verla sonreír—. Hasta el momento he tenido treinta y tres olores diferentes. Yo… —se sonrojó y, luego, perdió color—. Guau, no eres…

—¿Qué?

—… nada feo.

—¿Por qué? ¿Pensabas que lo sería?

—No sabía qué pensar.

—¿Has estado pensando en mí? —preguntó Billy, agradecido de que Spectra no pudiera ver su gigantesca sonrisa.

—Sólo desde aquella broma tuya.

—¿Cuando me disfracé de Frankie y fui a ver a Brett al hospital?

—No. Cuando le ataste los cordones de los dos zapatos al señor Barnett.

De haber podido, Billy se habría puesto a soltar chispas.

—¿Te refieres a segundo de secundaria?

—Sí.

—¿Quieres bailar? —le preguntó.

—Creí que no me lo ibas a pedir nunca —respondió ella. Daba la impresión de que sonreía.

En efecto, se trataba del principio de una nueva era.

CAPÍTULO 25

INTERCAMBIO DE CHISPAS

Frankie y Brett decían adiós con la mano mientras otro coche lleno de invitados se alejaba por Radcliffe Way. En las mejillas de Frankie, libres de maquillaje, el aire nocturno se notaba diferente; era como lavar los platos a mano, pero sin guantes.

—Todavía no creo que puedan ver tu cara verdadera —comentó Brett, sin dejar de despedirse. Rodeó con el brazo los hombros de Frankie y empezaron a recorrer la cuadra paso tranquilo en dirección al callejón sin salida—. Tiene que haber sido la mejor noche de tu vida.

—¿Por qué? —preguntó Frankie, que columpiaba su máquina portátil de recarga eléctrica—. ¿Porque regresamos?

Brett se rio por lo bajo.

—Sip.

Pero Frankie sabía que se refería a una noche que había comenzado con un concierto de Lady Gaga y acabado con una fiesta sin precedentes; una fiesta que había permitido que los RAD se desinhibieran delante de los normis. Era lo que Frankie siempre había deseado. Aun así, por alguna razón, estaba inquieta, insatisfecha. Como si no se mereciera su buena suerte. Al igual que una adolescente ociosa que hereda una fortuna o una celebridad que ha alcanzado la fama en un *reality*.

Brett se detuvo.

—¿Qué pasa? —preguntó, examinando la cara al descubierto de Frankie.

—No puedo creer que Billy se lo perdiera —respondió. Deseó que su amigo hubiera estado en la fiesta—. Espero que esté bien —lo que en realidad quería decir era que esperaba no haberle destrozado el corazón. Aunque, por la manera en que Brett la miraba, era evidente que lo había entendido.

—Sé lo que se siente cuando se echa de menos a Frankie Stein —suspiró y la tomó de la mano—. No es nada fácil.

—¿Se supone que eso va a hacer que me sienta mejor? —preguntó ella, retirando la mano.

—No, me imagino que no —Brett se rio entre dientes—. Me refiero a que eres una buena amiga y Billy tiene la suerte de contar contigo. Y lo sabe. En cualquier caso, ningún hombre quiere salir con una chica que no esté interesada en él. O sea, que le hiciste un favor. En serio.

Frankie agradeció a Brett sus intentos por hacer que se sintiera mejor, pero lo único que aliviaría el dolor en el hueco de su corazón sería enterarse de que su amigo se encontraba bien. Además, el sentido de culpabilidad por lo de Billy no era más que la mitad del problema.

—¿Crees que soy una fracasada? —preguntó, deseando haber sido lo bastante fuerte como para ocultar sus inseguridades. Pero había algo en Brett que la hacía sentirse a salvo. Tal vez fuera el color de sus ojos; al igual que la mezclilla, mantenía la promesa del tiempo.

—*¿Una fracasada?*

Frankie recordó la conversación entre sus padres que había escuchado el mismo día que nació:

—Es tan hermosa, con tanto potencial y... —su madre sollozó—. Me parte el corazón que tenga que vivir..., ya sabes..., como nosotros.

—¿Y qué tiene de malo? —replicó su padre. Aunque algo en su voz daba a entender que conocía la respuesta.

Viveka soltó una risita.

—Estás bromeando, ¿verdad?

—Viv, las cosas no van a seguir así eternamente —declaró Viktor—. Los tiempos cambiarán, ya lo verás.

—¿Cómo? ¿Quién va a cambiarlos?

—No lo sé. Alguien lo hará... por fin.

—Bueno, pues confío en que sigamos estando aquí para verlo —repuso ella con un suspiro.

—Se suponía que yo iba a ser esa persona —explicó Frankie al tiempo que se sujetaba la mandíbula para no llorar—. Se suponía que iba a cambiar las cosas para ella. Pero cada vez que lo intentaba, metía la pata.

Brett le levantó la barbilla para mirarla a los ojos.

—Esta noche los RAD y los normis estuvieron juntos. Justo como quería tu madre.

—Sí, pero yo no tuve nada que ver. Fue cosa de Clawdeen. Yo estaba demasiado ocupada pensando en chicos, en conciertos, en divertirme, en...

—¿No se supone que es eso en lo que tienes que pensar?

Frankie reflexionó sobre los programas televisivos, las películas y los libros para las chicas de su edad. Brett tenía razón. Los chicos, la música y la diversión tenían un papel protagonista. ¿Cambiar el mundo sin ayuda de nadie? No tanto.

—Además, ¿no crees que lo que hiciste contribuyó a que esto fuera posible? Tú eres la chispa que lo puso en marcha, Frankie —Brett le apartó de la cara un mechón suelto—. Esta noche, cuando estábamos bailando, ¿eras feliz? —preguntó. La luz de la luna se reflejaba en sus crestas negras.

"¿No es para comérselo? ¡Chispas!".

Frankie recordó cómo se quitó el maquillaje al ritmo de Ke$ha y se arrancó las mangas de la blusa al ritmo de Pink, en cómo chasqueaba los dedos y soltaba relámpagos blanquecinos por las yemas, y cómo se acarició con su novio normi y se fue derritiendo poco a poco a medida que las manos de Brett le rozaban los tornillos.

—Fue el rato más electrizante de mi vida —respondió.

—Entonces, *sí* le diste a tu madre lo que quería —concluyó Brett.

Frankie se puso de puntitas y lo besó. Su cara verde pegada a la cara blanca de él. En mitad de Radcliffe Way, mientras un coche tras otro pasaba de largo.

¿Y lo mejor de todo? A nadie parecía importarle en lo más mínimo.

CAPÍTULO 26

REENCUENTRO

Sucedió exactamente igual que en los dibujos animados. Sólo que en vez de un conejo de la suerte que siguiera el rico olor a mantequilla de los pasteles recién horneados, Melody se dejó guiar por una melodía.

Comenzó suavemente, como un bostezo poético. Y se fue ampliando hasta convertirse en una serie de notas evocadoras, dilatadas, que duraban lo que un suspiro y luego iban desapareciendo como el humo. Denotaban la naturalidad de la respiración, pero también la genialidad de la poesía. "¿Podrá oírlo alguna otra persona de la fiesta?". Parecía improbable, ya que la música sonaba a todo volumen. Entonces, ¿por qué Melody sí lo percibía?

Harriet había arrastrado a Clawdeen para llevársela de la fiesta. Melody había comenzado a seguirlas en dirección al olmo...

Pero la música empezó a calar en ella. Se le metía por los poros, como si sudara al revés. El volumen subía y bajaba... subía y bajaba... manteniendo el ritmo exacto de la subida y la bajada del abdomen de Melody. Su corazón se había convertido en el metrónomo de la melodía y ésta, en la dueña de Melody. Y su dueña deseaba que se marchara de allí.

Agradable pero firme, la melodía la fue llevando como la corriente de un río tranquilo. Melody siguió su llamada caminando por Radcliffe Way. Sus pensamientos ya no rebotaban entre Jackson y Clawdeen. La música era lo único que escuchaba. Lo único que deseaba escuchar. Su mente estaba vacía, en paz. Podría haber seguido aquel sonido durante días.

Sin embargo, desapareció en el momento en que llamó a la puerta de la casa blanca de estilo campestre. El río tranquilo se convirtió en un mar tormentoso que zarandeaba sus pensamientos como marineros de funesto destino.

"¿Qué hago aquí?".

La mujer de los ojos verde mar era la última persona a la que deseaba ver. Llegado ese punto, un discurso al estilo "ya-te-lo-dije" era inútil. Melody conocía muy bien la fragilidad del porvenir. Había observado cómo se derrumbaba sobre Clawdeen. La partida de Jackson sería el castigo cósmico de Melody. Y ella lo aceptaría sin chistar.

Mientras se daba la vuelta para marcharse, la puerta se abrió. Sorprendentemente, los ojos que la saludaron eran color avellana.

—¿Melody?

—¿Señora J? —repuso ella. Y luego—: ¡Ay, Dios mío, señora J! —sin importarle la posibilidad de estarse extralimitando, se acercó a la mujer para abrazarla—. ¿Qué hace aquí? ¿Esto es real? ¿Es usted real? —preguntó, sin soltarla.

—Sí, es real —respondió entre risas la señora J.

—Pero ¿cómo...?

—Estábamos a punto de despegar cuando me llegó un mensaje del señor D. Por lo visto, todo el mundo está dispuesto a adoptar una postura firme —esbozó una sonrisa; su lápiz labial rojo mate se veía impecable, como de costumbre—. Y ya sabes lo que dicen de la seguridad que da estar en un grupo numeroso.

"¿Por qué no me lo dijo Jackson? ¿Por qué él no...?".

—Jackson está en la ducha —añadió la señora J—. Si quieres, puedes pasar y esperarlo. Creo que se alegrará de verte.

—No se preocupe —dijo Melody, cansada de sentirse patética. Si Jackson hubiera querido hablar con ella, la habría llamado. Y no lo había hecho—. Las cosas se han salido un poco de control en casa de Clawdeen, así que...

—Melody, no fue culpa de Jackson.

—¿Cómo? —repuso ella, recobrando la esperanza con un destello como de luciérnaga.

—Fue mi culpa —la profesora suspiró—. Lo estuve sometiendo a oleadas de calor durante dos semanas seguidas.

—¿Qué?

—Jackson habría encontrado la manera de ponerse en contacto contigo, y era fundamental que nadie supiera dónde nos escondíamos —explicó la señora J—. Ni siquiera tú.

—¿Así que convirtió a su hijo en D. J.?

—Sí. Fue agradable, en realidad. Conectamos muy bien. Y Jackson no se acuerda de nada. Pero hay que ver cómo sudaba, el pobre.

Melody se echó a reír. ¡Jackson estaba arriba, en la ducha!

¿Y si no hubiera invitado a esos normis a la fiesta de cumpleaños de Clawdeen? ¿También estaría arriba, duchándose? ¿Clawdeen habría encontrado al final otra excusa para exponerse en público? De haber sido así, ¿se habrían unido a ella sus hermanos? ¿También Lala y Cleo? ¿Habría terminado de la misma forma, con el apoyo de toda la ciudad? ¿Habría provocado que Jackson regresara?

Imposible saberlo. Pero, sin lugar a dudas, era motivo más que suficiente para manipular el destino.

—¿Qué fue de la mujer que vivía aquí? —preguntó Melody.

—Se cayeron bien al instante, ¿verdad?

—En realidad, no.

—Ah —dijo la señora J mientras se alejaba de la puerta. Al momento, regresó con un sobre cerrado—. Bueno, pues dejó esto para ti.

—¿De verdad?

—Entra y siéntate. Tengo que deshacer el equipaje. Jackson bajará enseguida.

Melody siguió a la señora J hasta el interior de la casa y se instaló en el polvoriento sofá de terciopelo de la sala. El sofá la acogió como a un amigo perdido mucho tiempo atrás.

Una vez a solas, abrió la carta. Una pluma —verde oliva y azul, con la punta dorada— cayó del sobre y le aterrizó en las rodillas.

30 de octubre

Mi querida Melody

Una buena madre sabe qué es lo mejor para sus hijos. Pero una madre excepcional hace lo que es mejor, aunque para ella misma no sea bueno. Y esa es la razón, hija mía, por la que renuncié a ti. No ha pasado un solo día en que no haya sufrido el terrible dolor de mi elección. Aun así, no me arrepiento. Quería que fueras libre para tomar tus propias decisiones. Para vivir tu propia vida. Y para equivocarte de vez en cuando. Pero si yo te hubiera criado no habrías disfrutado de esa libertad. Porque yo, también, tengo una voz poderosa. Mucho más persuasiva que la tuya.

Somos sirenas. Mujeres-pájaro. Nuestro canto es seductor y nuestras palabras poderosas. Las tuyas irán adquiriendo fuerza a medida que te hagas mayor, así que utiliza tu voz con sabiduría. No somos nosotras quienes debemos controlar el destino. Y recuerda que el verdadero poder no procede del canto de la sirena, sino de su corazón.

Hasta la próxima vez.

Con todo mi cariño

Marina

P.D. ¿Qué ha sido de tu preciosa nariz? ¿Te la rompiste? De ser así, ¿cómo? Para tu información, yo me la rompí jugando al futbol americano justo después de que nacieras. Aviso: las chicas como nosotras nunca debemos gritar: ¡Pásala!, a menos que sea exactamente lo que queramos decir. En cualquier caso, el doctor Carver me la arregló. Durante una revisión me comentó lo mucho que a él y a su mujer les estaba costando adoptar. Supe que te querrían tanto como te quiero yo.

Aliviada, Melody enterró la cara entre las manos y se echó a reír. Era la última reacción que habría esperado tener ante una carta semejante. Pero al haberse quitado de encima el peso de un centenar de preguntas se sentía ligera, aturdida. Todo cobraba sentido: su voz, las plumas, Marina, sus padres, su lugar en el mundo. Su lugar en la comunidad. Su lugar en el corazón de Jackson. Tenía las respuestas. Y cada una de ellas demostraba lo mismo: que la amaban.

En el piso de arriba, las tuberías emitieron un chirrido y el agua de la ducha dejó de correr. Jackson se estaba secando. Cuando abrazara a Melody no olería a pinturas al pastel; olería a jabón. No hablarían de dónde había estado él, sino más bien de adónde irían los dos juntos. Y no necesitarían encontrar un sitio para Melody entre los RAD; lo sabrían. Melody era una sirena. Su sitio estaba con ellos.

Le vino a la memoria el día en que llegó a Salem. Había mirado por la ventanilla del coche de su padre, pensando que en el momento en que se bajara del coche comenzaría una nueva vida. Ahora, con las pisadas de Jackson crujiendo en el piso de arriba y la carta de Marina apretada en su mano, cayó en la cuenta de que se había confundido. Su nueva vida no había comenzado entonces.

Estaba comenzando ahora.

Índice

¡NO TE PIERDAS EL PRÓXIMO LIBRO!

Síguenos en
www.facebook.com/monsterhighlibromexico

¡LÉELOS TODOS!

Monster High

Melody y su familia abandonan Beverly Hills en busca del aire puro de Salem (Oregón). Tras librarse de su nariz (como la joroba de un camello) y sus constantes ataques de asma, Melody se convierte por fin en «la chica guapa» del instituto Merston High. Lo malo es que se siente una impostora... hasta que conoce a Jackson. ¿también él esconde algo? ¿Podría estar relacionado con los insólitos rumores acerca de... monstruos que andan sueltos?

Frankie ha vivido en Salem desde que nació, aunque sólo cuenta con quince días de vida. se dispone a conquistar el instituto, a los chicos y los centros comerciales, en ese mismo orden. Lamentablemente, la gente se asusta de la piel de Frankie, de color verde menta, en lugar de aplaudir su «electrizante» sentido de la moda. Si quiere ser cool entre los normis de Merston High, va a tener que ocultar un secreto monstruoso. En cambio, lo arriesga todo por un beso robado, equivocación que puede costarle más de lo que cree.

Melody y Frankie se proponen demostrar que lo diferente puede encajar. Pero, ¿están preparados los normis de Merston High para un cambio de imagen?

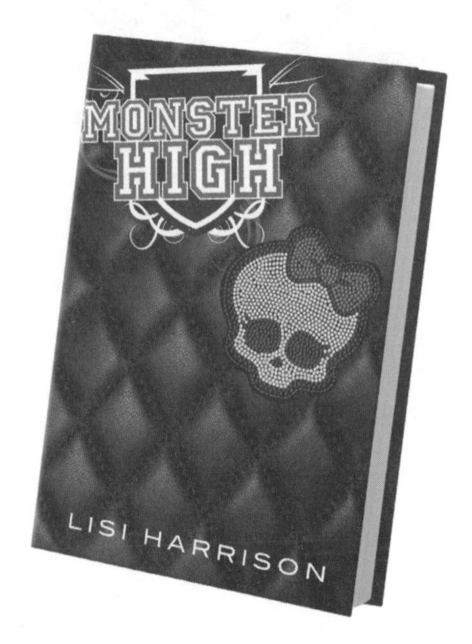

Monster High. Mostruos de lo más normales

Frankie Stein apenas lleva viva unos meses y ya ha revolucionado el mundo de los RAD (los Renegantes Aliados de la Diferencia) que viven en Salem, Oregón, haciéndose pasar por normis. Está harta de ocultar su maravillosa piel de color verde y los tornillos de su cuello; y de que Lala tenga que esconder los colmillos cada vez que sonríe; o que Claudine, Cleo, Blue, Deuce y los demás no puedan mostrarse tal y como son. ¡Ser diferentes no puede ser malo! Así que apenas unas horas atrás, ella y varios amigos del Merston High decidieron asistir a la fiesta de disfraces del instituto disfrazados de ellos mismos, con la esperanza de que los normis se den cuenta de que no tienen por qué creer todo lo que enseñan las películas de terror. Solo que la cosa no salió como ellos esperaban.

Monster High. Querer es poder

Date una vuelta por el lado salvaje...

Esta obra se terminó de imprimir en abril de 2012
en los talleres de Litográfica Ingramex, S.A. de C.V.
Centeno 162-1, col. Granjas Esmeralda,
C.P. 09810, México, D.F.